リゼルアルテ
「——ふふっ…………
うぉるかぁ…………」

〈白亜の聖女〉
〈星眼の聖女〉
ユーリリアス
レスターディア

〈天剣の聖女〉
〈福禍の聖女〉
アルカシエル
アンジェスハイト

「え、えへへ……もう、いいのですっ。
ごめんなさい……！」
ルエリィ
——ああ、本当に、
このクソッタレな世界が嫌になる。

全滅エンドを
死に物狂いで
回避した。
II
パーティが
病んだ。
［著］雨糸雀
［画］kodamazon

CONTENTS

Design：杉本智行（uni-co）

プロローグ

今日、私たちのパーティがCランクになりました！

冒険者パーティとしては、中級者の仲間入りだそうです。ギルドのおねえさんも褒めてくれました。

田舎者の私たちがこうしてCランクまで上がれるなんて、なんだか夢みたいです。

ねえさまも、たくさん褒めてくれました。

カインとロイドは、今夜はご馳走《ちそう》だって小躍りしてるです。本当に食い意地ばっかりですね、少しはねえさまを見習って――

ねえさま、よだれ。よだれが出てるです。

もう。私たちはただでさえ出費が多いんですから、ちょっとだけですよ。羽目を外して食べすぎないこと。お金は大事なのです。


ねえさまたちが、私に新しい杖《つえ》を買ってくれました。

「Cランクになったんだから、ルエリィももっと立派な武器を使うべき！」だそうです。

私にはもったいないくらい、本当に立派な杖でした。

ありがとうございます、ずっと大事にするです！

……でもねえさま、これを買うお金はどこから持ってきたですか？

パーティのお金が減ってる気がするのです。

このあいだねえさまたちが高い料理ばっかりいっぱい食べたせいで、今月はもうカツカツだって言ったですよね？

ねえさま、どうして目を合わせてくれないのですか？

カイン、ロイド、どこに行こうとしてるですか？　こっちに座るです。

どうしたのですか？　私は怒ってないのですよ？　ええ、とっくに雀《すずめ》の涙《なみだ》なパーティのお金を黙って使ったことなんてちっとも。

だからこっちを見るです、ねえさま。

ねえさまぁー？


護衛の依頼を受けることにしました。

このままではお腹《なか》を空《す》かせたねえさまたちが野生に帰ってしまうので、早急にお金を稼がなきゃなのです。護衛の依頼なら報酬がもらえますし、道中倒した魔物の戦利品《ドロップ》も売れるから稼ぎがいいのですよ。

依頼人のスタッフィオさんはとても親切な方で、なんと食事はすべて用意してくれるとのことでした！　うう、もう携帯食も満足に買えないので本当に感謝ですよ……。

依頼人さんの知り合いだっていう二人の冒険者さんが、一緒に手伝ってくれるらしいです。なんだか二人ともちょっとチャラチャラしてて、私の苦手なタイプですけど……でも、人手が多いのは助かるです。

ほらカイン、ロイド、お肉が食べたいならきっちり働くです！

ねえさまも、これが終わったらちゃんとお腹いっぱい食べられますから！

がんばるですよ！


——あ、れ。

なんだか、変なのです。

体が、しびれて。

目が、回って。

ねえさまも、カインも、ロイドも、みんな動けないのです。

……食事に、毒？

でも、この食事って、あの冒険者さんが。

……え？　なんで、笑って、

——あ。

大変、なのです。

この人たち、悪い人——

——目が覚めたら、私はどこかの小さくて薄暗い部屋にいました。

床も壁も天井もぜんぶ石でできた、硬くて冷たい部屋でした。

手を縄で縛られていて、ねえさまも、カインもロイドも、どこにもいないのです。

必死にみんなの名前を呼ぶと、部屋に誰かが入ってきました。

……あの依頼人、でした。

あんなに親切な人だったのに、まるで別人みたいに不気味な笑顔をしていました。

依頼人の傍《そば》には、あの冒険者の二人もいました。

私たちを騙《だま》したのが信じられないくらい、二人とも優しく微笑《ほほえ》んでいましたが——私は、それが怖くて仕方がなかったです。

まるで、仮面を張りつけているみたいで。


腕の縄を無理やり引っ張られて、連れていかれた先は大きな部屋でした。

そこもぜんぶが石でできた部屋で、きっと、どこかのダンジョンの一部だったのだと思います。

その部屋には、怖い男の人たちが、何人もいて。

ねえさまたちが、私と同じように縄で縛られていました。

ねえさまが、顔を真っ青にして私の名前を呼びます。

私もすぐに駆け寄ろうとしましたが……縄を引っ張られて、転んでしまいました。

男の人たちが笑う声を聞いて、ようやくわかりました。

依頼人は、最初から悪い人で。

あの依頼は、最初から罠《わな》で。

私たちは、悪い人に捕まってしまったのです。

……そう理解した瞬間、私は恐怖で我を忘れてしまいました。

だから、そこから先のことはあまり覚えていないです。

ただ自分が、みんなの名前を必死に呼んでいたこと。

その子には手を出すな、やるなら俺たちにしろと、歯を噛《か》み砕くように叫んでいたカインとロイド。

そして、ねえさまの――嘘《うそ》みたいに、優しい笑顔。

「大丈夫だよ。ルエリィは、おねえちゃんが守るから」

覚えているのは、それだけなのに――

それだけは、こびりついてしまったように、忘れられないのです。

その日の夜は、地獄のようでした。

私は、男の人たちからなにもされませんでした。

なにもされず、薄暗い部屋に閉じ込められました。

装備やアイテムはすべて取られてしまいましたが、乱暴はされませんでしたし、食事や毛布ももらえました。

けれど――けれど、聞こえてくるのです。遠くの部屋からかすかに。

カインとロイドの苦しそうな声が、

ねえさまの悲鳴が、

男たちの、笑い声が。

怖かった。

自分のいる場所が、現実だと思えなかった。

聞こえるのです――魔石ランプの小さな明かりがただひとつだけ、自分の手のひらすらよく見えない闇の中で、声が、声が、声が、声が、声が、声が、声が――


堪えられなくて、狂ってしまいそうになって、私は大声で泣いてしまいました。

すぐにあの冒険者の二人がやってきて、殴られて、お腹を蹴られました。

依頼人が止めに入らなかったら、もっとひどいことをされていたかもしれません。

でも、助けてもらえたとは思えませんでした。

依頼人は、こいつにも使い道がある、余計な傷はつけるなと二人を叱責していました。

その『使い道』が、いったいなんなのか。

私は、これからどうなるのか。

ねえさまたちは、どうなっているのか。

なにも、わからなくて。

なにも、できなくて。

どれほど声を押し殺しても、涙だけは、どうしても止まってくれませんでした。

なにか、大きな物音が聞こえました。

たくさんの物を薙《な》ぎ倒す音、砕く音と、獣めいた叫び――怒号、のような。

ほんの、十秒くらいでした。

……それっきり、カインとロイドの声が、聞こえなくなりました。


たぶん……夜が明けたのだと、思います。

結局私は、一睡もできませんでした。

今は、もうねえさまの声も聞こえません。大丈夫、きっとねえさまたちは眠っているだけ。それだけに決まってるから、絶対に悪い想像はしちゃいけない――そう自分に言い聞かせるのに必死で、眠れるはずがありませんでした。

やがて私の部屋に、あの二人がやってきました。

お腹を蹴られたときの苦しさを思い出して、私は部屋の隅で怯《おび》えてしまいます。

二人は、私を見下ろしてこう言いました。

「ねえ、おねえちゃんを助けたくない？」

「ちょっと俺たちのこと手伝ってくれたら、おねえちゃん、助けてあげるよ」

まるで、誰でもできる簡単なおつかいを頼むみたいに。

「次に狙いたい冒険者パーティがいるんだけど、前にちょっとミスっちゃってさ」

「だからルエリィちゃんに、そのパーティをいい感じに誘い出す手伝いをしてほしいわけ」

二人がなにを言っているのか理解できるまで、何秒もかかりました。

そして理解した瞬間、全身の血の気がぞっと失せた気がしました。

「そ、そんなの、嫌」

足元のコップが蹴り飛ばされて、壁にぶつかって砕けました。

「ひっ――!?」

「あー……ごめんね。『はい』以外の返事はいらないんだわ。萎えるから」

「あれー、もしかしておねえちゃんを助けられなくていい感じかな？　じゃあ、今すぐ向こうのやつらに伝えてこよっか」

「ッ、待って、やめて!!　それだけはッ……!!」

二人が、笑っています。

悪魔のように――いいえ、悪魔なんかよりも、ずっと、ずっと、

「じゃあ――もう一度だけ、返事を聞いてあげるよ」

……ねえさまたちの苦しむ声が、一夜中聞こえていました。

私は、なにもできずただ耳を塞いで震えるだけでした。

信じられるわけ、なかったのに。

信じちゃ、いけなかったはずなのに。

たとえ、嘘だとわかっていても。

私には、もう、選ぶ権利などなかったのです。


私は、悪い子です。

ねえさまたちを人質にされて、閉じ込められて、殴られて、蹴られて――体が震えて、悪い人たちに逆らえませんでした。

あの二人がカインとロイドのふりをすると笑いながら言い出したとき、腸《はらわた》が煮えくり返るようだったのに、それだけは絶対に許しちゃいけなかったのに……言葉が出ませんでした。

それから〈ルーテル〉という小さな街に行って、二人が前々から狙っていたというパーティと、接触して。

そのパーティには、私と同じくらいの女の子も、私より小さな女の子もいました。

今度は、この子たちが私と同じ目に遭う――そう考えると、罪悪感で体を引き裂かれてしまいそうでした。

本当は、助けてと叫びたかった。

こいつらをやっつけてと叫びたかった。

なのに、できなかった。私の口から出てくるのは、そのパーティを必死に騙そうとする言葉ばかりで。

自分が自分じゃなくなってしまったみたいで、恐ろしかったのです。

こんなことは絶対にしちゃいけないと、わかっていたはずなのに。

でも、でももしも私のせいで、ねえさまがもっと苦しむことになってしまったら――

もしも、ねえさまの声まで聞こえなくなってしまったら――

……きっとそのときの私は、もう、おかしくなってしまっていたのだと思います。


私は、決して許されない罪を犯しました。

たとえどんな理由があったとしても、悪い人の言いなりになって、悪いことをしてしまったのは間違いありません。

本当に、自分で自分が嫌になります。どうして私たちがあんなに目に遭わなければいけなかったのか、理不尽で、理不尽で……どうしようもなく叫んでしまいたくなることもあります。

でも――こんな私を、助けてくれた人がいました。

悪い人を、やっつけてくれて。

もうぜんぶ諦めてしまっていた私を、立ち上がらせてくれて。

そして、ねえさまを、救ってくれて。


こんなどうしようもない私のために、誰よりも懸命になってくれた人。


「――ウォルカさん」

「ん？」

「本当に……本当に、ありがとうございますですっ」


それは目つきがちょっぴり怖くて、無愛想で、でも私が見てきたどんな人よりまっすぐな――

片目と片足がない、男の人でした。

I　露悪

「……そっか。聖都に、帰るんだ」

まだ人も少ない早朝のギルドで、右端の受付を定位置とする女性が少し寂しげな笑みを作る。

長らく世話になった〈聖導教会《クリスクレス》〉を出発した俺と師匠は、ルエリィたち〈天巡る風《ウインドミル》〉との集合場所へ向かう前に、まず冒険者ギルドまで足を延ばしていた。街を発《た》つ前や依頼を終えて帰ってきたあとに、ギルドへちゃんと報告するのは冒険者にとって大事な礼節のひとつだからだ。

そして俺たちの場合は同時に、彼女への個人的な義理立てという意味合いもあった。

ここの受付嬢であり、ギルドの職員としてではなくあくまで個人として、何度か俺の見舞いに来てくれた女性。

今までまったく失念していたのだが、今回のダンジョン〈ゴウゼル〉の一件は、ギルドにとってまさしく青天《せいてん》の霹靂《へきれき》ともいえる大事件だったらしい。ダンジョンの踏破承認事故が何十年ぶりだかの不祥事だったのはもちろん、ボスモンスターがあの〈摘命者《グリムリーパー》〉だわ、そのせいで無関係なAランクパーティが危うく全滅するところだったわと、まあそれなりの責任問題に発展しているそうだ。

ロッシュから聞いた話によれば——あいつ、いつの間に情報を仕入れていたのか——ここのギルドは〈ゴウゼル〉からもっとも近いということで踏破の報告こそ受けたものの、それに対し承認調査を実施したのは聖都のギルドだという。つまりこのギルドの対応になんらかのミスがあったわけではなく、彼女が責任を感じる必要もないはずなのだが——

受付を出て傍《そば》までやってきた彼女の表情は、別れの挨拶をするにはなんとも暗い。

「……本当にごめんね。今回の件は、ぜんぶギルドが——」

「いいんだ。何度も言っただろう？」

俺は受付嬢の言葉をなるべくやんわりと遮る。見舞いに来てくれていた頃から彼女は重苦しい謝罪を繰り返してばかりで、正直、これ以上はもう勘弁してくれという思いであった。彼女は今回の事故と無関係もいいところなのに、何度も何度も本当に申し訳なさそうに……うう、思い出しただけで胃がキリキリしてきた……。

「俺は別に、誰のせいとも思ってない」

師匠たちのせいでないのは言うまでもなく、ギルドを責めるつもりだって毛頭ない。俺にとってあの戦いは、『原作』で定められた逃れえぬ運命みたいなものだった。そう考えればむしろギルドだって、原作の筋書きのせいで悪者《ヒール》の立ち位置に置かれてしまった被害者だといえる。悪いのはぜんぶ、あんなストーリーを考えやがった外道作者なんだよ……。

この件は大聖堂が然《しか》るべき調査を行って、然るべき者へ然るべき処罰を下す——そうロッシュは言っていた。俺としては、それで充分なのではないかと思う。

しかし受付嬢は納得しない。

「誰のせいでもないって、じゃあ君はっ……」

「ほら、そんな話をしに来たんじゃないから」

ええい黙らっしゃい、当事者の俺がいいって言ってるんだからいいんです。そういう反応は師匠たちだけでお腹《なか》いっぱいなんだから、もうほんとに大丈夫だって。

「変な同情はいらないぞ。俺は、この程度で終わるつもりはないからな」

このあいだはせっかくの義足をたった二日でぶっ壊すという散々な結果で終わってしまったが、あれも結局のところは、義足がただの日常生活用のモデルだったからだ。魔法なんてものが存在するファンタジー世界なんだし、こう……あるだろ、なんかいい感じに高性能なやつが！

やはりこんな頼りない義足では、立派に社会復帰してみんなを安心させるなど夢のまた夢。特に師匠なんて俺を心配しすぎて、外出するときは必ず手をつなごうとしてくる有様だからな。

聖都に帰ったら、義足のグレードアップは最優先課題なのである。

「……強いのね、君は」

俺が本気で言っているると伝わったのか、受付嬢の面持ちがようやく軽くなった。

「うん、わかった。……いってらっしゃい！　応援してるからね！」

「ああ」

そうそう、それでいいのだ。やはり女性は笑ってこそ。俺にとってこれは未来へ踏み出す第一歩なのだから、辛気くさい挨拶なんて必要ない。俺は師匠と一緒に踵《きびす》を返そうとして、

「あのさ、」

呼び止められる。

受付嬢は少しのあいだ俯《うつむ》いて、言葉を探して。

「上手《うま》く言えないけど……幸せになんなきゃ、ダメだよ。あんなことがあったのに、無神経なこと言うなって思うかもしれない。でも、それでも……」

いや、まったくもってそのとおりだと思います。師匠たちは、原作であんなにも非業の最期を遂げたのだから……いや、もはや原作なんて関係ないな。

師匠たちは、幸せになるべきなのだ。このまま、俺への罪悪感やら後悔やらで一生苦しみ続けるなんて……そんな病《や》み堕《お》ちエンドは、絶対に回避しないと。

「ありがとう。……それじゃあ、世話になった」

「うん……いってらっしゃい」

ギルドを出る。義足でつまずかないよう注意しながら、杖《つえ》を片手に、師匠と手をつないでゆっくり石畳の道を歩いていく。果たして今の俺は子守りをしているように見えるのだろうか。それとも、子守りをされている側だろうか。周りの人々から微笑《ほほえ》ましげな目を向けられて背中がムズムズする。

一方で、師匠はどこか浮かぬ顔をしていた。足取りがどんどん遅くなって、ほとんど立ち止まりそうになりながら、

「……ウォルカ」

「ん？」

「さっきの話……」

さっき？　さっきっていうと——

「この程度で終わるつもりはない、って……」

「ああ」

俺は苦笑し、

「このあいだの、後ろにひっくり返ったのは……さすがにみっともなさすぎただろ？」

「……」

いつしか、師匠の歩みは完全に止まってしまっていた。……なんか反応が悪いな。もしかして、師匠としてはあんまり応援できない感じ？　まさか、「これ以上余計な手間かけさせないで大人しくしてろ」って面倒くさく思われてる……？

「もしかして、迷惑とか……」

「そ、そんなことないっ！」

つないだ師匠の手に、ぎゅっと強い力がこもる。師匠は俯き、しばし逡巡《しゅんじゅん》して、

「ウォルカは……怖くないの？」

「怖い？」

「だって……だって、もう少しで死んじゃうところだったんだよっ……!?」

……あー、なるほど。たしかに死ぬような思いをした――実際死にかけた――わけだし、普通だったら当時の記憶がトラウマになってしまうこともあるんだろうか？

でも俺は大丈夫だぞ。むしろ、原作のクソッタレなストーリーをぶっ壊してみんなを守り抜いた誇らしい記憶だ。……半分くらい覚えてないけど。

「怖くないさ」

強張《こわば》る師匠の手を握り返し、答える。

「俺はな、ちょっとわくわくしてるんだ」

「え――」

「剣を握るとわかるんだ。あの戦いで、あー……一皮剝《む》けた？　というか」

覚えている。自分が斬ろうと思ったものを、思い描いたとおりに斬れるという確信。

理想的な義足さえ見つかれば、俺の抜刀術は間違いなくもっとレベルアップできる。

だから、

「師匠。俺は、まだまだ上に行くぞ」

「――……」

……って、なにカッコつけてるんだ俺は。このあいだひっくり返ったばっかりなのに。なんか恥ずかしくなってきた、やめやめ。

「ほら、早く行こう。みんな待ってるだろうから」

「……、……うん」

今度は俺が師匠の手を引く番だった。前を向いてまた歩き出すと、後ろから小さな声で訥々《とつとつ》と、

「なんで……どうして、そんな顔できるのっ……？」

え、どんな顔してたの俺……。

訊《き》いてみても、師匠はぼんやりとした作り笑いをしながら「なんでもない」の一点張りだった。おい、本当にどんな表情してたんだよ俺！

……とそんなこんながありつつ、今までよりだいぶ遅い歩調で待ち合わせ場所の広場に到着。すると遠目ながら、ユリティアが誰かに声をかけられているのが見えた。おいおいまた変なやつじゃないだろうなと眉をひそめかけ、しかし相手の横顔にどこか見覚えがあることに気づく。

ユリティアをパーティに誘おうとして玉砕した、あの少年だった。

おお少年、あの日以来姿を見かけなかったけど元気そうじゃないか。でも、また気持ちが空回りして無理なお誘いをぶつけてるんじゃなかろうな。さすがに二度も同じ過ちを犯してしまったら、ユリティアに人とすら認識してもらえなくなるぞ。

と思ったのも束《つか》の間《ま》、少年はなにやら決意に満ちた様子で走り出し、俺たちに気づかぬまま隣を通り過ぎようとして、

「っ——」

寸前で気がつき、咄嗟《とっさ》に足を止める。まだ朝早く人も少ない長閑《のどか》な広場を背景に、俺と少年の視線が交錯する。

「……？」

誰こいつ？　と師匠が怪訝《けげん》な顔をしている。自分のことをチビ扱いした無礼者など、師匠はとっくに頭の中から抹消してしまったようだ。

とりあえずなにか言われる気がしたので、そのまま少年の言葉を待っていると。

「——ねーからな」

「ん？」

「このまま負けるつもりはねーからな！」

少年は俺に指を突きつけながら啖呵《たんか》を切り、

「これで勝ったと思うなよおおおおぉぉぉっ」

と、いずこかへ疾風のごとく走り去ってしまうのだった。

……いったいなんだったんだろうか。ひとまずユリティアたちと合流する。

「みんな、おはよう」

「はい。おはようございます、先輩」

「ん」

ユリティアはいつも通り可憐《かれん》な笑顔で、アトリもいつも通り薄ぼんやりとした表情をしている——のだが、なんだろうな、心なしかこのあたりの空気が冷えているというか。いかにも俺が声をかける寸前まで、ユリティアもアトリもすこぶる虫の居所が悪かったかのような——

「やあやあ、来たねウォルカ！　はっはっは！」

「ロッシュさま、まだ朝方ですからお静かに……」

しかしその不穏な空気を、ロッシュのナルシシズムあふれる笑い声が吹っ飛ばした。あいかわらずのやかましさに呆《あき》れる一方、どことなく安心感を抱いてしまう自分もいる。こいつ、もし原作で登場していたら、事あるたびキラキラ輝くエフェクトを描き込まれてたんだろうな……。護衛対象のアンゼを困らせてどうするんだまったく。

憎めないバカは脇に置いておき、ユリティアに尋ねる。

「なんだったんだ、彼は」

「あ、はい……わたしもよくわからないんですけど、先輩に負けないくらい強くなるから、って……」

……なるほどな。ユリティアとパーティを組んでもらうために、自分もAランクまでのし上がってみせるってわけか。

まさしく青春の一ページだと思うのだが、空《むな》しくもユリティアの反応は素気《すげ》ないため息であった。

「はぁ……よその人とパーティを組む気はないって、なんでわかってもらえないんでしょう……」

「そんなに嫌」

「絶っっ対に嫌です」

拒絶がはえーよ。俺の台詞《せりふ》終わってないから。冗談抜きで本気で嫌がってるやつだよこれ。

まあでもユリティアの場合は、本来だったら一番信頼できる男であるはずのお兄さんから、冷遇され暴力を振るわれていたという暗い過去があるからな……。そのせいで、見知らぬ異性に対する警戒心は人一倍強いのだ。

「それに、先輩と同じくらい強くなるって……なんだか、先輩の努力が軽く見られてるみたいで嫌ですっ」

頬を膨らませてぷんぷん怒ってくれるのは嬉《うれ》しいのだが、少年にそういう意図は一切なかったと思うぞ。ファーストコンタクトがだいぶよくなかったからか、やはりユリティアは普段の三割増しくらいで少年に手厳しかった。

がんばれ、少年。君がユリティアから認められるためには、Aランクまで上り詰めて終わりじゃない。そこまで努力してようやくスタートラインに立つくらいの覚悟が必要なのかもしれないぞ。

などと考えていたら、ユリティアが何事か低い声でぶつぶつと、

「そうですよ……先輩がどれだけ……どれだけ血のにじむ思いをして、苦しんで、必死に強くなってきたと思って――」

「……ユリティア？」

ユリティアはぱっと笑顔になって、

「はいっ、なんですか先輩？」

「いや……今、なんて」

「ふふ、なんでもないですよ」

「そ、そうか」

「はい、そうです」

ユリティアの笑顔はときどき、ちょっぴり怖い。


「――み、みなさん、お待たせしましたっ」

それから広場で数分ほど待っていると、ルエリィたち〈天巡る風《ウインドミル》〉が合流した。とてとてと幼さが残る駆け足でやってきたルエリィは、肩をすぼめてものすごく申し訳なさそうにしながら、

「ご、ごめんなさいです……私がお願いした立場なのに、お待たせしてしまって」

「別に遅刻したわけでもあるまいて。そう緊張するでないぞー」

丁寧に謝罪してくるルエリィを、師匠がベンチで足をぶらぶらさせながら軽く取りなす。ルエリィは、お世辞にも調子がよさそうとはいえなかった。あまり上手く眠れなかったのだろう、笑顔の血色が悪くやつれてしまっているように見える。

「おはようございまーっす！　いやあ、みんな早いッスねえ」

「俺ら、緊張してあんま眠れなかったッスよぉ。さすがAランクってやつッスね！」

——その理由を、俺たちはまだなにも知らぬふりをしなければならない。

ルエリィのあとからやってきた、カインとロイド——こいつらは、きっと別人が成り代わった偽者なのだろう。ルエリィという『餌』に思惑通りの仕事をさせるため、仲間の皮を被《かぶ》って監視している〈ならず者《ラフィアン》〉の一味なのだろう。

ルエリィとこの二人が仲間らしく話し合い、助け合い、笑い合う姿というのを俺はまだ一度も見ていない。今だって、明らかに本調子ではないルエリィを気遣おうとする素振りすらまるで見せない。あたかも面白い寸劇を楽しむように、後ろから能天気な笑顔を貼りつけて眺めているだけ。

ルエリィもまた、そんな二人とまったく目を合わせようともしない。視界に入れることすら、固く拒んでいるかのようだった。

無論、この偽者のカインとロイドを、今すぐ叩《たた》きのめして捕まえてしまうのは簡単だ。

しかし、Aランクの俺たちをターゲットにする以上はそれなりの戦力と人数をそろえた集団だろうから、ここで下っ端二人を捕まえただけではなんの解決にもならない。計画の失敗はすぐさまやつらの拠点に伝えられ、ルエリィの仲間もろともあっという間に闇の向こうへ姿を消すだろう。

ゆえにほいほい騙《だま》されたバカなパーティを装って、やつらの『狩場』で全員まとめて叩き潰す。

原作で、あの主人公も何度かやっていた方法だ。前世でいうおとり捜査みたいなイメージだな。

ただし、当然ながら相応のリスクがあるやり方でもある。間違っても、みんなのお荷物にだけはならないようにしないとな。見て見ぬふりできない俺の気持ちを一緒に背負ってもらって、挙句足まで引っ張るなんて笑い話にもならない。

思考の海から現実に帰ってくると、ユリティアがルエリィたちに、アンゼとロッシュを紹介してあげていた。

「えっと、紹介しますね。こちらがシスターのアンゼさんと、騎士のロッシュさんです」

「はじめまして、ルエリィで――ふあぁ、すごく綺麗《きれい》です……！」

「あら……ふふ、ありがとうございます」

ルエリィが、アンゼをひと目見るなりぽわわと見惚《みと》れてしまった。無理もないと思う。アンゼってかわいいとか綺麗とかを通り越して、もはや神々しさすら感じるくらいなんだよな。

カインとロイドに至っては、アンゼの祝福オーラを前に消し飛ばされそうになっていた。

「なっ、なんっっってお美しい……！　カインッス、どうぞよろしくお願いしますっ！」

「ロイドッス！　この依頼が終わったらお友達になってくださいッ！」

「はい、よろしくお願いしますね。でもロイドさま、シスターにそのようなお誘いをしてはいけませんよ？」

「はいぃっ！　ごめんなさいッス！」

いっそ本当に消し飛べばいいのに。こんなやつらにも顔色ひとつ変えず、分け隔てなく接するアンゼはさすがである。

「ロッシュさんも、よろしくお願いします！　本物の騎士様と一緒なんて、心強いですっ！」

「んん、ありがとう小さなマドモアゼル！　ふう、出会ったばかりのお嬢さんをも魅了してしまうとは……今日も僕の輝きは抑えられていないようだね！　はっはっはっは！」

「へ……？　あ、はい……」

そんでロッシュ、おまえはいつも通りにしすぎなんだよ。見ろ、ルエリィがめちゃくちゃ反応に困ってるだろうが。

……でもこういう何気ないやり取りで、ルエリィの心の重荷がほんの少しでも軽くなればいいな。もしかすると、ロッシュもそこまでわかってわざと剽軽《ひょうきん》な振る舞いをしているのかもしれない。女の扱いだけは丁寧だからな、こいつは。

お互い挨拶を済ませ、ルエリィの先導で依頼人の下へ向かう。昨日と同じ防衛門沿いの一角に、昨日と同じ恰好《かっこう》で二台の幌馬車《ほろばしゃ》。依頼人ともう一人見知らぬ男が、荷台にいくらか物資を積み込んでいるのが見えた。

依頼人ことスタッフィオがこちらに気づき、

「おお、皆様。お待ちしておりました。今日からよろしくお願いします」

仲間と思《おぼ》しき男を手招きして、

「こちらはワタシの友人です。今回、ワタシとともに御者を務めます」

「よろしくお願いします」

やや小太りなスタッフィオと違い、こちらはなかなか体格のよい偉丈夫であった。まあおおかた、友人という設定で連れてきた仲間の〈ならず者《ラフィアン》〉なのだろうが――

「ウォルカ。……あいつ、少しやる」

「……ああ」

そっと耳打ちしてきたアトリに小さく首肯を返す。あいつはどうも、単なるそのへんのゴロツキではないようだ。元高ランク冒険者か、あるいは傭兵《ようへい》か――どうあれ腕に覚えのあるやつなのは間違いないだろう。

背伸びして荷台の中を見た師匠が問う、

「荷物はこれだけか？」

「ええ、今回は仕入れの往路ですからね。だいたいはワタシの〈保管庫《ストレージ》〉に入っていますよ」

〈保管庫《ストレージ》〉――身の回り品をこことは違う異空間に収納する、ＲＰＧゲームのアイテムボックスみたいな魔導具である。魔法、ではない。特定の用途のため、専用の術式を埋め込んで作られた魔法的な道具が『魔導具』と呼ばれる。

〈保管庫《ストレージ》〉は一般的に鍵の形をしたものが多く、使用者が術式を起動することで空間に『向こう側』への入口が出現する。ちょっとした小箱一個分程度しか入らない廉価品から、それこそ倉庫のような大容量を持つ高級品まで幅広く流通しており、身軽を好む冒険者にとってはまさしく必需品。俺たちのパーティも、標準的な容量のものを全員がひとつずつ所有している。

なお仕組みや術式に関しては、王都が誇る世界最高の魔法研究機関〈魔導律機構《マギステリカ》〉の秘術となっており、完全一般非公開らしい。

〈魔導律機構《マギステリカ》〉は他にも様々な術式を秘術として抱え込んでおり、周囲に対して自分たちの優位性を主張する材料にしている。なんだかいけ好かない話だし、師匠も「あそこのやり方は気に食わん」と前々から毛嫌いしている。

閑話休題。

「それで……あの、馬車の席なんですけどっ……」

ルエリィがやや緊張した面持ちで手を挙げ、こんな提案をしてきた。

「せっかくなので、こちらのパーティとそちらのパーティ……半々に分かれて乗りませんかっ？」

「……あー、」

つい、返す言葉に詰まってしまった。ルエリィくらいの女の子なら、こういうことも素で言いかねないかもしれないと思ったからだ。

多少なりとも経験を積んだ冒険者なら、まず冗談でも言わない提案である。

ルエリィ、誰に吹き込まれたのかは想像がつくけど、冒険者ってのはよほど必要がない限り、護衛の依頼でパーティメンバーを入れ替えるような真似《まね》はしないんだ。もしものときにパーティとして本来の連携が取れないと、自分たちだけじゃなくて依頼人の命まで危険に晒《さら》してしまうだろ？　それは、護衛を任される立場としてあまりに無責任だから――いやなんで俺がダメ出ししてんだ。

「ちょっとぉ、みんなノリ悪いッスよー？」

「これもなにかの縁ってことで、親睦深めたくないッスか？」

深めたくないッスか？　じゃないいんだよカイン&ロイド。吹き込んだのおまえらだろ。俺たちのパーティを分断させたいんだろうけど、どうせならもうちょっとマシな言い訳を――だからなんで俺がダメ出ししてんだってば。

「冒険者同士、交流を深めるのも大事ですからなあ。お任せしますよ」

スタッフィオ、おまえもか。

あるいはこれにどう反応するかで、俺たちがどれくらい用心深い冒険者なのかをテストしようとしているのかもしれない。つまり正論を返して断れば、かえってこいつらの警戒度が上がる……か。

「だ、だめ……でしょうか？」

「……いや、わかった。いいよ」

俺は師匠と頷《うなず》き、ルエリィの提案を受けることにした。街を出てからあの手この手で分断を狙われる方が面倒だ。バカな獲物がかかった楽な狩りだ、と侮ってもらうくらいがちょうどいい。

さて馬車の組分けだが、まず俺と師匠はセットで確定。これは師匠が他の誰よりも先に、

「わしとウォルカは一緒じゃ」

「えっと……そうなのですか？」

「そうなの。一緒じゃなきゃ、絶対いや」

「わ、わかりました……」

と、相手を射殺さんばかりの剣幕で主張したからだ。お陰で、事情を知らないルエリィがだいぶ怖がってしまっていた。ウチの師匠が申し訳ない……。

さらに、カインとロイドも俺たちと同じ組。これは二人の方から、

「あー……俺らは、ユリティアちゃんと別になるッスよ。つきまとっちゃったの、マジで反省してるんで……」

と、心にもないことを言いながら俺のところにやってきたからだった。一見もっともらしく聞こえるけれど、まあどこからどう見ても俺を狙ってのことだろう。片目片足がない冒険者なんて、悪いやつらからすれば羽をもがれたカモも同然だろうから。

というわけで必然的に、もうひとつの組はユリティアとアトリ、アンゼ、ルエリィの四人に決まった。ロッシュは自分の馬である。

そしていよいよ出発に向けて、各々荷物の最終確認を始める頃。

《――みな。アンゼが視た結果を伝えておくぞ》

なんの前触れもなく、師匠の師匠モードたっぷりな声が頭の中で響いた。〈精神感応《テレパシア》〉――言語や肉体を用いず、思念によって直接言葉を相手に伝える魔法。テレパシーといってしまえば単純に聞こえるが、実は極めて高度な魔法であり、俺が知る限りこれを使いこなせる魔法使いは師匠しかいない。

荷物を確認するふりをしながら聞き続ける。煮えるような不快感がにじんでいる。

《詐欺、身分詐称、恫喝《どうかつ》、略奪、人身売買、殺人、……婦女暴行》

可能性が限りなく低いとわかっていても――俺は心のどこかで、こいつらが大した悪事をやる度胸もないコソドロ集団であってくれることを願っていたのだと思う。

そんなはずがなかったのに。

《ルエリィ以外全員、情状酌量の余地もなしじゃな》

原作で何度か描かれていた、非道な悪党集団に捕まった冒険者の末路。最悪の場合は男なら殺されて魔物の餌、女は――慰み物にされるか、売り飛ばされるか――いっそ死ぬのと大差ない目に遭う。

ある意味では、異世界転生モノのお約束《テンプレ》なのかもしれない。だが創作の形で俯瞰《ふかん》するのと、現実として目の前に被害者がいるのとでは天と地ほどに重みが違う。

……ああ、そうだな。教会の療養生活ですっかり平和ボケしてたよ。

あえて、『神様』という言い方をしようか。これは神様に仕組まれたことなのだろうか。もしも登場人物を苦しめるのが目的とでも言わんばかりだったあの神の意思が、この世界にも存在しているというのなら――

「……よしよし」

「うお」

――などと黒い感情を燻《くす》ぶらせていたら、横からアトリが頭を撫《な》でてきた。……なんで頭？

「？」

どうしたの？　という顔でアトリが首を傾《かし》げる。いやそっちこそどうした？

「なんとなく」

「そ、そうか」

「大丈夫」

アトリは言う。あいもかわらず感情が薄いままで、それでもはっきりと。

「ボクも、リゼルも、ユリティアも、……ウォルカも。みんな強い。がんばろ」

「……そうだな」

どうやら、アトリなりに俺を励ましてくれたようだ。

よし——ぶつくさ言うのはこれくらいにして、いい加減腹を括《くく》るか。


——人を人とも思わぬ〈ならず者《ラフィアン》〉に、慈悲は要らない。

慈悲を与えても、逃げ延びたやつらはまた別の場所で別の誰かを襲う。ならばそのとき命を奪われる何者かは、貴様の情けに殺されるも同じ。

躊躇《ためら》うなとは言わん。

だが、情けだけはかけるな。

そのひとつの覚悟が、次奪われる誰かの命を守ることにつながるのだと——

そう、あのジジイは言っていた。

念のため断っておくが、詐欺から略奪、挙句に人身売買や婦女暴行と、ここまでの悪事を総なめにする救いようのない悪党はリゼルでもなかなかお目にかかったためしがない。たしかに冒険者が〈ならず者《ラフィアン》〉に襲われる被害は珍しくないけれど、このレベルの下衆《げす》がそこかしこにウヨウヨいるような劣悪な治安をしているわけでは断じてない。

なぜならこの国には、悪党を取り締まる優秀な騎士様がいるから。

ピンからキリまで玉石混交の冒険者と違い、全員が厳しい鍛錬を乗り越えた生え抜きのエリート集団。正義の名の下に磨き抜かれた剣の前では、さしもの〈ならず者《ラフィアン》〉もそうそう大きな顔はできない。ゆえにこの国でよく耳にするやつらの犯行といえば、精々が馬車を襲撃して積み荷を奪ったとか、冒険者から武器やアイテムを強奪したとかの盗賊レベル。人の体や命にまで毒牙を向ける輩《やから》が現れれば、すぐさまギルドで冒険者や商人に注意喚起が行われ、翌日には聖都ないし王都から選《え》りすぐりの騎士たちが出撃することになるだろう。

ルエリィたちは、不運だったのだ。

どれほど優秀な騎士たちが目を光らせようとも、この国から悪党が一人残らずいなくなるわけでは決してない。人の命にまで手を出す輩が多くないとはいえ、それもあくまで他国と比べればの話。冒険者なら街の外で行方知れずになっても気づかれにくいからと、とりわけ若者を狙って凶行に及ぶ下衆はどうしても現れる。

本当はリゼルだって、今すぐ目の前の男どもを捻《ひね》り潰してやりたかった。けれど、まだ駄目だ。今はまだ、なにも知らぬふりをしていなければ。

「――ウォルカの兄貴、訊いてもいいッスか？」

「なんだ？」

「その目と足のことなんスけど。いやー、俺、隻眼隻脚の冒険者なんてはじめて見たッスよ」

カインという名を騙《かた》り、いっそ清々《すがすが》しいほど無神経にウォルカへ声をかける男。何食わぬ顔で応じなければならないウォルカの気持ちを思うと、リゼルは全身がドス黒い感情で焼け焦げてしまいそうだった。

並べた貨物の木箱を座席代わりにし、揺れる馬車の中でリゼルはずっとウォルカの袖を握り締めている。この感情を顔に出してはいけないと頭ではわかっているのに、どうしても全身が強張って目つきにも力が入ってしまう。

向かいから、ロイドの皮を被った男が笑う。

「リゼルちゃん、緊張しすぎだよー？　まだ街を出たばっかなんだから、ほら、肩の力抜いてさ」

「……おぬしらが気楽すぎるんじゃ」

答えるだけでも吐き気がした。思わず魔力が漏れ出そうになるのを全身全霊で堪え忍ぶ。

大丈夫だ。こんなの、ウォルカの気持ちと比べれば。

「……もしかして俺、結構嫌われちゃってる感じッスか？」

「おまえ、ユリティアになにしたか忘れたのか」

「そ、それはマジで反省してるんでぇ……」

偽ロイドは肩身が狭そうに頬をかいて、

「えっーと、それで兄貴、いったいどんな魔物とやり合ったんスか？　そんだけひどい怪我《けが》するって」

「まあ、いろいろとな」

ウォルカは普段となんら変わらぬ態度で応じ続ける。しかしその心の中では、リゼルなど足元にも及ばないほどの暗い感情が渦を巻いているはずだった。

誰かが理不尽に苦しめられる姿を見ると、同じように苦しんでしまうウォルカ。

たしかに、昔からそういう傾向はあった。依頼や旅の途中で誰かの助けを求める声が聞こえれば、食事中だろうが睡眠中だろうが誰よりも先に走り出してしまうような男だった。生粋の剣士として育てられたがゆえに、所謂《いわゆる》『騎士道精神』に近いものも自然と培われたのだろう――そう思っていたのだ。今までずっと。

もちろん、ウォルカに人道を重んじる一面があるのは間違いないと思う。けれどいま目の前の彼を突き動かす感情は、非道を働く〈ならず者《ラフィアン》〉に対する義憤でも、捕らわれたルエリィに対する憐憫《れんびん》でもない。

「そういえば、どっかのダンジョンが踏破されたとかなんとか聞いたッスけど……もしかして、兄貴たちのパーティとか？」

「さあ、初耳だな」

「えー？　ほんとッスかぁー？」

それはまるで――世界そのものに対する、失望のような。

この世には魔物という、すべての人間に共通する強大な『敵』がいる。世界中に存在するダンジョンから、やつらは次から次へと際限なく生まれ続ける。ダンジョンを攻略し魔物を狩り続けなければ、いずれ地上に人間の住める場所はなくなってしまうと警告する学者もいる。

だというのに人間は、どうして人間同士で争い、傷つけ合うのか。

力を合わせて立ち向かうべき敵がいてなお、どうして手を取り合って生きていけないのか。

そんな遣る瀬《やせ》ない感情が強く迸《ほとばし》っていた。文字通り、自分のすべてを懸けて仲間を守り抜いた立場だからこそ。人が人を理不尽に苦しめ、悦《よろこ》びながら傷つけようとする光景に、ウォルカは未《いま》だかつてないほど深い失望を覚えてしまったのかもしれない。

「報酬とか、ガッポガッポだったんじゃないッスかぁ？」

「知らないって言ってるだろ。……けど、ボスモンスターの戦利品《ドロップ》なら、さぞかし高く売れるんだろうな」

どうして——どうして、次から次へとウォルカを苦しめるようなことばかり起こるのだろう。

ウォルカは、あと一歩でも間違ったら死んでしまうところだったのだ。右目を斬られて、左足が千切れかけて、体中血まみれになって、いったいどれほど痛くて苦しかっただろう。命懸けでリゼルたちを守ってくれたのに、そのせいで今の体になってしまって、ずっと研鑽《けんさん》し続けてきた剣を振れなくなってしまって、いったいどれほど辛《つら》かっただろう。

今のウォルカには、世界のすべてが自分を突き放しているように見えていてもおかしくないはずだった。

「でも、その目と足じゃもう戦えない感じッスよねぇ？」

「……まあ、今のところはそうなるな」

それなのに彼はやっぱり、リゼルたちになんの弱音も吐こうとしない。決して誰も責めようとしない。意識して強がっているわけではなく、それが無意識の当たり前になってしまっているのだ。

ウォルカはリゼルと出会うよりも幼い頃、祖父の下で厳しい剣の修行に明け暮れていたという。それは彼自身が抜刀術を会得するためであり、同時に、死期を悟った祖父が彼に一人で生きる術《すべ》を叩き込むためでもあった。

祖父の教育は、上手くいったのだろう。ウォルカは見事抜刀術を会得し、生きる上で大抵のことは難なくこなせるようになった。……そしてその代償として、辛さや苦しさを誰にも見せず一人で抱え込むようになってしまった。

心配するな、俺は大丈夫だと、不自然なほど前ばかり向こうとしている姿がいい証拠だ。

「魔法なんかは？」

「多少は使えるけど、魔法使いの代わりができるほどではないな」

「ふーん……」

ウォルカに責める相手がいるとすれば、それは他でもない自分自身。あんな依頼を受けたリゼルのせい。転移トラップを作動させてしまったユリティアのせい。庇《かば》われるようなヘマをしたアトリのせい。そんな風に彼は微塵《みじん》も考えない。

片目片足を失うことになったのは、ただ、自分に力がなかったからだと。

そのせいでみんなに守ってもらわねばならない己が不甲斐《ふがい》ないと、一人で抱え込んで悔やんでしまっている。

そんなことしてほしくないのに。リゼルたちにも背負わせてほしいのに。支えさせてほしいのに。もう傷ついてほしくないのに。

自分一人の力だけで生きていけるようにと、厳しく育てられてしまったばかりに。

「まあ、しょうがないッスよ。その怪我じゃあさすがに」

「……そうだな」

「……」

だからリゼルは、今は目の前の〈ならず者《ラフィアン》〉だけに全神経を研ぎ澄ませる。

こいつらがわざわざパーティを二組に分けた理由など、問い質《ただ》すまでもなく容易に想像がつく。パーティを分断させて戦力を削《そ》ぐ意味もあるのだろうが、それ以上に。

ウォルカを、人質に取るため。

そうに決まっていた。片目片足を欠いて、杖をついて、到底戦いができるようには見えない青年。おまけに隣に座っているのは、どこからどう見てもガキとしか思えない小さな魔法使い。悪党からすれば、どうぞ人質に取ってくださいと言わんばかりのカモに見えるのだろう。

時折いるのだ――リゼルたちをただのひ弱な女だと侮って、〈銀灰の旅路《シルバリーグレイ》〉というパーティを、ウォルカにおんぶにだっこな馴れ合《なあ》い集団だと決めつけるやつが。

「…………」

〈摘命者《グリムリーパー》〉との戦いは——悔しいけれど、まさしくそういう結果になってしまったのだと思う。だから、あんなのはもう二度と繰り返してはいけないのだ。

感情が溶岩のごとく煮えていく。烈火を呑《の》めば人はきっとこんな気持ちを抱くだろう。

(大丈夫だよ、ウォルカ)

このような状況でなければ、笑みすら浮かべながら言えたはずだ。

(邪魔なやつは、みんな……みんな、私たちがやっつけるから)

ルエリィが向こうの馬車に乗ったのは好都合だった。お陰で巻き込む心配をしなくていい。リゼルはなにも余計なことを考えず、ただウォルカを守るためだけに己《おの》が力を振るうだけでいい。

迷いなど、過《よぎ》るはずもなかった。

ウォルカを苦しめるやつらなんて、一人残らずこの世から消えてしまえばいいのだから。

馬車は進む。ユリティアたちの乗る馬車が前、リゼルたちの乗る馬車が後ろに続いて、少し古びた車輪の音を交互に響かせながら街道を行く。

空には人の気持ちを知らないような、澄んだ青に真っ白い斑模様《まだらもよう》だけが散っている。

およそ一時間おきに休憩を挟みながら、ウォルカたちの馬車の旅は続いた。

街を離れて随分と久しくなり、街道はやがて山の麓を迂回《うかい》する経路へ入っていく。ここまで来ると道ですれ違う冒険者は一人もおらず、周囲にはただただ深い森が広がるのみとなって、葉擦れの音と鳥のさえずり、そしてどこからともなく魔狼《バンディット》の遠吠《とおぼ》えが響くようになる。

動きが起こったのは、もうまもなく日も沈み始めようかという夕暮れ時だった。

自身の馬で馬車の後ろに続くロッシュが、最初に異常を察した。

「――うぉっとぉ!?」

スタッフィオが突然慌てた声を出すのと、馬たちが一斉に嘶《いなな》いたのはほとんど同時だった。

ウォルカたちの乗る馬車が二台とも急加速し、街道を外れてあらぬ横道に入っていったのだ。

「す、すみません、馬が急に――!」と依頼人の焦った声がかすかに聞こえる。一見すると、依頼人らが馬を操り損ねて暴走してしまったようである。

しかし、それを額面通りに捉えるのは愚か者のすることだろう。二台の馬車が同時に制御を失って、まったく同じ方向に暴走するなど話ができすぎている。当然、ロッシュはすぐさま追いかけるべく手綱を操ろうとしたが、

「――おっと」

鋭く風を切る音とともに、馬の足元に矢が突き刺さった。ロッシュは怯《ひる》んだ馬を落ち着かせて即座に索敵。街道の両側から複数の人間の気配。軽く見積もっても十人近い。

嘆息した。まあ当然そうなるだろうね、という想定内のため息だった。

「これはこれは、随分と警戒されたものだね」

「そりゃあ、騎士のあんたが一番厄介だろうからな」

答えは、木々に紛れる薄闇の奥から返ってきた。

「あんたさえ始末すりゃあ、あとは女と片足がないお荷物だけ。楽な獲物だ」

「……ふむ」

横道を遮るように四人、背後の森からロッシュを包囲する形でさらに四人。全員が薄闇に紛れる外《がい》套《とう》をまとっており素性は知れないが、この状況なら可能性はひとつしかありえない。

同時に、馬車が突然暴走した理由もおのずとわかる。あの横道を突っ切った先に、連中の待ち構える『狩場』があるのだろう。予定通り事が進んでいると見て、予定通りに仕掛けてきたわけだ。

――では、こちらは任されるとしようか。

ウォルカたちの身を案じることはない。むしろ、この〈ならず者《ラフィアン》〉の集団が心底気の毒だった。よりにもよって〈銀灰の旅路《シルバリーグレイ》〉というパーティを、よりにもよってこのタイミングで襲撃してしまうのだから、もはや神に見放されているといってもいい。

リゼルアルテ、ユリティア、アトリ。

今あの少女たちは、ウォルカを守るためならあらゆる敵を塵芥《ちりあくた》のごとく殲滅《せんめつ》してみせるのだろうから。

Ⅱ　銀雷一閃《ぎんらいいっせん》

もちろん最初は、人を殺すなんて絶対に無理だと思っていた。

今でこそ『原作知識』というものを思い出してしまったけれど、俺も昔はこの世界を剣と魔法の王道ファンタジーだと思い込んでいた身だ。人類が戦うべきは魔物という名の脅威であり、そのために人と人は手を取り合って生きているものだという先入観が当然のようにあった。

それがとんでもない大間違いだったと思い知らされたのは、ジジイとやっていた剣の修行がスパルタ化して何年か経《た》ち、そこらをうろつく魔物程度なら一人で問題なく倒せるようになった頃。

発端は、村の近辺に〈ならず者《ラフィアン》〉が流れてきたことだった。最初は誰もがそのまま通り過ぎてくれることを祈ったが、やつらは夜な夜な村に侵入しては食料を強奪、挙句目撃した村人に襲いかかって怪我《けが》を負わせるという事態にまで発展した。

どのような経緯でそう決まったのかは覚えていないが、とにかく、その悪党を俺とジジイの二人で退治することになったのだ。

戦い自体は、なんの問題もなく終わった。〈ならず者《ラフィアン》〉は一見すると生活に困窮した三人のゴロツキで、大した武術の心得もなく魔物よりよっぽど簡単なくらいだった。

だがその直後、ジジイから静かに投げかけられた問いの衝撃を——俺は今でも、昨日のことのように思い出せる。

——貴様、こやつらを殺せるか。

当然、断固拒否だ。できるわけがない。魔物を斬るのとはワケが違う。前世を平凡な地球人として生きた俺にとって、人を殺すなど絶対にやってはならない禁忌のひとつだった。

ゴロツキは三人全員、涙と鼻水を垂らして洪水のような命乞いをしている。本当に申し訳なかった、俺たちだって怪我までさせるつもりはなかった、ただ生きたくて必死だったんだ、でももう二度とあんな真似《まね》はしない、改心することを神に誓う、だからどうか、どうか命だけは——。

幸い死人が出たわけでもない。なのにここまで必死に悔い改めているやつらを、殺す必要はないだろうと。

俺の反論にジジイは目つきを薄めて、

「——そうか」

俺の拒絶に憤るどころか、理解を示すように。それだけ言って、ジジイはゴロツキたちを解放した。恐怖の涙を感動の涙に変え、思いつく限り感謝の言葉を並べ立てて立ち去る三人。その背を見送りながら、俺はこれで三人が改心してくれるものと本気で思っていた。

いきなりだった。

「あとをつけるぞ。気配を消せ」

ジジイが、俺の返事も待たずに突然三人のあとを追い始めた。俺は慌ててジジイの背に追いつき、

いったいなんなんだと文句のひとつでも言おうとして、

「貴様の判断は理解できる。それが人道というものだろう。――だがな」

口を噤《つぐ》んだ。

「よく見ておけ――貴様の慈悲に救われたあやつらが、いったいなにをしでかすのか」

ジジイが眉間に皺寄《しわよ》せた怖い面《つら》をしているのはいつものことだ。だがこの形相は――彼方《かなた》でまもなく姿を消そうとしているあの男たちに、今にも背中から斬りかからんとするような。

とうの昔に剣を置き隠居した身とはいえ、かつては仲間からも鬼と呼ばれ恐れられたという男だ。まさしく生涯をかけて剣の道に殉じた男は、それゆえ道義にもとる悪漢の前では強い感情を迸《ほとばし》らせることも珍しくはなかった。

嫌な予感がした。


――そして俺が情けをかけてから数時間後、村から遠く離れた森の中で。

その男たちはなんの躊躇《ためら》いもなく、パーティからはぐれていた若い女冒険者を襲った。


数時間。

鼻水垂らした必死の命乞いから、たった数時間で。

やつらは俺の前で並べ立てた言葉をすべてドブに捨て、笑いながら少女をなぶろうとしていた。

「――……」

「……これが現実だ、ウォルカ」

男の笑い声が、聞こえる。

少女の叫び声が、聞こえる。

「貴様が情けをかけて命だけは見逃した、これがその結果だ……！」

今にも爆《は》ぜるような義憤を抑えつけ、ジジイが強く俺を諭す。

「いるのだ、この世には……救いようのない下衆《げす》というものが」

そのとき俺が抱いていたのは、自分の中にずっと昔からあったなにかが、跡形もなく破壊されて崩れ去っていく不快感。

魔法というファンタジーをはじめて目にした『感動』よりも、
魔物という生物が動く姿をはじめて目撃した『驚愕《きょうがく》』よりも、
夢にまで見た抜刀術へ日に日に近づいていく『高揚』よりも、

――一切の感情が死に絶えていくようなこの『失望』こそが、ここが俺の知る世界とはもう決定的に違うのだということを、もっとも強く刻み込んでくれた瞬間だったのだと思う。

「躊躇うなとは言わん。だが、情けだけはかけるな」

ジジイの言うとおり、こんなクソみたいな現実をまざまざと見せつけられてなお、抵抗はあった。

斬りたいとはかけらも思わなかった。

だが、少なくとも。

「……そのひとつの覚悟が、次奪われる誰かの命を守ることにつながる」

再び剣を抜き放つ俺の手から――慈悲は、消えていた。

――ここは、腐れ外道ダークファンタジーの世界である。

日本という、武器の所持すら法で禁じられた平和な世界で培った倫理観を、武器を持つのが当たり前なこの世界に当てはめられるわけがなかったのだ。

……まったく、当時十歳そこらだったガキが学ぶようなことじゃないだろうが。

しかし結果的には、あのとき舐《な》めた辛酸が今の俺に大きくつながっている。人を斬るということを、心から肯定できたわけではないけれど。少なくとも自分なりの信念をもって、斬った人間の命を背負う覚悟ができるようになった。

もしかすると、剣以上に。

これがジジイに叩《たた》き込まれた、一番大きなことだったのかもしれない。

「そんじゃまあ――命が惜しかったら、大人しくしてもらおっか」

馬車が揺れる。外から見ればそう大した速度は出ていないはずだが、乗っている身からすればうっかりすると舌を噛《か》みそうだ。これがなんの変哲もない馬車の旅だったなら、いい加減にしろと御者に猛抗議しなければいけなかったことだろう。

なんの変哲もない、馬車の旅だったならば。

カインとロイドが——否、偽者のカインと偽者のロイドが、木箱に腰掛けたまま片腕を膝の上に乗せ、挑発するような前のめりで俺と師匠にショートソードを突きつけている。陽気で爽やかだった笑顔はもはや影も形もなく、歪《ゆが》んだ口の端には舌なめずりするような悪意が発露している。

こうなるのはわかっていたし、覚悟もしていた。しかしそれでも、いざ剣を突きつけられて俺の心に広がるのは——肩を落とし項垂《うなだ》れるのにも似た、子どもじみた失望だったのだと思う。

答えた。

「冒険者ごっこは、終わりか？」

「あー？　……なんだよ、気づいてたの？　つまんないなぁ、せっかくマヌケ面が拝めると思ってたのに」

「ほら見ろ、やっぱあからさますぎたんだって。じゃあ賭けは俺の勝ちなー」

「ちぇー」

偽カインと偽ロイドがへらへらと笑う。面白おかしいゲームで遊んでいるかのように。

こちらから問うまでもなく、二人はいかにも気分がよさそうに語り出してくれた。

「あんたらがなんにも気づかずほいほい騙《だま》されたバカか、薄々感づいた上でカッコよくルエリィちゃんを助けようとしてるバカか——ってね」

「で、勝った方が先にユリティアちゃんとアトリちゃんを好きにしていいって話」

……ああそうだよな、こいつらが俺たちのパーティを狙う理由なんざそうなんだろうと覚悟はしてたさ。鍛え抜かれた屈強な騎士が集うこの国で、それでも冒険者を襲うやつらが考えることなど決まりきっている。生活に困ってうらぶれただけの盗賊を除けば、あとはもう男を殺して金に換えるか、女をなぶって金に換えるかしかないのだ。

「いいよいいいよ、じゃあ俺はアンゼちゃんにすっから。あの子は賭けの対象に入ってないし」

「いやおまえ、ありゃムリだって。ちょっと空気が違いすぎるってかさー、絶対スタッフィオのおっさんが一番高く売っぱらうって」

「いやいや、あの子を捕まえられるのだって俺らがこのパーティに目ェつけたお陰なわけじゃん？ちょっとくらいイケるイケる」

握り締める俺の袖をそのまま引き裂いてしまいそうなほど、師匠の指に凄《すさ》まじい力がこもったのを感じる。いつもの俺ならとっくの昔に剣を抜いていたし、師匠も容赦なく魔法をぶっ放していただろう。当たり前だ、こんな知性のかけらもない会話の中で仲間の名を口にされるだけでも反吐《へど》が出る。

あともう少しだ。もうじき馬車はやつらの『狩場』に着く。こいつらのお仲間も、ずらりと並んで今か今かと俺たちを待ち伏せしていることだろう。みんなだって必死に我慢してるんだ、どうせ暴れるなら全員出てきてからまとめて叩き潰せ――そう自分に言い聞かせ、今にも迸りそうな感情を力ずくで抑えつける。

思考を落ち着かせ、今はあえてこいつらの口車に乗せられることを選ぶ。

「……ルエリィのパーティも、そうやって襲ったのか」

「ああ、ルエリィちゃんのパーティはとんだ田舎者だったね。だって、俺らが用意した食事をなんも疑わないで食べちゃうんだもん。あんたらもそうだったら楽だったんだけどねー」

「でも、ルエリィちゃんはよくやってくれたよ。見ててほんっと面白かったなー。いやあ、がんばったがんばった」

二人は笑っている。どこまでも他人事《ひとごと》のように。どこまでも、愉快な寸劇を眺め終わったあとの観客のように。

「口裏合わせてあんたらに依頼を受けさせることと、パーティを別々の馬車に乗せること。この二つが上手にできたら、特別におねえちゃんは助けてあげるよって。……そしたら、もう笑えるくらい必死になっちゃってさぁ」

——ああ、そうか。

おねえさんが教会で療養しているという明らかな出まかせ。依頼人の命が懸かる護衛の依頼で、「親睦を深めるため」などと言って別々の組に分かれようとする、罠《わな》と称するにはあまりに粗末で杜撰《ずさん》なやり口。

粗末で当然だったのだ。

なぜならあれは、おねえさんと仲間を人質にされたルエリィが、今まで人を騙したことなど一度もなかったであろうルエリィが、恐怖と後悔と罪悪感に押し潰され、どうすればいいのかわからなくなりながら必死に絞り出した『嘘《うそ》』だったのだから。

「昨晩のルエリィちゃん、あんたらにも見せてやりたかったよ。宿屋の部屋の隅っこでさ、ガタガタ震えて頭かきむしって、ずーっと一人で泣きながらぶつぶつぶつぶつ言ってんの。『ごめんなさい、ごめんなさい、ごめんなさい、ごめんなさい』ってさぁ。ハハ、人間って面白いよね」

——おまえらが。

おまえらが、そこまであの子を追い込んだんだろうが。おねえさんと仲間を人質にして、ついでに暴力振るって脅しでもしたか？　そうやってあの子の逃げ道をなくして、言いなりになるしかない状況まで追い詰めて、せせら笑いながら弄んでるのはおまえらだろうが。

感情を抑え込むのに、気が遠くなりそうなほど苦労した。

「……なぜそこまでさせた。あの子にやらせる理由なんてひとつもなかったはずだ」

「あー？　わかってないなぁ」

わかりたくもない。

「——そっちの方が笑えるじゃん」

そんな腐りきった思考回路、未来永劫《みらいえいごう》理解などしてたまるものか。

「させる必要がないことをさせるからいいんだって。あんな小さな子が泣く泣く俺らの言いなりになってさ、本当はやりたくないのに必死になって考えて、必死に嘘ついて、必死に演技して……みじめすぎて最っ高に笑えるじゃん？」

「で、俺らも当然、おねえさんを本当に助けてあげる気なんてサラサラないわけ。自分のやったことがぜんぶ無意味だったってわかったら、ルエリィちゃんはどんな顔で絶望してくれるんだろうなぁ……考えただけでわくわくしてくるっしょ？」

そう――こいつらにとっては、ただの遊びなのだ。人を騙すことなど。人を弄ぶことなど。人を苦しめることなど。

そして今この瞬間すら、すべてただの。

自分たちが愉《たの》しむだけの、面白おかしいゲームに過ぎないのだ。

「……」

ああ――この一周回って感情が消えていく感覚、はじめて人を斬ったあのとき以来かもな。本当に、なんで、人間ってのは。魔物という明確な人類の敵がいるこの世界でも、平気で人を苦しめてしまえるんだろうか。

しかし一方では、こいつらが救いようのない悪人であることに安堵《あんど》する気持ちもあった。本当はこんなことしたくなかったとか、こっちにもどうしようもない事情があったとか、中途半端なお涙頂戴をされるよりもずっといい。

あとはもう、思いっきり剣を振るだけだ。

「ああ……いいねぇリゼルちゃん、その顔。そういうのも好きだよ」

瞋恚《しんい》と嫌悪に染まり、もう一秒たりとも声を聞いていたくないと軽蔑する冷めきった師匠の眼差《まなざ》し。

俺も、この仏頂面にもう少し感情が出やすければ同じ顔をしていたんだろうか。

「リゼルちゃんはちょっと子どもすぎるけど……でも、君の顔がこれからどんな風に歪むのかは、今から楽しみだよ」

馬車が、止まる。

道が途切れて開けた場所に出ると、すぐさま周囲の森から複数の人影が馬車を囲んだ。こちらは六人、かなり離れた位置に止まった向こうの馬車はざっと十人以上か。

ロッシュが追ってこないのを見るに、あいつも途中で足止めを食らっているのだろう。ゴロツキが騎士とやり合うなら相応の人数を割くはずだから、少なく見積もっても二十人は下らない集団ということになる。

ただの〈ならず者《ラフィアン》〉の徒党にしてはまあまあデカい。この規模の悪党が活動しているなら普通は速やかに騎士が動いたり、ギルドで冒険者たちに注意喚起されたりするはず。それがないということは、最近他国《よそ》から入り込んで暗躍を始めたばかりの組織的な集団なのかもな。よその国には、そういう反社会的な勢力も少なからず存在すると聞いた覚えがある。

二人のご高説は続く。

「ルエリィちゃんを助けようとする正義感は大変結構、いや〜素晴らしいね！　……でもさ、おたくらみたいなガキがこんな大人数と殺《や》り合った経験なんてあるわけ？　しかも、一番頼りの男がそのザマでさぁ」

「あの騎士も、面倒くさそうだったから仲間が足止めさせてもらったよ。元傭兵《ようへい》のこわ〜い人たちがクロスボウとか〈紙片《スクロール》〉とか担いでったから、普通に殺されちゃうと思うなぁ。残念だったね〜」

ん？　ああ、ロッシュの話か……いや、人数にもよるけど、そこらの傭兵程度なら普通にあいつの圧勝だと思うぞ。剣一本だけの手合わせですら、俺が必死こいて戦ってやっと勝率五分五分なんだからな。正真正銘の戦闘となれば、あいつがどれだけ強いのかはもはや想像できないくらいだ。

「――おい、なに無駄話してやがる。さっさとしろや」

馬車の後方から、前世は大鬼《オーク》だったと思《おぼ》しき筋骨たくましい大男が荷台に足を乗せてきた。この手のありがちな悪漢に俺は一言物申したいのだが、そこまで体を鍛える熱意があるなら真面目に働けよと心の底から思う。悪党なんぞに身を落とす必要ないだろうが。

「悪《わり》ぃなあんちゃん。あんたの仲間はみんな俺らが有効活用してやるから、大人しく諦めてくんな」

御者の男ももう商人ごっこはやめたらしく、手綱を放って余裕たっぷりに葉巻を吹かそうとしている。

「つーわけで、あんたらには文字通り足手まといになってもらうよ。騙されたフリしてたんだとしてもさぁ……ガキと怪我人になにができるわけ？」

たしかにこの状況、普通の若いパーティならば一巻の終わりなのかもしれない。こいつらが言ったとおり、人と殺り合った経験の浅い冒険者がとりわけ若者に多いのは事実だ。犯罪者の取り締まりは基本的に騎士の領分だし、冒険者のランクに人を殺せるかどうかは関係ないからな。魔物相手なら勇敢でも、それが同じ人間になった途端顔色を変えてしまうやつというのは珍しくない。

俺も昔はそうだったから、よくわかる。

こいつらの認識は間違っていない。状況だけ見れば俺と師匠はされるがまま人質となり、抵抗の道を絶たれたユリティアとアトリも為《な》す術《すべ》なく捕縛される。

状況だけ見れば。

「ほら、降りな。なーんもできず人質にされちゃったカッコ悪い姿、仲間のみんなに見せてやりなよ」

……ところでカイン、おまえ随分と余裕綽々《よゆうしゃくしゃく》だな。おまえが突き出している剣の間合いに、俺の首は入っていないぞ。それでいったいなにを脅してるつもりだ。

逆に、おまえが棒切れのように突き出したその腕は——俺の間合いだ。

……別に、俺がでしゃばる必要はないのだと思う。俺がなにかするまでもなく、このあとすぐに師匠がこいつらを一網打尽にするだろう。怪我人の俺は決して余計な真似をせず、ただこいつらが棒切れのように吹っ飛んでいく姿を見届けるだけでいい。

わかっている。だから、これは完全に俺のエゴ。

片足がなかろうとなんだろうと。

こいつら相手になにもせず黙ったままは、男が廃る。

「ちっ……おい、早」

斬った。

「ちっ……おい、早」

その場から動こうとしない愚鈍な人質に苛立《いらだ》った瞬間、カインの名を騙《かた》る〈ならず者《ラフィアン》〉の青年は、ウォルカの左手にどこからともなく片刃曲刀《タルワール》が現れるのを見た。

武器をアクセサリー状に変えて持ち運ぶ、〈装具化《アクセサライズ》〉の魔法を解除した——言われるがまま人質にされるわけにはいかないと息巻いて、攻勢に打って出ようというわけだ。

しかし青年とて、それを読んではいた。ウォルカの左腰に小さく装具化《アクセサライズ》された剣がぶら下げられているのは、昨日の時点でとっくに把握済みだ。ゆえに青年は焦るどころか、内心失笑すらこぼすほどに平然としていた。

——バカだよねえ。魔法を解除する分、普通に剣を抜くより無駄な時間がかかっちゃうってのに。〈装具化《アクセサライズ》〉をどんな武器でも手軽に持ち運べる便利な魔法としか見ておらず、得物をなんでもかんでも装具に変えている冒険者は珍しくない。しかし青年に言わせれば、それは思考停止のバカがすることである。〈装具化《アクセサライズ》〉は解除して武器に戻すまで幾秒か時間がかかるため、そのぶん咄嗟《とっさ》の状況では敵に対し後れを取ってしまうことになるのだ。

見事先手を取ったつもりなのかもしれないが、こいつは目の前に突きつけられたこちらの剣が見えていないのだろうか。おおかた、自分なら上手《うま》くやれると自惚《うぬぼ》れているのだろう……さすが、若くしてAランクに到達した冒険者様は勇猛果敢なことだ。

まあいい。大人しく従うつもりがないのなら、痛い目を見せて屈服させるまで。男なんか痛めつけても面白くないいんだけどねぇ——そう青年は剣でウォルカの右腕に狙いを定め、

「────────は？」

落ちたのは、自分の右腕の方だった。

己の胴に、血が噴き出す寸前の無数の太刀筋が走っていた。

………………ん？

あれ？

目の前のウォルカが、とっくに斬るものを斬って納刀まで終えた状態なのだと。

思考停止していたのは、獲物がこちらより強い可能性をまったく考えなかった自分の方だったのだと──青年がそこまで思い至ることは、結局最期までなかった。

──あの日義足が壊れてしまって以来、修理を待つ間もウォルカは腐ることなく剣を振り続けていた。

壊れてしまったもんはしょうがないと開き直り、どうせならばと隻眼隻脚でも剣を振るための鍛錬を始めた。聖都へ帰る途中で魔物や〈ならず者《ラフィアン》〉に襲われる可能性がある以上、最低限自分の身を自分で守れるようにしておくのは重要なことと考えたのだ。

なお、そのせいでウォルカの背を見つめるリゼルたちがまた湿度の高い目をしていたのだが、それはひとまず置いておき――

かつては祖父の下で、五体が充分に動かせない状況から戦う鍛錬もさせられた経験があったためか、勘が馴染《なじ》むのは思っていたより早かった。

片膝をついた体勢ではどうだ、木や壁に背を預けた状態ならどうなる等々、模索し始めたら存外面白くてやめられなくなってしまったウォルカは、当然座ったまま剣を振るう鍛錬もしていた。すると足に体重をかけないで済む分、今の体ならむしろ座ったままの方がいいのかもしれないと気づいた。脳筋一辺倒な〈身体強化《ストレングス》〉ありきの考えをやめ、アトリの力強くしなやかな戦いぶりを参考にすることで、脱力と掛け合わせた負荷の少ない抜刀のコツを摑《つか》んだ。

やはり剣の道は奥深い……！　と目を輝かせてのめり込むウォルカの姿に、リゼルたちの湿度が余計に増していたのはさておいて――

無論、座ったままでは彼本来の全力に遠く及ばない。しかし義足の修理が完了する頃には、それでも常人の目には留まらぬほどの抜刀が可能となった。ふふん、俺にかかればこれくらい――と内心ドヤるウォルカに対し、リゼルたちの湿度は以下略。

なんにせよ今のウォルカは、座ったまま戦ってもだいぶ強い。

たとえ、全力には遥《はる》か遠く及ばずとも。

ウォルカという男は、弱冠十七歳にして人生の半分以上を剣に捧《ささ》げてきた。

抜刀術やりてえ！　という気持ちだけで、度を越えた厳しすぎる修行だって最後までやり抜いた。

そして仲間を守るために、死神の名を冠する怪物すらもたった一人で討ち倒してみせた。

結果、死の淵《ふち》で『扉』をこじ開け、いよいよ極限の領域へ片足を踏み入れつつある剣術バカの太刀筋は――命を懸けたことすらないチンピラ程度がどうこうできる次元を、遥か彼方に置き去ってしまっていたのだ。

――〈装具化《アクセサライズ》〉を瞬間解除して即座に抜刀、二人の右腕ごと胴体を斬り捨てる。

ウォルカは、これを文字通りの刹那でやった。相手の目には、最初から指一本動かしていなかったように見えたかもしれない。座ったままの体勢にもかかわらず、光となって放たれた剣閃《けんせん》は二人の悪党を極めて無慈悲に斬り払い、そのまま背後の幌《ほろ》すら幾重にも亘《わた》って断ち切ってしまった。

「…………へぁ、」

「…………は？　えぁ――」

二人の手首が、胴体が、今になってようやく控えめに血を噴き出す。あたかも斬られた体自身が、未《いま》だ己の状況を理解できず戸惑っているかのような――それほどまでの絶技。

「――!!」

荷台に足を乗せていた大男の全身が一気に粟立《あわだ》つ。なにかを叫ぼうとして唇を動かす、

「〈波濤《ヴォルテクス》〉」

――よりも、偉大で尊大な大魔法使いの詠唱が遥かに早かった。リゼルを中心に放たれた逆巻く衝撃波が、馬車の幌もろとも邪魔者を手当たり次第宙に吹き飛ばした。

〈波濤《ヴォルテクス》〉——魔力を衝撃波に変えて放つ極めてシンプルな魔法で、主に敵の接近を許した魔法使いが牽制《けんせい》やかく乱目的で使用するものだ。本来なら敵の体勢を崩して怯《ひる》ませる程度の威力しか持っていないはずだが、それもリゼルが使えば、巨大な鉄塊で薙《な》ぎ払うがごとき脅威の攻撃魔法へと変貌を遂げる。

その一発だけで、形勢は簡単にひっくり返ってしまった。

「ぐおおおおっ!?」

馬車を囲んでいた〈ならず者《ラフィアン》〉の集団が吹き飛ばされ、至近距離で食らった偽カインと偽ロイドに至っては骨までへし折られた。もはや声すらあげられず血飛沫《ちしぶき》とともに宙を飛んで、彼方の木に強く体を打ちつけてブラックアウトした。

まったく、これのどこが牽制用の初級魔法なのか——まるで容赦のない威力にウォルカは舌を巻き、リゼルの肩を摑んで己の方へ引き倒す。

「ひゃい!?」

リゼルが素っ頓狂な声をあげて硬直した隙に、次は馬車の前方へ向けて神速の抜刀。リゼル目がけて足場を蹴ろうとしていた御者の男を一文字に斬り捨てる。

この男だけはリゼルの〈波濤《ヴォルテクス》〉に即反応し、御者台の陰に伏せて上手く衝撃波をやり過ごしていた。アトリが「少しやる」と警戒しただけのことはある。だがさしもの男も、剣の間合いを超えて発生した斬撃にはまったく対応できなかった。

驚愕を通り越し、理解不能の形相で男がぐらりと崩れ落ちていく。

その体が地面に落ちると同時に、ウォルカの腹のあたりでリゼルが再起動した。少し赤くなった顔でぷんすかと怒り、

「……も、もう！　もうっ！　ウォルカのばかっ、やっぱりぜんぶ自分でやろうとして……！」

「そ、そんなことないって」

むしろ、ウォルカにできるのはここまでだった。

「づっ……くそ、さてはただのガキじゃねえな……！」

衝撃波で吹き飛ばされた大男が、土にまみれながらもあと少しで起き上がろうとしている。他の連中も痛みに呻《うめ》いてはいるが、完全に戦闘不能となったわけではない。馬車から降りるのも一苦労なウォルカでは、残りを全員まとめて相手取るのはいささか荷が勝つだろう。

「任せて」

だからリゼルが立ち上がる。右手の指輪の〈装具化《アクセサライズ》〉を解除。月と星を象《かたど》った杖《つえ》で足元を打ち、遮るものがなくなった馬車の上で屹立《きつりつ》する。

愛する弟子に向けて、微笑《ほほえ》んだ。

「大丈夫。あとは、みんな私がやっつけるから」

「てめえら立て!!　二度はやらせるな!!」

リゼルが杖を掲げるや、立ち上がった大男が咆哮《ほうこう》とともに疾駆した。

ただの〈ならず者《ラフィアン》〉とは思えない練度の〈身体強化《ストレングス》〉と、立ち塞がるものすべてを粉砕するような勇ましい踏み込み。戦いをよく知る人間の体捌《たいさば》きだった。あるいは悪党に身を落とす前は、それなり

に実力のある傭兵か冒険者だったのかもしれない。

リゼルは静かに、その名を呼んだ。

「――〈極光の討手《アルテミス》〉」

直後、天空から光が着弾した。

そうとしか表現できない威力だった。大人の背丈ほどもある光の矢が飛来して男を貫通、その速度を微塵《みじん》も落とさぬまま地面すら撃ち砕いてようやく止まった。

突如あらゆる制御を失った大男は激しく転倒し、すぐさま起き上がろうとするも体に力が入らず、口からは言葉の代わりに血があふれ、

「――――、」

意識が黒で潰れる間際、リゼルの頭上に月のごとく弓引く女神の姿を見たのは――果たして、死に際だけに訪れる夢の類だったのだろうか。

「〈ならず者《ラフィアン》〉ども。わしは、ウォルカのように優しくはないぞ」

桁違いの魔力に空間が呑《の》まれ、リゼルの長い長い銀髪が燐光《りんこう》を帯びて揺らめいている。その煌《きら》めきはやがて彼女の瞳まで及び、月と星の杖が再度足元を打つと、鈴のような音色とともに広がる波紋が世界に夜をもたらす。

もちろんそれは、リゼルの魔力に呑まれた者が見た幻視に過ぎなかったけれど。

「そのまま前から射抜かれるか、逃げて背中から射抜かれるか――好きな方を選ぶとよい」

力の差など、問うことすら無意味である。

降り注ぐ月の光芒《こうぼう》が、逃げ惑う〈ならず者《ラフィアン》〉をすべて等しく撃ち抜いた。

「――よぉ嬢ちゃんたち、ちょいと失礼するぜぇ」

リゼルの〈極光の討手《アルテミス》〉発動より少し前。魔物の毛皮でこしらえた粗野な外套《がいとう》をまとう男が、荷台の後方からのそりと片足で踏み込んでくる。表情を凍りつかせたのはルエリィだけで、アトリ、ユリティア、アンゼの三人は眉ひとつ動かさず獣臭い男を見返した。

「おっと」と男は手のひらを見せ、

「物騒な気は起こさないでくれよ。向こうの馬車も俺らの仲間が囲んでるからな……ちっこいガキと、怪我した兄ちゃんが乗ってるって話じゃねえか。ああ、かわいそうに」

アトリの指がぴくりと動き、ユリティアの瞳から感情が消え、アンゼは微笑んだまますっと不穏に双眸《そうぼう》を細めた。

アトリはぼそりと、

「……やっぱり、人質にするんだ」

「まあそういうこった。安心してくれや。嬢ちゃんたちが大人しく言うこと聞いてくれりゃあ、ガキと兄ちゃんも痛い目見ないで済むからよ」

「ふうん」

アトリに動揺や焦りは一切ない。なぜならその『ちっこいガキ』が、どれほど強くて頼りになる仲間なのかをよく知っているから。

アトリたちパーティの中でも、とりわけリゼルはこの手の輩《やから》から大いに見くびられる。身長が百三十ちょっとしかないせいで、子どもが魔女の真似っこをして遊んでいる風にしか見えないからだ。

しかし、そうやってリゼルを侮った連中が辿《たど》る末路はいつも決まっている。

「にしても、とんでもねえ上玉引っかけてきたもんだ！　へへ、こりゃあ夜が楽しみで――」

破砕。

向こうの馬車でなにかが起こった。アトリの位置からでは幌が邪魔してよく見えないが、魔力の余波からリゼルが魔法を発動したと察知。

同時に、そのリゼルから〈精神感応《テレパシア》〉が飛んできた。

《アトリ、ユリティア、こっちは大丈夫じゃ。思いっきり暴れ――ひゃい!?》

以下、師匠モードが完全崩壊した超絶早口で、

《あわっふわわわわウォルカのふっふふふっきん!!　わわっわわわわうぉうぉっウォルカのににっにに匂――ごめんなんでもない》

は？

〈精神感応《テレパシア》〉がぶつりと切れた。どさくさに紛れてなにをやっているのかあの幼女。どうやらすべて片付けたら詳しく話を聞く必要があるらしい。

「……あん？　なんだぁ？」

不審に思った男が外へ体を反らした、その瞬間にアトリの行動は完了した。

「――ずどーん」

両腕をバネにする要領で椅子代わりの木箱から跳躍、外へ身を躍らせながら男の顔面に回し蹴りをお見舞いし、着地へ向かう落下に乗せて下へ振り抜き――叩きつけた。

「ずどーん」どころではない、血も涙もない破砕の音が響き渡った。

〈アルスヴァレムの民〉が得意とする、人類最高峰の〈身体強化《ストレングス》〉から放たれる必殺の一撃である。

食らえば命がいくつあっても足りはしない。蹴りを打ち込んだ時点で明確に頭蓋の砕ける音が響き、叩きつけた衝撃で地面が割れ、反動で跳ね上がった男の体は縦に三度も回転してからようやく崩れ落ちた。

アトリが視界にかかった髪をさっと払う、二秒の沈黙があった。

「――て、てめ、」

少し離れた場所でクロスボウを持っていた別の男が、弾《はじ》かれたようにアトリへ照準した。あくまで脅しのつもりだったのか、それとも仲間の仇《かたき》を取るため本当に撃とうとしたのか、真相は結局わからず終《じま》いとなった。

とっ――と馬車から音もなく身を翻したユリティアが、すり抜けざまの刹那で一閃した。風で舞い散る花びらがごとき、流麗にして目にも留まらぬ所作。鮮血が飛び、膝から崩れてようやく男は自らが斬られたのだと理解した。

馬車を包囲していた〈ならず者《ラフィアン》〉の集団が一人残らず凍りつく。向こうの馬車では仲間が突如炸裂《さくれつ》した魔法で全員吹き飛ばされ、こちらも気を取られたほんの一瞬で二人がやられた。瞬く間に形勢逆転しようとしている目の前の現実に対し、どう行動を起こすべきかが咄嗟に思い浮かばなかったのだ。

「こっちはおまかせ」

「はい」

アトリは左、ユリティアは右。

リゼルをガキと侮り、ウォルカを人質に取ろうなどと考えるのだ。よほど命が要らないのだろう。

アトリはブローチの〈装具化《アクセサライズ》〉を解除し、右手に相棒のハルバードを顕現させる。年端もいかぬ少女が武器とするには不釣り合い極まりない、大の大人であっても持て余すであろうその偉容。光り輝く銀はあまりに美しく、龍すら屠《ほふ》りうる巨刃はあまりに凶悪だ。

人を相手に振り回せばどうなるかなど、言うまでもない。

そして、そんな武器を軽々と構えてしまう少女の実力が、到底常識の枠組みから外れているのも――言うまでもないことだった。

「じゃ――やろっか」

アトリはどこまでも淡々と地を蹴り、一切情け容赦なくハルバードを振り抜く。

〈ならず者《ラフィアン》〉が恐れ慄《おのの》きながら構えた剣など、もはや単なる小さな枝の切れ端に過ぎなかった。

地を蹴ったアトリの風圧を背に感じながら、ユリティアは己の右手に握った愛刀を見つめる。

やはり魔物と違って、人を斬った感触はいやに手に残る。たとえ相手が情け無用の悪人だとしても、頭ではわかっているのにどうしても胸が感傷を覚えてしまう。

最初は、これを切り捨てなければならない甘さだと考えることもあった。

だが、実際はむしろ真逆——これは、切り捨ててはいけない大切な感覚なのだ。

一年くらい前だろうか。ユリティアはウォルカに一度だけ、先輩は人を斬るのが平気なのか、躊躇ってしまう自分は甘いのだろうかと問うたことがあった。

そのとき、ウォルカはこう答えたのだ。

「俺だって、人を斬るのは何度やっても嫌だぞ。何年も前に斬った相手を、今でも夢に見るくらいだ」

——でも先輩の剣には、迷いがないです。

——嫌かどうかと、迷うかどうかは別の話だ。

「相手が悪人だろうがなんだろうが、人を斬るのに正しさなんてない。……だから、信じるしかないんだ」

自分が今ここで振るう剣が、きっと誰かを守ることにつながると。守るために剣を振る覚悟——あるいは、信念とも呼ぶべきもの。

当時のユリティアは、若くして確固たる考えを持つウォルカに感銘を受けるばかりだった。先輩はやっぱり大人なんだなあと目を輝かせるばかりで、なんの疑問にも思っていなかった。

しかし今になって思い返すと、あの答えも意味深に聞こえてくる。

この国で生まれる若者は、悪《あ》しき行いが決して許されないことを〈聖導教会《クリスクレス》〉で学ぶ。『悪』は人道に反する罪であり、罪は罰で贖《あがな》わなければならないと。国の若き芽が道を踏み外さぬよう教え導く、何年も昔から繰り返されてきた情操教育の一環だ。

だから悪を斬ることは、悪ではないはずなのだ。犯罪者を取り締まり人々を守る騎士が、この国で広く正義の存在と知られているのを考えてもそれは明白だろう。

しかしウォルカは、たとえ相手が悪人であったとしても、斬ることを決して正しいとは考えていなかった。

なぜ。「正しさもなにもない」「信じるしかない」という、まるで彼自身ではどうしようもなかったかのような口振り。

――なにが正しくてなにが間違っているのかの価値観すら育たぬうちから、もはや『守るため』と縋《すが》って殺すしか道がなかった。

そういう意味なのではないか。やはり幼い頃のウォルカは、ユリティアには想像もできないなんらかの過酷な境遇に身を置いていたのではないか。そう考えれば、彼が世界に対して深い失望を抱いてしまっている理由も――

「先輩……」

やはりユリティアは、ウォルカのことをなにひとつ理解できていなかったのだろう。

「先輩っ…………」

ウォルカは本当に、『剣にその魂を捧げる求道者』なのだろうか。

それは、ユリティアたちから見える仮初の姿に過ぎないのではないか。

本当は誰にも話すことができない、暗くて重い過去を歩んできたのではないのか。

「せん、ぱぃ……っ」

感情が止まらなくなる――理解したい。追いつきたい。支えたい。助けたい。寄り添いたい。力になりたい。傍《そば》にいたい。慈しみたい。求められたい。委ねてもらいたい。抱き締めてあげたい。癒してあげたい。あの人の苦しみを、ほんの少しだけでも取り除いてあげたい。

「こ、このっ……なにぶつぶつ言って……！」

〈ならず者《ラフィアン》〉の一人が魔法を使おうとした。ユリティアはとうに懐へ踏み込んでいる。抜刀一閃――

崩れ落ちる男を最後まで見つめ、強く剣を握り直す。

「先輩……絶対に、絶対に、独りになんてしませんからっ……」

アトリは元から戦いのために生まれたような存在だし、リゼルも人ならざる血を引いて見た目より何倍も長生きしているから、人を討っていちいち感傷に浸ることはない。

人を殺すことへの躊躇い。殺した相手への感傷。

ウォルカと同じ感覚を持っているのは、ユリティアだけだ。

人を斬るのに正しさもなにもなく、ただ信じるしかない――ウォルカがあの言葉に込めた本当の想《おも》いを理解し、寄り添えるのはきっとユリティアだけなのだ。

だから――わたしも、先輩みたいに。

「――参ります」

「……!!」

残る〈ならず者《ラフィアン》〉たちは、事ここに至ってようやく思い知る。魔女の真似っこをしているだけとしか思えないガキ、戦場より酒場で舞う方がお似合いな異国の少女、貴族のお嬢様にも見える可憐《かれん》な子ども、そして一人だけ大怪我を負った剣士――どこからどう見ても、男に守られながらぬくぬくと生きてきた馴《な》れ合《あ》いパーティだろうに。

もっとも、気づいたところで今更なにかが変わるわけでもない。

とんでもない大ハズレを持ってきやがったなと、文句を言う相手すらすでにいないのだから。


「……師匠、大丈夫そうか？」

「ん……うむ、大丈夫じゃな。行こう」

師匠が魔法で素早くあたりの気配を探り、他に隠れている敵がいないことを確認。俺は転ばぬよう慎重に馬車から降りて、愛刀を杖代わりにユリティアたちの下へ向かう。

三人、斬った。一切情けをかける余地のないやつらだったけれど、それでもやはり気分はよくなかった。たとえ救いようのない悪党であっても、俺にとって、人を殺すというのは何度経験しても決して慣れてしまえるものではなかった。

血飛沫を上げて崩れ落ちていく相手の、恐怖、後悔、怒り、苦痛、失意、不可解、そういった真っ黒い感情が渦巻いた瞳を見たときの――なにかが俺の中で消えていくような、ひどく遣《や》り場《ば》のない空虚感。

慣れる必要はないとジジイは言っていた。それは貴様が、命の重さを理解している証《あかし》だからと。守るために斬る覚悟さえできるなら、わざわざ捨てる必要はないものだと。

捨ててしまえば、もう、戻ってくることはできないと。

だから俺はこれからも、誰かを斬るたびこの感情に折り合いをつけながら生きていくのだろう。

「っ……」

ぼんやりとしていたら、柔らかい地面に義足を取られ転びかけてしまった。すぐに師匠が横から抱きついてきて、

「ウォルカ、大丈夫かっ……？」

「あ、ああ。ごめん」

そういえば義足のリハビリは室内や舗装された道ばかりで、柔らかい土の上はほとんど歩いてなかったな。まったく、不自由な肉体になってしまったことを改めて痛感する。

戦闘はほぼ終結しつつある。アトリは周囲の敵をすべて倒し切っていて、ユリティアの方も……今まさに最後の一人を倒そうとしていた。すでに戦意喪失しつつある男と対峙《たいじ》しながら、

「アンゼさん、ルエリィさん、今のうちに……！」

「はい。ルエリィさま、行きましょう」

「は、はい……！」

ユリティアの呼びかけに頷《うなず》き、馬車から降りたアンゼが転がる賊の仏様もなんのそのと俺の方へ走ってくる。一方そのあとを追いかけようとしたルエリィは、アトリにぶった斬られた一人がすぐ足

元で視界に入り、思わず顔を青くして立ち止まってしまった。

……これはルエリィよりも、アンゼのメンタルがオリハルコン並みというべきだな。俺から見てもだいぶ血みどろな有様なのに、大聖堂のエリートシスターは肝っ玉も半端ないようだ。

「ぎゃあ！」

そしてユリティアのまっすぐ美しい太刀筋が閃《ひらめ》き、最後の男が呻きながら地面に倒れた。

これで襲ってきたやつらは全員倒した。しかし、アトリはなおも戦意を緩めない。バカでかいハルバードを片手に見据える先は――本当の意味での最後の一人、依頼人のスタッフィオ。

賊を二十秒そこらで殲滅《せんめつ》してしまったアトリたちに腰を抜かしたのか、馬のすぐ傍でへなへなにへたり込んで茫然《ぼうぜん》としている。水気のない引きつった半笑いで、

「……い、いやあ、皆様なんとお強い……はは、ははは……」

「……」

「ええと……ど、どうかしましたかな？　ワタシは……」

自分でも、もう誤魔化《ごまか》せないとわかっているくせに。

アトリが冷たく、

「どうせ、おまえが頭目でしょ」

「は、はは……」

地を蹴った。

「ひ、ひい――!?」

……普通なら、これで完全に決着するはずだった。俺の前世で一世を風靡《ふうび》していた異世界ファンタジーなら、アトリの手痛い一撃でスタッフィオは成敗され、あとはルエリィのおねえさんを救出してめでたしめでたしとなっていただろう。

甘かった。

俺はなおも理解できていなかったのだ——このクソッタレな世界の奥底に潜む、悪意ある神の意思というべきものを。

「——グ、〈暴食の弔客《グラトニア》〉ッ!!」

スタッフィオが悲鳴のように叫んではじめて、やつのへたり込んだ右手と地面の隙間に〈紙片《スクロール》〉が隠されていたと気づいた。

使用することで、特定の魔法を無条件に発動させられる希少アイテム——俺はやつまで距離があるから見えなかっただけで、おそらくアトリは最初から気づいていて、その上で真っ向突っ込むことを選択したはずだ。実際そこらの魔法程度であれば、彼女の超人的な反射神経でなんの問題もなく対処できていただろう。

——世界が、澱《よど》んだ。

錯覚ではない。その瞬間〈紙片《スクロール》〉から濁った光が放たれ、スタッフィオの足元から突如黒い『なにか』が出現した。

「なっ――」

首筋がざわついた――俺がそう感じたときには、その感覚はすでに全身へ膨れあがっていた。

「――!?」

「アトリ!!　離れてッ!!」

アトリがギリギリで踏み留《とど》まる。師匠が叫ぶ。重油のような嫌悪感が全身の肌という肌にまとわりつき、重い息苦しさで瞬く間に周囲一帯が呑み込まれていく。夕暮れの空がおどろおどろしく黒ずみ、産毛の逆立つような薄闇が訪れ、禍々《まがまが》しい魔力の放射を間近に受けた木々がみるみる生気を失ってしなびていく。

馬が嘶《いなな》く。地面から噴出した『なにか』が、暴れる馬を足元から呑み込もうとしている。俺の目には、あれは真っ黒い魔力を押し固めて作られた『腕』に見えた。地面を侵蝕《しんしょく》する闇の異空間から、蛇のごとく蠢《うごめ》きながら現れる幾本もの黒腕。二頭の馬に馬車ごと摑みかかり、その姿をあっという間に黒一色で塗り潰していく。

「っ……!」

「〈極光の討手《アルテミス》〉!!」

アトリが後方に跳ぶや否や、師匠が無警告で〈極光の討手《アルテミス》〉をぶっ放した。先ほどの戦闘よりも数段上の、人間に放てば間違いなく『射抜く』どころか『消し飛ばす』威力で。

スタッフィオの足元から出現していた黒腕が、人間離れした驚異的な速度で反応した。指の形を三本の鉤爪《かぎづめ》に変え、まるで空ごと引き裂くかのような横薙ぎで光の矢と衝突し――完全に相殺して、魔力の渦を残しながら消滅した。

俺からすれば冗談としか思えない光景だった。師匠のほぼ全力の〈極光の討手《アルテミス》〉と、あの黒腕一本が同じ威力など。なら、その腕に覆い尽くされてしまった馬たちは——。

ぐしゅり、となにかの潰れる異音が聞こえて馬の嘶きが途絶えた。見ればたしかに馬がいたはずのその場所で、ただおびただしい量の血の海が黒に呑まれて消えていくだけだった。

それはあたかも、触れた者を冥府の底まで引きずり込む悪魔の具現。

師匠が叫んだ。

「全員、こっち!! 早くッ!!」

アトリは言うまでもなく、ユリティアもとっくにルエリィの下まで駆けつけ、力ずくで腕を引っ張って走り出そうとしていた。

それにまたも黒腕が反応した。〈極光の討手《アルテミス》〉を相殺したのと同じ鉤爪を剝《む》き出しにして、ユリティアとルエリィの手を断ち切る軌道で振り下ろす。

「……ッ!?」

ユリティアが咄嗟にルエリィの手を放し、奥へ突き飛ばした。その判断があと一瞬でも遅ければ、二人の手はズタズタに切り刻まれてしまっていたはずだ。

空を切った黒い鉤爪が、数メートルに亘って地面を深く抉《えぐ》り取る。間一髪のタイミングに肝を冷やす間もなく、鉤爪はなおもユリティアを追うように横薙ぎで襲いかかる。ユリティアは〈身体強化《ストレングス》〉で跳び退《の》きそれを躱《かわ》したが、突然突き飛ばされ宙を泳いでいたルエリィはほとんど反応できず——そのときほんのわずか、本当にほんのわずかに──黒い鉤爪の先端が、彼女の右腕を撫《な》でるように掠《かす》めた。

「あっ──」

それだけでルエリィの右腕にぞっとするほどの裂傷が走り、鮮血が散った。

「──ああああああぁぁぁッッ!?」

年端もいかぬ女の子に耐えられる傷ではなかった。地面に倒れたルエリィは痛みにのたうち回ることすらできず、ただ体を丸めて喉が焼け爛《ただ》れるような悲鳴をあげた。

「ルエリィさん!?　っ……!」

ユリティアが即座に抜刀し、鉤爪を黒腕の根元から斬り落とす。だがわずか三秒、腕はボコボコと脈打ちながらあっという間に根元から再生した。しかも途中で枝分かれし、鉤爪が二倍に増えるというふざけた形で。

「ユリティア!!　早く!!」

「で、でも、ルエリィさんが……!」

俺の体が突然バランスを崩した。

「ウォルカさまっ……!」

隣からアンゼに支えられてようやく、自分でも気づかぬうちに体が動こうとして、結果またしても足元の土に義足を取られたのだとわかった。ああもうこのポンコツが、肝心なときに!!

俺の代わりにアトリが動く。烈風とともに前へ飛び出し、ハルバードの巨大な刃に物を言わせて、鉤爪もろとも黒い腕を縦一閃で叩き潰す。

だが、それでも駄目だった。やはり三秒足らずで再生し、さらに枝分かれを重ねることで余計手に負えない数まで増殖していく。

——斬ってどうにかできる相手じゃない。

「ばか!! 言うこと聞いてッ!!」

師匠の叫びは、もはや悲鳴であった。

地面を侵蝕する闇の異空間が広がり続け、そこから次々と黒腕が生まれ出てきている。ルエリィとの間も完全に分断された。斬撃《ざんげき》が効かないどころか、斬れば斬るほど数を増やしていく正体不明の魔法——さしものユリティアとアトリも、今は師匠の言葉に従うしか術がなかった。

クソッタレが、足さえまともなら俺だってとっくに飛び出してるのに!!

「ウォルカはここにいて!!」

師匠が駆ける。すぐさま二人と合流し、地面を強く杖で打って、

「——〈光陣の護手《エイジス》〉!!」

その名は、よほどの事態でなければ使うはずのない師匠の最大の防護魔法。師匠の眼前に巨大な盾の紋章が浮かび、そこから俺たちを囲む形で光の結界が展開される。

黒腕が結界に阻まれ、一瞬だけ止まった。一瞬だけだ。結界ごと師匠たちを押し潰すつもりなのか、次から次へと光の壁に鉤爪を突き立て、

「——」

俺の隣でアンゼが右手を前に出し、なにかを言った。

それだけで黒腕の群れが、一本残らず散り散りになって消し飛んだ。俺にはよくわからないが、おそらく邪悪な存在を退ける類の神聖魔法を放ってくれたのだろう。

全員がそこまでやってようやく――ようやく、なにが起こっているのかを命からがら把握できるようになった。

たった今まであった馬車が粉々に破壊されている。半径十メートル程度の地面が真っ黒い謎の異空間に変質し、そこから生まれ出る禍々しい黒腕の群れが、転がる〈ならず者《ラフィアン》〉の死体を次から次へと喰《く》らっていっている。ひとつ押し潰しては血飛沫に変え、またひとつ、ひとつ、ぐしゅり、ぐしゅり、ぐしゅり――耳にこびりつく生々しい音が何度も何度も響き渡る。

まるで、現世に開かれた冥界の扉だ。捕らえた獲物を見境なく引きずり込む死の遣いたち。どことなく雰囲気が〈摘命者《グリムリーパー》〉と似ている気がして、握り込んだ爪が手のひらを抉りそうなほど不快な気分になった。

ルエリィは生きていた。果たして偶然なのかはわからないが、彼女だけは黒腕に狙われることなく無事でいる。しかし右腕を引き裂かれた彼女はただ痛みに涙を流すばかりで、そこから逃げ出すのはおろか、もはや自分の力で起き上がることすら叶《かな》わないのは明白だった。

「――い、いやあ、とんでもない魔法ですな」

そしてルエリィのすぐ横に、冷や汗を拭いながらおっかなびっくりと立った小太りの男。

「ま、まさかこれほどまでとは……使っておいてなんですが、ワタシも大層肝が冷ぇましたよ。いやはや、実に恐ろしい……」

スタッフィオ。

黒い異空間の上であいつだけが無事でいるのは、あいつこそが、この異常極まる魔法を発動した張本人だからだ。

結界を維持する師匠の背中に、心底忌々しげな感情がにじんだ。

「〈暴食の弔客《グラトニア》〉――精霊魔法の〈紙片《スクロール》〉なぞ、よくもそんなものを」

スタッフィオの胸の位置。試験管のような細長い形の瓶が宙に浮かび、その中に入れられた紙の切れ端が澱んだ禍々しい光を放っている。あれが〈紙片《スクロール》〉、このとんでもない異常現象を引き起こす元凶たるアイテム。

「せ、精霊魔法って――」

ユリティアが耳を疑うのも無理はなかった。俺たち人間が使用する魔法とは体系をまったく異にする、精霊《スピリア》の力が根源となる魔法。基本的に人間が扱えるものではなく、どれもが通常の魔法より数段上の力を秘めているという。師匠曰《いわ》く、一撃でいとも容易《たやす》く戦況をひっくり返してしまう――そういう魔法なのだと。

すなわち精霊魔法の〈紙片《スクロール》〉とは、もはや一般的に流通しているようなシロモノではなく、ダンジョンでのみごく稀《まれ》に入手できる高レア中の高レアアイテム。封じられた魔法次第では、個人の所持を国から禁じられる場合があるほどの。

ふざけやがって――なんでそんなものを、よりにもよってこいつが持っていやがる。

「ふう……まあ、我々のようなロクデナシだけが使える、ロクでもないルートがあるのですよ」

使っておいてなんだが肝が冷えた――その言葉に偽りはないらしく、スタッフィオは心臓を落ち着かせるように大きな呼吸を繰り返している。

「しかし、こうして使わざるを得ないときが来るとは思いませんでした……。皆様まだお若いのに、なんとお強い。同じAランクでもここまで差があるとは、完全に誤算でしたな」

同じAランク……ルエリィたち〈天巡る風《ウインドミル》〉はCランクだから、さてはこいつ他にも冒険者を襲ってたのか。

「この国の若い冒険者は、人と戦うことに不慣れな者が多いと聞いていたのですがね。実際、今日までは上手く行っていたのですよ」

足元の異空間を見下ろし、また冷や汗をぬぐう。

「この〈紙片《スクロール》〉も、発動したはいいものの……これが精霊魔法の恐ろしさなのですかな。いやはや……」

黒の異空間が、這《は》いずる亡者のような速度で徐々に範囲を広げている。広がった空間からさらに新たな黒腕が生まれ、その数はもはや十や二十では利かなくなりつつある。〈ならず者《ラフィアン》〉の死体を喰い尽くしてもなお飽き足らず、次なる餌を求めて師匠の結界に四方八方からまとわりついてくる。

再度アンゼが神聖魔法で黒腕を消し飛ばし、同時に師匠がスタッフィオめがけて〈極光の討手《アルテミス》〉を三連射した。

しかし、結果は一度目と同じ――素早く振るわれた三本の黒腕によって、呆気《あっけ》なく相殺された。そ

れからようやく、スタッフィオは自分が攻撃されたことを理解した様子で、

「は、ははは、とてつもない魔法ですな。しかしどうやら、こちらはアナタの魔法に対して相性がいいようで……」

「ッ……」

そして消し飛ばされた黒腕が例のごとくすべて再生し、またぞろぞろと結界にまとわりついてくる。黒腕が光の壁に鉤爪を突き立てると、そこから毒が染み込むように黒い侵蝕が始まって――まさに俺たちの目の前で、結界にヒビが入って軋《きし》んだ。

「……!?」

おい冗談だろ、師匠の一番固い結界だぞ!?

「リゼル、ボクがやる！　結界解いて！」

「バカを言うな、解いてどうするんじゃ!?　触れただけで終わりなんじゃぞ!?」

「でもっ……！」

結界から飛び出そうとするアトリを師匠が怒鳴りつける。徐々に広がり続ける黒の異空間と、そこから際限なく出現する禍々しい黒腕。斬られようが魔法で消し飛ばされようが物ともしない再生力と、捕らえた相手を一瞬で血の海に変える反則同然の殺傷力。いくら〈アルスヴァレムの民〉であっても、正面から突っ込むのは無謀と言わざるを得ないほどの。

はっきり言ってめちゃくちゃもいいところだ。これが精霊魔法――ひとたび発動するだけで、いとも容易く戦況をひっくり返してしまう叡智《えいち》の結晶。敵に回すとここまで恐ろしいとは、さすがの俺た

ちもはじめての経験だった。

「できれば、攻撃はやめていただけませんか？　正直、〈紙片《スクロール》〉といえども上手く制御できる自信がないのですよ……」

次第に己の優位が理解できてきたのか、スタッフィオの表情に余裕の色が戻り始めている。

「ルエリィ、大丈夫ですか？」

膝を折り、倒れたまますすり泣くルエリィに優しく手を差し伸べ、

「立ってください。――立て」

「あッ……!?」

傷のない左腕を摑み、力ずくで乱暴に起き上がらせる。

だが、今のルエリィにはもう自力で立つだけの気力など残されていない。腕を引き千切られそうになってもルエリィはなんの抵抗もできず、地面に膝をつき、ただ呻き苦しんで悲痛な涙を落とすだけだった。

ルエリィの右腕は、血まみれだった。あまりの激痛にもうぴくりとも動かせず、指先からみるみるうちに赤い液体が滴っていく。

「ああ、これはいけませんな」

ルエリィの腕の傷を見下ろし、スタッフィオがわざとらしくそんなことを言う。

「この血の量が見えますか？　一刻も早く手当てが必要でしょう」

たしかに、そうだ。あの出血の量はよくない。放置すれば冗談抜きで命に関わる。

「ですが、ワタシにはそれができません……なぜなら、こうしてアナタ方から身を守るだけで精一杯なのですから」

スタッフィオがなにを言おうとしているのか、見えてきた。

「――さて。アナタ方が取るべき行動は、自《おの》ずと明白ではありませんか？」

要はルエリィを盾に、諦めて投降しろと脅しているわけだ。

結界の維持に魔力を注ぎ込みながら、師匠が嫌悪感をにじませ吐き捨てる。

「手当てなぞ、その魔法を引っ込めてくれればすぐにわしらでできるんじゃがな……！」

「そうしたら、アナタたちから袋叩きにされてしまうではありませんか。か弱い身を守るために、ワタシも必死なのですよ……」

白々しいこと言ってんじゃねえ、襲ってきたのはそっちだろうが。手痛くやり返された途端被害者面か。

「大切な仲間を助けるために、どうかご協力を」

「……だれ、が」

掠れたか細い声。体が千切れるような痛みに耐えながら、ルエリィが歯を食いしばって懸命に言葉を作った。

「だれが、おまえたちなんかのっ……！」

「仲間ですとも」

スタッフィオは即答した。俺たちとはじめて出会ったときと同じ、人当たりのいい柔和な微笑を張りつけて。

「この方々をどうやって罠に嵌《は》めるか、一生懸命考えたのはキミではないですか。同じ目的のために力を合わせる――それは、立派な仲間というものでしょう？」

「ち、ちがっ……」

「ああ、もしかして」

だが、それもほんの束《つか》の間《ま》のことだった。

スタッフィオの表情が変わる。ひどく冷淡で、心の底から嫌悪し、軽蔑し、踏みにじるような表情に。

「キミは、まだ自分が誰かから救ってもらえる立場だと思っていますか？　そんなはずがないでしょう」

ルエリィの腕を引き上げ、無理やり自分の方を見上げさせ――涙で濡《ぬ》れた彼女の瞳へ、冷酷に吐き捨てた。

「――立派な悪党の『仲間』になったキミを、いったい誰が救ってくれるというのです」

「――………、」

ルエリィの瞳から、すべての感情が消えていく。……ああ、それは、きっと。今のルエリィに、一番かけてはいけなかった言葉で。

「……そっか。私、もう………」

心の奥底にずっと押し込められていた罪悪感が、決壊して、ルエリィの小さな体を片っ端から喰い荒らしていく。彼女の瞳にもはや光はなく、濁った色の絶望に為す術もなく呑み込まれていく。

「……どうすべきか、わかっていただけるはずです」

スタッフィオは俺たちを見て言う、

「これ以上は、ワタシも全力で抵抗せざるを得ません。しかし繰り返しますが、ワタシにこの魔法は上手く扱えない……きっと、この子も無事では済まないでしょう」

言う、

「アナタ方の勝手に巻き込まれてしまうのは、悲しいことだと思いませんか？　この子はただ、心からおねえさんを想っているだけなのですから」

言う、

「おねえさんも、嘆き悲しむでしょうなぁ。いったいなんのために、自分が犠牲になる選択をしたのか……」

言う。

「まあ――アナタ方もこの子を『悪党』だと思うのなら、あとは好きにすればよいでしょう」

――どうする。片足がない俺に、いったいなにができる。

状況を打開する方法はただひとつ、スタッフィオの〈紙片《スクロール》〉を破壊すればいい。だがやつの周囲は今や十メートル以上が黒の異空間で侵蝕されていて、一歩でも近づこうものならその瞬間無数の黒腕に押し潰され、〈ならず者《ラフィアン》〉の死体と同じ無残な末路を辿ることになるだろう。かといって魔法で破壊しようにも、師匠の〈極光の討手《アルテミス》〉すら相殺する防御能力が立ちはだかる。

もちろん師匠なら、術式を構築する充分な時間さえあれば、〈極光の討手《アルテミス》〉以上の大火力で難なくブチ抜ける。事実結界を維持しながら、師匠はその裏ですでに膨大な術式の構築を開始している。

――しかしそんなことをすれば、間違いなくルエリィが無事では済まない。

無論師匠だって、ルエリィを見殺しにするような真似はしたくないはずだ。だが俺たちの無事と天秤《てんびん》にかければ、師匠が最後の手段としてどちらを選ぶのかは俺にだってわかる。

駄目だ、師匠にそんな選択をさせてたまるか。

ルエリィを傷つけずに〈紙片《スクロール》〉を破壊する。必要なのはたったそれだけなんだ、考えろ。

「皆さん……いいのです！」

ルエリィが、叫んだ。

地面に膝をついたまま、肩を震わせて、今にも壊れてしまいそうな声音は不自然すぎるくらいの空元気で。どこからどう見ても、「いい」とはかけらも思っていない濁った瞳で。

「も、もう、いいのです！　きっと、バチが当たったのです。私が、悪いことをしたからっ……」

――ああ、本当に、このクソッタレな世界が嫌になる。

あの子はいま何歳だ。ユリティアと同じ十三歳かそこらだろうが。そんな子が右腕が血まみれになるほどの傷を負って、「もういい」と助かることを諦めて、悪いことをしたせいだと自分を責めて、ボロボロに涙を流しながら、それでも、

「え、えへへ……もう、いいのですっ。ごめんなさい……！」

……それでも、ヘタクソな顔で精一杯に笑おうとしている。

それはいったい、どんな気持ちで。

どんな気持ちがあれば、できることだと思っていやがる。

「……もう、これ以上は……！」

アンゼが、なにかを言っていた。

「ウォルカさま、わたくしがなんとかします！　ですから……今からお見せするものは、どうか、」

まるで耳に入らない。

アンゼの肩を摑んで後ろに下がらせる。義足を軋ませ前に出る。頭に血が上りすぎて、臨界点を超えたのだろうか――一周回って、世界のすべてが隅々までクリアに映っていた。

「でも……でも、どうか、ねえさまだけは助けてください……！　私はもう、いいですから、ねえさまだけはっ……！」

そうだ、いったいなにを難しく考えていたのだろう。

たとえ十メートル以上距離があろうとも、無数の黒腕が邪魔していようとも、ルエリィを盾にされていようとも、そんなのはすべて無視してしまえばいい。

記憶が曖昧でも、体が覚えている。左手の愛刀と魂まで同化していく感覚が、俺にできると教えてくれている。

なぜならかつての俺が、そうやって死神ごと全滅エンドの運命をぶった斬ったのだから。

今回だって、なにも変わらない。

悪党だろうが魔法だろうが運命だろうが、気に入らないもんはぜんぶまとめてぶった斬ってやる。

「お願いします！　私のことは、気にしないでください！　もう、……もうっ、」

……そういえば、ルエリィとはまだ会話らしい会話もほとんどできてなかったっけ。俺の目つきが悪くて口数も少ないからか、ちょっと怖がられてる感じだったよな。じゃあ、ちょうどいいから改めて自己紹介だ。

いいか、今から魂まで叩き込んでやる。よーく覚えとけ。

「…………………………………………やだぁっ……たすけてっ……！」

――俺は、こういうバッドエンドが腹の底から大ッ嫌いなんだよ。


そのときスタッフィオは、もはや〈銀灰の旅路《シルバリーグレイ》〉に打つ手などないと確信していた。

精霊魔法〈暴食の弔客《グラトニア》〉。地面を侵蝕する黒の異空間から、際限なく生まれ出てあらゆるものを喰らい尽くす無数の黒腕。物理的な攻撃手段が通じず、なんらかの術で消し飛ばしてもすぐさま再生し、スタッフィオを狙う攻撃はすべて防がれ、仮にその防御を突破できる威力の切り札があるとしても、使えば間違いなくルエリィを巻き込むことになる。

もはや、多少腕に覚えがある程度の冒険者にどうこうできる次元ではない。本当に、術者であるスタッフィオさえ恐怖を覚えるほどの魔法だった。最初は逃げる時間稼ぎができれば充分と思っていたが、もはやその必要もなさそうだ。

「リゼル、お願い!! やらせてッ!!」

「ダメじゃ!! 一《いち》か八《ばち》かで突っ込むなぞ絶対許さんからな!?」

褐色の戦士と魔法使いの声が響く。……ああ、実に素晴らしい光景だった。誰かを助けるために言い争う。命を懸けてなにかを成そうとする。絶望的な状況に立ち向かおうとする。挫折を知らない冒険者のまっすぐな姿。まぶしくて、羨ましくて、腹立たしくて――本当に吐き気がする。

だから綺麗事《きれいごと》だけで生きているこの冒険者たちを、自分の手で終わらせてしまおうとした。

「――、」

いったい、いつからだったのか。

隻眼隻脚の男――ウォルカが、義足の膝をついて腰に剣を構えていた。片足のない剣士など警戒にも値しないと、完全に意識から外してしまっていた。

しかし、だからどうしたという話だった。その場から動くことすらできない剣士ごときに、今更なにができるのかと。

「はは、いったいなにをするつもりですかな？　そんな場所から――」

「ルエリィ。目ェつむってろ」


スタッフィオの見る世界から、音が消えた。


もちろんそんなのはただの錯覚であり、気のせいに決まっていた。しかしその刹那たしかにスタッフィオは、音が途絶え、風が凪《な》ぎ、葉擦れが止まり、澱んでいた世界そのものが真っ白に静止したかのような感覚に囚《とら》われたのだ。

呼吸に喘《あえ》ぎ、指一本動かせず、耳が痛くなるほどの須臾《しゅゆ》の静寂の中で――己の全身が一気に総毛立ったことだけは、はっきりとわかった。


――紫電一閃。

俗に研ぎ澄まされた剣の太刀筋を光にたとえて言う言葉だが、そのとき走ったのは紫の電光などではなかった。

たとえ、無辜《むこ》の少女を盾にする悪党であろうとも。

たとえ、すべてを貪り尽くす悪《あ》しき精霊魔法であろうとも。

……そしてたとえ、死神の名を冠する怪物であろうとも。

紫電を超越し、すべての知覚を置き去りにして、空間という名の絶対的な理《ことわり》すら捻《ね》じ伏せ絶ち斬る・・・・

——銀の雷光。

銀雷一閃。

——静寂の砕け散る音がした。

知覚できなかった意識の空白があり、気づけば燃える色の空を見上げてようやく——スタッフィオは己の終幕を理解した。

鈴のように。

澄んだ鍔鳴《つばな》りだけが、聞こえた。

Ⅲ〈天巡る風《ウインドミル》〉

その青年は全身から血の気をなくし、身も心も半死半生となって逃げ惑っている。

ほんの数分前まで、ウォルカたちの前で『ロイド』の名を騙《かた》っていた青年だ。陽気で気さくなルックスが見る影もなく崩れ去り、血と脂汗と土にまみれ、全身から獣のごとき怒りと憎悪、そしてもはや虚勢だけでは繕いきれない恐怖の感情をにじませている。

それはそうだろう。なにせ青年は今、散々見下していた『ガキ』に負けて命からがら逃げ延びようとしている最中なのだから。

笑う余裕などあるはずもない。

「くそっ、なんなんだ……！　なんなんだよあいつらッ、こんなのおかしいだろうが……!!」

〈銀灰の旅路《シルバリーグレイ》〉。Aランクだかなんだか知らないが、高々十五歳前後のガキが四人集まっただけのパーティなんて、自分たち『大人』が数で囲んでしまえば楽勝のはずだった。しかもパーティ唯一の男が大怪我《おおけが》をしていて役に立たず、動けるのは魔女の真似《まね》っこで遊んでいるような小さな子どもと、ロクに戦った経験があるのかも疑わしいどこかのお嬢様、そして酒場で踊っている方がお似合いな異国の乙女の三人だけ――青年の目からすれば、カモにしてくれと自分から志願しているとしか思えないくらいの連中だったのだ。

だいたい冒険者なんてのは、獣相手に剣や魔法を振り回して粋がっているだけの連中である。

だから人生経験の浅いガキになればなるほど、悪意のある人間が襲ってきた途端面白いように浮足立つ。実際、最初に狙ったパーティはそうだった。名前はなんだったか――つい最近Aランクに上がったばかりだったというあのパーティは、女一人を人質に取られただけで呆気《あっけ》なく総崩れし、あとは数に物を言わせるだけで簡単に押し潰してしまえた。Aといってもガキなら所詮こんなもんか、と心底拍子抜けしたのを覚えている。

〈天巡る風《ウインドミル》〉に至っては人質を取るまでもなく、こちらが用意した毒入りの食事をなんの警戒もせず食べてしまうド素人ぶりだった。

だから、ガキなんてそんなものなのだと思っていた。

だから、〈銀灰の旅路《シルバリーグレイ》〉も同じだと高を括《くく》っていた。

むしろ見た目だけなら、あのパーティこそ一番ガキの集まりだったのだ。

なのに、気がつけばやられていた。なにもわからなかった。『カイン』の名を騙っていた相方もろとも右腕を落とされ、胴も散々に斬り刻まれた。挙句魔法を食らった衝撃で木に体を打ちつけてしまい、青年が意識を取り戻したときには、相方はもうとっくに手の施しようがない状態だった。青年が生きているのはひとえに、ウォルカの斜め向かいに座っていた分だけ傷が多少浅く済んだからだ。

それでも右腕を失い、全身も血まみれで、持っていたポーションをすべて浴びるようにかけて辛うじて動けている状態だった。

相方の仇《かたき》を討とうなど、考えられるはずもない。這々《ほうほう》の体《てい》で逃げるしかなかった。

「ありえねえ、なんだよ、なんだよあれ……！　あんなの、絶対ありえねえ……ッ!!」

青年の奥底にこの恐怖を刻み込んだのは、ただひとつ。

ただのお荷物でしかなかったはずの男が、スタッフィオの切り札を真っ向打ち砕いたあの一閃。

あれは絶対におかしい。正直なところ、あの瞬間になにが起こったのかは青年自身にもまるで理解できていない。しかし結果から考えれば、あの男が距離も空間もすべての障害を無視し、斬るべきものだけを斬ったのだとしか思えなかった。

そんなのは冒険者に許された次元を超えた、ただのバケモノではないか。

結局――結局、あの男にすべてをひっくり返された。もっとも取るに足らないお荷物だと見くびり、笑いながら人質にするはずだったあの男に。なにもかもがあの男のせいで、

「ははっ……許さねえ、許さねえよあのクソ野郎……!! 必ずぶっ壊してやるからな……!! あんたの目の前で、ぜんぶ、仲間の女も全員ぶっ壊してやるッ……!!」

到底走れる傷ではないはずなのに、ドス黒い憎悪の感情が青年の体を一直線に突き動かしている。

負けを認めず勝利に固執しようとする無謀は切って捨てる。まずは、なによりも生きてこの状況を脱すること。ゆえに青年は森を街道の方向へひた走っている。そうすれば、今ごろ騎士を倒して一服しているであろう別働隊と合流できると考えたのだ。

「ひひっ……ひひひっ……!!」

青年はよだれを散らしながら狂笑する。逃げ延びさえすれば、あとはどうとでもなる。命さえあれば、復讐《ふくしゅう》などどうとでもできる。

後悔させてやる。

——今日このとき俺を殺し損なったこと、絶対に後悔させてやる!!

そして、ようやく街道に辿《たど》り着いた青年は、

「————あ?」

鮮血とともに散らばった、かつて仲間だった者たちの成れの果てを見た。

「…………は? 嘘《うそ》、だろ、なんで」

頭の中が真っ白になった。袈裟《けさ》に斬られた者、心臓を一刺しにされた者、逃げようとした背中を一閃《いっせん》された者、首を刎《は》ねられた者——。

死んでいた。全員。一人残らず。

「——、」

糸が切れたように青年はへたり込む。意味がわからなかった。別働隊まで全滅している可能性なんて、青年は微塵《みじん》も想定していなかったのだ。

今回の狩りでもっとも目障りになるのが、〈聖導騎士隊《クリスナイツ》〉の鎧《よろい》をまとった騎士なのは明白だった。だからこの場所で別働隊が孤立させ、袋叩《ふくろだた》きにして始末する計画だった。

徒党の中でも腕利きの八人が集まった。クロスボウも、強力な魔法の〈紙片《スクロール》〉も持っていた。いくらこの国の優秀な騎士といえども、仲間も援護もなくたった一人、充分な装備を調《ととの》えた八人もの手練《てだ》れに包囲されれば、為《な》す術《すべ》などあろうはずもないに決まっていた。

なのに、なのに、どうして——

「……!?」

背後から蹄《ひづめ》の音が聞こえた。事ここに至って仲間であるはずがない。青年は真っ青な顔で慌てて立ち上がり、

「ち、ちくしょう――ぐっ」

また一目散に走り出そうとしたが、仲間の死体に足を取られて肩から転倒した。

ただでさえ痛い全身が粉々に砕けた気がして、あまりの激痛に意識まで遠くなる。結局そのまま、蹄の音がすぐ背後に来るまで情けなく呻《うめ》くことしかできなかった。

「――やれやれ、なんとか追いついたね」

振り返るまでもなく、誰なのかがわかった。

「君がこそこそ逃げ出したのはわかっていたんだが……ふふ、ウォルカの剣があまりに美しかったものだから、心身が打ち震えて動けなかったんだ。まったく、君さえいなければもっと余韻に浸れていたものを」

左腕を必死に動かし、這《は》いずるようにして振り向く。

傷のひとつどころか返り血の一滴すら付着していない、完全無欠の銀の鎧。

本当に――なんなんだ、こいつらは。

「おまえがやったのか、という顔だね。無論だとも。思っていたより余裕があったから、君たちのこともひと通り尋問させてもらった」

「尋、問」

「拠点の場所や、どこの国から入り込んだどんな組織の人間なのか……おおむね、素直に話してくれ

たとも」

ありえない。傭兵《ようへい》くずれの腕利き八人を余裕綽々《しゃくしゃく》で倒して、悠長に尋問までしていたなんて。

騎士は柔和な微笑《ほほえ》みで、

「それで遺体を片付けようと思っていたら、突然禍々《まがまが》しい精霊魔法の魔力を感じて、さすがの僕もこれは事だと思ってね。大急ぎで向こうに駆けつけて——」

一度言葉を切る。感嘆するように吐息し、その微笑に深い法悦の色を覗《のぞ》かせる。

「しかし結果的には、慌てて飛び出さなくて正解だった。僕が割って入っていたら、ウォルカはあの技を見せてはくれなかったかもしれない……あれはいくらなんでも反則だ。君もそう思わないかい？」

「っ……」

たしかに反則なのだろう。だが青年の『反則』と騎士の言う『反則』は、天と地ほどに意味が隔たっているのだとわかった。

だから青年はようやく気づく。一見すると人畜無害の優男で、大して強そうにも見えないけれど。

今回の獲物の中で、もっとも敵に回してはいけなかったのは——


「さて——では、もう一仕事か」

騎士の声音が低くなると同時に、青年の全神経が大音量でアラートを鳴らした。

ヤバい。

勝てる勝てないの話ができる次元ですら、ない。

今すぐ逃げろと本能が全力で叫ぶのに、手足が地面に縫いつけられて動かない。膝が大笑いを始める。喉が一瞬で干上がる。全身の水分が脂汗に変わる。

「ああ、どうせ戻ってきたんだから、遺体は街道から見えない場所に隠すべきか……まったく君たち悪党は、死んでからも人の邪魔にしかならないのだから困ったものだよ」

「……ちょ、ちょぉっと待ってよ。わ、悪かった、悪かったって。ほんとにさ、ちょっとした出来心ってやつで。反省するよ、マジで心入れ替えるから」

「誰に命乞いしているんだい？」

騎士は眉ひとつ動かさない。

「君が平伏叩頭《へいふくこうとう》して、泣きながら許しを乞わなければならないのは……あのルエリィという子だろう？　僕に言われても知ったこっちゃない」

「た、頼む。頼むよマジでさ、」

「それに、君らの罪状はすでに定まっている」

聞く耳持たず剣を抜く。

「神の化身であらせられる、あの御方を襲撃とは……よもや首程度で贖《あがな》えると思わないことだ」

「……は？」

神の、化身？

いったいなんの話だ。この国で『神の化身』といったら、それは聖都の頂点に君臨する四人の聖女以外に――

「――――――ぁ？」

――致命的な違和感。

今まで自分の認識していた世界が、なにかによって歪められていたという強烈な理解。

その瞬間、皮膚を裂くような怖気《おぞけ》がせり上がってきた。視界が横転するほどの目眩《めまい》と吐き気に襲われ、堪《たま》らず前のめりになって口を押さえた。

「――そうだ、なんで。なんで、気づかなかった？　あのシスター、あの顔、」

「ふむ？　あの御方《おかた》を知っているということは……なるほど、君はこの国の人間か。まったく嘆かわしいことだ」

「なんでだ!?　ふざけんなッ、気づかないわけあるか!!　ありえない、なんで今更ッ――ぐ、うぐぇ……っ!?」

意味がわからなかった。どうして聖女がこんなところにいるのか。いやそれ以前に、どうしてあのシスターが聖女だと気づかなかったのか。どうして今まで、ただのシスターだと。

「ならば光栄に思うといい。君は今、神の御業《みわざ》たる奇蹟《きせき》の一端に触れたのだよ」

「なんっ――」

しかし理屈や理由がなんであれ、間違いなく言えるのはただひとつ。

それは、聖女の護衛を務めるような騎士が、聖女と行動をともにするような冒険者パーティが、自分たちにどうこうできる存在であるはずもなかったということ。

そう――これは、決して偶然ではなく。

今まで自分のやってきたことが、ぜんぶ自分に返ってきただけの、

「――なんだよ、なんだよそれ、ふざけんな、ふざけんな、ふざけんな……」

「ふうん」

さして興味もなさそうに、騎士は言った。

「さんざあの子を理不尽に苦しめておいて――自分の理不尽には文句を言うんだねえ」

最期に青年の耳が聞いたのは、〈聖導騎士隊《クリスナイツ》〉が邪を討ち払う際に掲げる古《いにしえ》の聖言。


――罪に罰を。悪《あ》しき魂に聖滅《せいめつ》を。


――〈紙片《スクロール》〉が砕け散り、澱《よど》んだ空が元の夕暮れの色を取り戻していく。

俺は愛刀を納め、義足を引きずるようにしながらゆっくり慎重に立ち上がる。

左膝が痛い。たった今まで片膝をついていた地面に、砕けるまではいかぬものの、蜘蛛《くも》の巣を貼りつけたようなひび割れが幾重にも連なって走っている。技を放った反動で地面が割れるって、なんだか漫画みたいだなと俺はどこか他人事《ひとごと》のようにそう思った。

黒腕がボロボロと崩れて散っていく中を、歩き出す。

痛めたのは左膝だけではなかった。右腕に腱《けん》が千切れかけているような違和感があって、手先も少し痙攣《けいれん》している。なんとなく、もう一度同じことをやったら次は体が動かなくなるだろうという確信があった。

本来の構えで斬ろうとしたら、そりゃあ義足だってへし折れるわけだ。

「ウォル……カ」

師匠が辛うじてそれだけ言った。崩れ去る黒腕と一緒に、師匠の結界も光を失ってかき消えていく。ユリティアも、アトリも、アンゼも全員が言葉を失って、頭の中が追いついていない様子でしきりに俺を見つめている。言いたがっていることはわかる……けど、ごめん。あとにしてくれ。

黒の侵蝕《しんしょく》領域が消えた地面を、一歩一歩と歩いていく。

「アンゼ。ルエリィの治療を頼む」

「あ――は、はい。すぐに」

「今、アンゼが治してくれるから」

「え、ぁ――……」

ルエリィはもはや魂を抜かれたようになって、地面にへたり込んだまま茫然自失《ぼうぜんじしつ》としていた。すべてが一瞬すぎて、自分が生きているのかどうかも実感できずにいるのかもしれなかった。

背後から追いついてきたアンゼにルエリィを任せ、俺はさらにその奥へ――倒れたスタッフィオを、すぐ横からまっすぐに見下ろす。

俺の視線に、掠《かす》れた声が答えた。

「カフッ――ふ、ふふ。なるほど……もっとも侮ってはいけないのは、アナタだった……ということですか」

「……」

〈紙片《スクロール》〉もろとも胸を絶ち斬られ、背中だけが辛うじてつながっているにも等しいスタッフィオ。しかしその致命傷に反して血はにじむ程度しか流れておらず、彼の口元には嘘のように穏やかな笑みがあった。

「なんとも、まあ……アナタ……本当に、人間ですか？」

「そうだよ。人間だ。……あんたと同じ、ただの人間だ」

「……そう、ですか」

悪党とは思えないくらい、静かな瞳をしていた。

「悪党を倒して、あの子を守ったのですから……もっと、嬉《うれ》しそうな顔を、すればいいのに」

「……人を殺して嬉しいことなんて、なにひとつねえよ」

「……」

服に、地面に、穏やかに血の色が広がっていく。

「……この山を登って、西側へ回り込むと……遺跡があります。アナタが捜している者は、そこにいますよ」

俺たちの言葉以外には、さわさわとした葉擦れの音しか聞こえない。

「手下を四人、残してきています。まあ……どれもただの、荷物持ちです。アナタたちなら、なんの問題もないでしょう……」

「……冷静だな」

本当に、悪党らしくない静かな死に際だった。恐れることも足掻《あが》くこともせず、生への執着が微塵も感じられない。まるで、来るべき時が来たのだというように。

「ふ、ふ……悪党の、最期など。こんなもの……ですよ……」

そうわかっていたなら。

わかっていたのに、どうして、

「しかし――ああ……アナタほどの、剣士から。片足と、片目まで奪うとは――」

だが、もうそれ以上交わせる言葉はなかった。

スタッフィオの体から、急速に命の気配が消えていく。

最期の言葉は……いったい、誰に向けたものだったのだろうか。

「やはり、この世界は……ロクなものでは……ありません、ねぇ…………」

「…………」

……ああ、そうだな。

その通りだよ。ここは本当にロクでもない世界だ。登場人物を苦しめるのが目的と言わんばかりの外道ファンタジー。俺だって、本来はとっくの昔になぶり殺しにされていたはずの存在なのだ。

スタッフィオ、たぶんあんたは……折れてしまったんだろうな。生まれた瞬間からの悪人なんていない。あんただって昔は誰もがそうであるように、まだ見ぬ冒険に憧れて、魔法に胸を躍らせて、かけがえのない仲間がいて、どこまでだって歩いていけると本気で思っていたのかもしれない。そうしてロクでもない運命に弄ばれて、世界に失望して、どうしようもないところまで折れてしまったのかもしれない。

理解はする。だが同情はしない。

事情は汲《く》む。だが認めない。

少なくとも俺は、あんたと真逆の人間を知ってるよ。あの主人公は目の前ですべてを喪《うしな》って、失意と絶望のどん底に落ちて、それでも這い上がって自分の足で歩いていたんだ。守りたかった人はもう誰もいないのに、それでも誰かを守ろうと、死に物狂いで。

俺は、そんな主人公に命を救われた。

だからどんな事情があれ、あんたがルエリィにやったことは認めない。あんたを斬ったことも後悔しない。

助けなければよかったと恩人に後悔させるような生き方、するわけにはいかないからな。

もう、スタッフィオを見ることはなかった。

「――ルエリィ」

振り返り、ルエリィの隣に片膝をついて、目線を合わせる。

アンゼの神聖魔法の温かさに包まれ、ようやく理解が追いついてきたのだろう。瞳の中に立ち込めていた暗い闇が晴れて、涙とともに感情の光が戻ろうとしている。

言う。

「行くぞ。おねえさんが待ってる」

「っ……！」

ルエリィが震えた。咄嗟《とっさ》になにかを言いかけ、しかし胸が詰まって呼吸に喘《あえ》ぐと、

「で、でも……！　私は、皆さんを騙《だま》してっ……こんな、許されないご迷惑を」

「勘違いするな。誰が誰を騙したって？」

ルエリィをぴしゃりと遮る。あまり長々と喋《しゃべ》るのは苦手なのだが、今ばかりは俺が言わなければ気が済まなかった。罪悪感に押し潰される女の子なんてウチのパーティだけで充分――いや充分じゃないけども。

ともかく、

「この依頼が罠《わな》だって、みんな最初から気づいてたぞ」

「……え、」

「それともおまえ――自分の考えた罠が完全無欠で、非の打ち所がなくて、天才詐欺師同然で、俺たちを完璧に騙くらかしてみせたと思ってるのか？」

「そ、そんなことは！　……あ、」

そういうことだ。

おまえは、最初から誰も騙してなんかいない。たしかに悪い連中に脅されて、どうしたらいいのかなにもわからなくて、まんまと悪事の片棒を担がされたのかもしれない。けど結局け誰も騙してないし、誰も傷つけないで終わったんだ。

「手口を見抜かれて逆に利用されるようなやつが、悪党を気取るな」

「――、」

本当はもっと優しく諭してやりたいのに、俺の口から出てくるのはルエリィを叱るような言葉ばかりだ。顔だって眉間に力が入って、きっと怒っている風にしか見えないだろう。

実際、俺は怒っていたのだと思う。ルエリィが一人でぜんぶ諦めようとしたあの笑顔が忘れられなくて、我慢ならなくて、頭ではわかっていても心が衝動的に動いていた。

こんなところまで来て、今更迷惑だのなんだの言ってんじゃねえ。

おまえはなんのためにあんなやつらの言いなりになって、歯を食いしばりながら今日まで必死に堪え忍んできた。ぜんぶおねえさんの、仲間たちのためだろう。だったら最後までそれだけ考えていればいいんだ。もう、あとほんの一歩のところまで来てるんだぞ。

「おまえは人を騙すのが下手クソで、悪いことなんて逆立ちしたってできなくて、誰よりもおねえさん想《おも》いな、」

俺たちは望んで巻き込まれにきたんだ。騙したとか迷惑かけたとか、そういう話はぜんぶ終わってから気が済むまでやればいい。

だから、言う。

「――どこにでもいる、普通の女の子だろうが」

ルエリィの瞳が、強く大きく揺れ動いたのを見た。

長かった――彼女にとっては、本当に何度泣いたのかわからないほど長かったはずだ。

もう、自分を偽る必要はない。部屋の片隅でガタガタ震えて、涙を流しながら恐怖と罪悪感を押し殺す必要はもうどこにもない。

「ふ、ぐ……」

そして再び動き出したルエリィの心は、やがて彼女の内側だけでは収まりがつかなくなってしまったようで、

「うぐっ――ふぐえぇぇぇぇ……」

泣き出した。

それはもう、手でぬぐう端から涙がボロボロこぼれ落ちていく紛《まご》うことなきガチ泣きであった。

……や、やっちまったかもしれん。

「ル、ルエリィ？　す、すまん、口が悪くてすまん。俺が言いたかったのは、あー……」

「ぶえぇぇぇぇぇぇ」

「ルエリィ……！」

あー！　そ、そうだよな！「勘違いするな」とか「悪党を気取るな」とか、さすがにちょっと言い方キツかったよな！　それ以前に愛想悪すぎて普通に怖いよな！　年上の男からいきなり怒られたらそりゃあ怖くて泣いちゃうよなぁ！　し、視線が刺さる……！　師匠たちの視線が背中に刺さる刺さる……！

……結局そこからアンゼにバトンタッチして、ようやくルエリィは泣き止《や》んでくれた。

柄にもなく女の子を叱咤激励《しったげきれい》しようなんて、俺には百年早かった。くそう、これがもし原作主人公

だったら、同じ無愛想でも頼りがいがあってカッコよくて信頼できる『無愛想』だろうに……。ウォルカ、やはりおまえは所詮モブだった男よ。

俺は拗《す》ねた。


——本当にこの男は、どこまでアトリの心を焦がせば気が済むのだろうか。

命を燃やして鬼神と成り、〈アルスヴァレムの民〉でも太刀打ちできない死神をたった一人で討ち滅ぼして、仲間を誰一人欠けさせることなく守り抜いてみせた戦士。それだけでもアトリが魂まで惚《ほ》れ込むには充分だったのに、これ以上はもう捧《ささ》げられるものがなくなってしまうではないか。

銀雷が、網膜の裏に焼きついている。

片膝をついたウォルカがゆるく抜刀の構えを取った直後、アトリは世界そのものが静止したかのような錯覚に囚《とら》われた。音が消え、風が凪《な》ぎ、すべての呼吸とまたたきが途絶えた静寂の中で、彼が剣を鞘《さや》からわずかに持ち上げたのを覚えている。

そして、知覚できたのはそこまでだった。

（すごい——）

あれこそが、死の淵《ふち》で限界を超克した者だけが辿り着ける極致。敵が間合いの外にいようが、幼い少女を盾にしていようが、強大な精霊魔法が立ち塞がっていようが——問答無用ですべてを捻《ね》じ伏せ、絶・ち・斬・る・銀の雷光。

離れた相手を攻撃する技自体は珍しくもなんともない。ユリティアは剣で魔力の刃を飛ばせるし、アトリもハルバードで思いっきり地面を打てばいい感じに衝撃波が発生する。アトリたちのような生粋の前衛職であっても、今どきはなにかしら中遠距離をカバーできる攻撃手段がなければ半人前と笑われる時代である。

しかしウォルカの一閃は、もはやそういった枠組みから完全に外れてしまっていた。

空・間・を・無・視・し・て・斬・る・という、魔法すらも凌駕《りょうが》しうる次元に到達した絶技。

義足を壊さぬため片膝をつく不完全な体勢でなお、あれほどの。

(ああ、ウォルカ――)

心を焦がされるようだ。やっぱりアトリが抱いた感情は間違っていなかった。ウォルカこそが、アトリにとってすべてを捧げられる人。今すぐ故郷のおばばに自慢してやりたい。見た目がまだ若いから最初は侮られるかもしれないが、今の一閃を見ればおばばだって「なにやってんだいさっさとひん剝《む》きな!!」と血眼になるに決まっている。

無論、アトリが犯してしまった罪は決して許されるものではない。

ウォルカが片目と片足を失ってしまったのは、あの戦いで庇《かば》われるようなヘマをしてしまったアトリのせい。だからこそアトリは、髪の一本、骨の一片、血の一滴、そして魂の一切まで、すべてを彼に捧げて生きるのだ。どこまでも、どこへでも、いつかこの命が完全に尽き果てるまで。

それがアトリにできる償いであり、望みであり、命の理由だ。

（……あ、そういえば）

そしてアトリは、最後にこう首を傾《かし》げるのであった。

――ウォルカって、子どもは何人ほしいかな？


ルエリィがわあわあ大泣きする声を聞きながら、ユリティアは己の頬にも一筋の雫《しずく》が伝ったのを感じた。

「あ……」

反射的にさっと指でぬぐうも、驚くことはなかった。ユリティアは身をよじるように吐息して、己の胸を強く抱き締めながらあふれる想いに溺れていく。

ずっと怖かった。自分のせいでウォルカの剣がこの世から消えてしまうのだと、昼と夜の区別もつかなくなるほどに恐れ、誰も見ていない場所で何度も何度も嗚咽《おえつ》にまみれた。ウォルカが眠り続けていた頃の自分は、正直リゼルと大差ないくらいにひどい有様だったと思う。

だが、違った。

銀の雷光。あれこそがユリティアたちの目の前で死神すら打ち砕いてみせた、剣という道のひとつの到達点。

ウォルカの剣は、潰《つい》えていなかったのだ。

（先輩っ……せんぱいっ…………‼）

すべてが運命のように思えた。ユリティアが代々続く騎士の家系に生まれたのも、昔からずっと剣が好きで仕方なかったのも、兄妹《きょうだい》の中で一番の才能を与えられたのも、そのせいで兄たちから度重なる冷遇を受けたのも、家から離れ魔法学校に通う生活を選んだのも——今まで歩んできたすべての道が、ウォルカという剣士に出会うためだったのだと。

胸の中で氾濫する狂おしい感情に、呼吸すら忘れてしまいそうだった。

——しかし、だからといってユリティアの犯した過ちが消えてなくなるわけではない。

焦がれれば焦がれるほど、心の奥底でにじむような痛みが生まれる。ウォルカが片目と片足を失ってしまった現実はなにも変わらない。そのせいで、ウォルカが己の不甲斐《ふがい》なさを責めて苦しんでいる事実はなにも変わらない。たとえ彼の剣が潰えていなかったのだとしても、それで救われたような気持ちになる資格などユリティアにありはしない。

この戦いだって、結局最後はウォルカの剣に救われた。ユリティアがルエリィを上手《うま》く助けられなかったばかりに、もう少しで最悪の結末になってしまうところだった。たしかに、あのとき咄嗟に手を放さなければ腕ごと斬り落とされていたのかもしれない——つまりは、あの判断が今のユリティアにできる限界だったということ。

もしウォルカなら、決してルエリィの手を放さなかったはずだ。

放さずに、剣一本で真正面から立ち向かってみせたはずだ。

こんな体たらくで、ウォルカの苦しみを取り除くなんてできるわけがない。死の運命すら打ち破り、前人未到の剣の極致へ到達しようとしているウォルカ。ずっと彼の傍《そば》で寄り添い続けるためには、ああいう恐ろしい精霊魔法すら打ち破れるようにならなければいけないのだ。

ユリティアは技でウォルカに、力でアトリに、魔法でリゼルに遥《はる》か遠く及ばない。唯一無二と呼べる武器がユリティアにはない。このパーティでただ一人、ユリティアだけは替えが利く。

もしこのまま、ウォルカの背が遠くに行ってしまったら。

もし、必要とされなくなってしまったら。もし見放されてしまったら、ユリティアは――

「なあ、ユリティア……俺はやっぱり、人相というか、顔が怖いんだろうか……」

「……」

とても自信なさげに問うてくるウォルカへ、ユリティアは微笑んで答える。

「先輩」

「あ、ああ。正直に言ってくれていいぞ……」

「わたし、一生懸命がんばりますから。ずっと傍にいられるように……」

ウォルカの邪魔になるあらゆる苦しみを排除し、支えられる存在になりたい。彼が誰にも言えない暗い過去を歩んできたというのなら、それすらも癒やして寄り添えるようになりたい――それがユリティアの贖罪《しょくざい》であり、願いであり、だから、

「――捨てないで、くださいね？」

「うん、…………………うん??」

焦がれるような白と、爛《ただ》れるような黒。相反する二つの感情が、自分の中でぐちゃぐちゃに混ざり合っていくのがわかる。

――ボク、もう、ウォルカのことしか考えられないかも。

ユリティアにそう微笑みながら告げたアトリの気持ちが、今なら完全に理解できる気がした。


「……ルエリィ、もう大丈夫か？」

「はい、大丈夫なのですっ」

やっとこさ涙が収まり、傷の手当ても無事終わったルエリィがゆっくりと立ち上がる。大泣きしたせいで目がだいぶ赤くなってしまっているけれど、俺へ向けてくれた笑顔はすっかり憑《つ》き物《もの》が落ちたようで……やっぱり、今まではずっと無理して必死に笑ってたんだな。

右腕の怪我も、ローブは大きく破けてしまったが、目立った痕も残らず済んだみたいで本当によかった。傷痕が勲章になるのは男だけだからな。アンゼの神聖魔法さまさまである。

「ウォルカさんっ……あの、本当にありがとうございました！　私……私、」

「礼は早いぞ。まだ、やらなきゃいけないことがあるだろう？」

俺はルエリィの言葉を遮って空を見上げる。すでに日が暮れ始めている。治療が済んだなら、一刻も早くおねえさんたちを助けに行かないとな。

「――やあやあウォルカ！　そしてマドモアゼルたち！　遅くなってすまないね！」

ちょうど、蹄の音を鳴らしながら颯爽《さっそう》とロッシュが戻ってきた。白い歯がキラリと輝くキザったらしい笑顔と、傷のひとつどころか返り血一滴も付着していない完全無欠な鎧姿を見るに、どうやら滞りなく別働隊を片付けてきたようだ。

……最初から予想していたとはいえ、本当に無傷で帰ってこられるとちょっと引くな。別働隊だって騎士が相手となれば本気で戦力を整えていただろうに、強すぎだろこいつ。

「そっちも済んだか」

「ああ。すまない、こっちもいろいろあってね。だが君なら、やってのけると信じていたとも」

まるで見ていたかのようにロッシュはそんなことを言う。軽い身のこなしで馬から降りて、

「拠点の場所は、僕の方で快く教えてもらえたよ。出発できるようなら案内しよう」

快く教えてもらえた、ね。まあ深く訊《き》きはすまい。〈ならず者《ラフィアン》〉の取り締まりは騎士の重要な任務のひとつであり、こいつも当然、悪党に口を割らせるための様々な『平和的』手段を心得ているのだ。

「問題ない。行こう」

「わかった。……さあ、ルエリィ嬢は僕の馬に乗るといい。だいぶ血を流してしまったからね、無理はいけないよ」

「は、はいなのです」

ロッシュが恭しく一礼し、さながらお姫様を導くようにルエリィへ手を差し伸べる。ん？　こいつ、どうしてルエリィが怪我したって知って……まあいいか。

こいつが手綱を握ってくれるなら、ルエリィも安心して体を預けられるだろう。俺はキザな友人を頼もしく思っていると、

「ほら、君も乗りたまえ」

「は？」

「『は？』じゃない。連中の拠点まで少し距離がある。義足で歩いていくつもりかい？」

……たしかに、舗装されていない土の上を義足で歩くのがいかに難儀かはもう痛感した。もうじき日が落ちるのを考えれば、山道で四苦八苦する俺にみんなを付き合わせるわけにはいかないだろう。

いかないのだが、俺も馬に乗るってつまり——

「あっ」

俺の視線に気づいたルエリィがとても気まずそうに、

「……えっと、あの、私ならぜんぜん気にしないのです！　お、お気遣いなく！」

ルエリィの精一杯の優しさが心に沁《し》みた。ごめんなルエリィ、愛想悪くて目つきが怖い男と一緒で。どうせならロッシュの方がよかったよな……。

「……！」

そのときアトリが謎の電波を受信したみたいにはっとして、ほのかな期待とともに両腕を広げた。

「ウォルカ、ボクがだっこしてあげる」

「ルエリィ、悪いけど一緒に乗らせてくれ……」

「は、はいなのですっ」

「ぶう……」

頬を膨らませるな。これからいよいよルエリィのおねえさんを助けるってのに、女の子にだっこされて敵の拠点まで向かう男がいてたまるか！

「……わたしも、もっと背が大きければ………」

ユリティアも真剣に考え込むな！　おんぶでも御免だってば！


——この世界において『遺跡』とは、ギルドという組織が生まれるより遥か昔に踏破され、今となってはその存在以外ほとんどが歴史の塵《ちり》に埋もれてしまったダンジョンの成れの果てを指す。

近世のダンジョンであれば、踏破されたあとも財宝の取りこぼしを求めて冒険者が潜ったり、ダンジョン探索の予行演習の場として活用されたりする。しかし遺跡に関しては基本的に誰からも忘れられ、風化していくだけの場所だ。宝などすでに取り尽くされているため潜る価値がなく、崩落に巻き込まれる、魔物の群れや〈ならず者《ラフィアン》〉がたむろしているなどといった割に合わない危険も想定されるため、腕利きの冒険者であっても滅多なことでは近寄ろうとしない。

精々、一部の学者が歴史的な観点から調査したがるか、街によほど近い場合は定期的な治安維持活動が行われるくらいだろう。俺の前世でたとえれば、人里離れた山奥の廃墟《はいきょ》が誰からも敬遠されるのに近いかな。

ロッシュの先導に従って山道を進むと、スタッフィオが言い遺《のこ》したとおりの場所に遺跡があった。

ダンジョンとしてはごく一般的な、洞窟型の遺跡だった。近寄る者などいないと見切っているのか、はたまた『狩り』の成功を信じて疑っていないのか、周囲に〈ならず者《ラフィアン》〉の見張りは一人も立っていなかった。短い石段を上った先に入口がある祭壇めいた形をしているが、他の遺跡の例にもれず、風化が激しく三分の一ほどが崩落。入口の扉も完全に崩れてしまっており、瓦礫《がれき》を蹴飛ばして無理やり道を作った痕跡があった。

馬から降りるなり、ルエリィがまっさきに駆け出そうとした。

「ねえさまっ……！」

「こら、焦るでない！」

その手を師匠がつかんで引き留め、

「あやつ、四人残してきたと言っておったじゃろう。まだ油断はできんぞ」

「っ……そう、ですね」

洞窟型のダンジョンというのは非常にありふれたものだが、その攻略難度に関しては決して侮れないものがある。狭い通路では使用できる武器や魔法が制限される上、視界が悪く進路も限定されるため、敵側からすればいくらでも悪知恵を働かせる余地があるからだ。普通のトラップを仕掛けるだけでも順当に効果が期待できるし、あらかじめ人員を分散させて挟み撃ちにしてもいい。もしくは、入口から火を放って蒸し焼きにする手もあるだろう。

スタッフィオが言い遺した『荷物持ちが四人』という情報も、断じて鵜呑《うの》みにはできないからな。死に際に嘘をつく男とは思えなかったが……それはそれだ。最後の最後で気を緩めていい理由にはならない。

師匠が杖《つえ》を前に出し、

「わしが〈探り波《プローヴ》〉で調べよう」

〈探り波《プローヴ》〉――魔力の波を放ち、物体に当たって跳ね返る際の揺らぎを読み取って、生き物の気配や物の位置をおおまかに探知する魔法だ。先の戦闘でも、師匠はこれを使って〈ならず者《ラフィアン》〉の伏兵がいないことを確かめていた。

俺の前世でも、名前は忘れてしまったけれど、エコーなんとかという似たようなことをやる技術があった気がする。洞窟や迷宮など狭く見通しの利かない場所で大いに役立つため、高難度のダンジョン攻略においては斥候の必須技能とされることもある。

しかし、言うほど簡単な魔法ではない。魔力波の揺らぎは術者自身が感じ取って解析しなければならないし、なにも考えず使うと周囲の敵に一発で魔力を気取られてしまう。すなわち敵に気づかれないよう魔力を操る優れた技能と、反響を正しく感じ取る精密な解析力、その双方が求められる素人お断りの魔法なのだ。

「――」

師匠が地面を軽く杖で打ち、遺跡の内部に向けて魔力波を放った――と思う。波に巧みな隠蔽処理が施されていて、俺では本当に放ったのかどうかも感知できないのだ。ルエリィに至っては、師匠がなにをやっているのかもわからず不思議そうにしていた。

「……、」

師匠が閉じていたまぶたを上げるまで、二十秒ほどかかった。

さらに数秒、言葉に迷う沈黙があった。

《……みな、これはルエリィ以外につないでおる。そのままバレないように聞くのじゃ》

――〈精神感応《テレパシア》〉。それなりの魔力と集中力を要する高等魔法を師匠がわざわざ使うのは、そうする必要があると判断したときだけ。

《中にいるのは七人――じゃが、全員ほとんど身動きしておらん》

スタッフィオは、荷物持ちを四人残していると言っていた。〈天巡る風《ウインドミル》〉はルエリィを除いて三人、そしてそれ以外にも捕らわれている冒険者がいるはず――七人ぽっちでは数が合わない。

それに、全員ほとんど身動きしていないというのもおかしい。

〈探り波《プローヴ》〉は魔力波の反響を利用した魔法なので、動かない人間がいるのは探知できても、どうして動かないのか原因まで看破するのは難しい。とはいえ、人間が身動きひとつしない理由など可能性は多くない。息をひそめてじっとしているか、拘束されて動けない状態にあるか、眠っているか、気を失っているか。そして――

《もしかすると、何人か死んでおるかもしれん》

嫌な予感がした。

原作で主人公が目の当たりにした〈ならず者《ラフィアン》〉の凶行。『狩場』でやつらを一網打尽にしたものの、人質はすでに全員殺されていた――。

「――ルエリィ嬢」

ロッシュがあくまで優しく、

「まだ残党もいることだし、ここは僕たちが行ってこよう。君は、ここで待っていてくれるかい？」

「で、でもっ……」

ルエリィは、思わず言いかけた言葉を苦々しく呑み込んだ。もし万が一があれば、また自分がみんなの足を引っ張ってしまう――そう考えたのかもしれない。

拳を強く握り、

「わかり、ました。ねえさまを、どうかよろしくお願いしますっ……！」

「うむ。おねえさんの名前は？」

「シアリィといいます。私より髪が長くて、色も少し濃いのです」

「了解した」

ロッシュは微笑んで頷《うなず》き、次に俺へ向ける言葉は幾分か真面目に。

「ウォルカ、君もだ。もう君が無理をする必要はないさ」

「……」

……おそらく、ロッシュにはなにもかもお見通しだったのだろう。

たしかに、本心をいえば俺もロッシュとともに行きたかった。というより、最悪を想定するなら俺とロッシュが行くべきなのだ。もしも原作のように人質が殺されてしまっていたら、そんな光景を見るのは俺たち男だけでいいのだと。

しかし、スタッフィオを斬った一閃の反動が想像以上に俺の体を蝕《むしば》んでいる。馬に揺られるだけでもあちこちが違和感を訴えていて、この体たらくではもし想定外の事態が起こったときロクに対応もできないだろう。

第一、片目片足がないこの体では……みんなの足を引っ張ってしまうのは、俺も同じか。

悔やむ俺へロッシュは破顔一笑し、

「ここは、友である僕に安心して任せてくれないかい？」

「……ったく、ズルい言い方しやがって」

ああそうだな、別働隊を一人でぶちのめしたおまえが行ってくれるなら心配無用だよ。だからこれはひとえに、俺の気持ちの問題なのだ。

情けない話をすれば、俺は怖くて仕方ないのだと思う。無論、スタッフィオがわざわざこの国で冒険者を狙っていた理由を考えれば、女まで殺される可能性は限りなく低いとわかってはいる。しかしそれでも、このクソッタレな世界なら、ルエリィ以外全員助からないバッドエンドを突きつけられる可能性もないとは言い切れないのだ。

原作知識なんてものを思い出してしまったせいで、俺はこの世界の見え方が根本から変わってしまった。もう、なにも知らず自由な異世界生活を送っていた頃には戻れないんだな――そう、今更のように理解せざるを得なかった。

「……わかった。任せた」

ロッシュは、かすかにほっとした表情を見せた。

「ああ、任されたとも」

「ウォルカさま、わたくしもロッシュさまと参ります。お怪我をされている方がいらっしゃるかもしれませんから」

アンゼが続き、さらにアトリも、

「動けない人を運ぶのは、ボクにおまかせ」

「……ああ」

ええい、すぱっと気持ちを切り替えろ俺。足手まといな自分を情けないと嘆くなら、これから本気で這い上がっていけばいいんだ。

少し力が入った俺の拳を、師匠が小さな指でそっと優しく解《ほど》いてくれた。

「わしはウォルカと一緒にいるぞ。ロッシュ、おぬしも〈探り波《プローヴ》〉程度使えるじゃろう？」

「もちろん。リゼル嬢は、ウォルカを見張っておいてくれたまえ」

使えるのかよ。『程度』ってほど簡単な魔法ではないはずなのだが、ほんとにこいつは剣から魔法まで非の打ちどころがねえな……。

「ユリティア、おぬしも残ってくれんか。ルエリィと一緒に、助けた連中を休ませる準備をしておくんじゃ」

「わ、わかりましたっ」

……これで最後だ。あとはもう逃げも隠れもできない。たとえこの遺跡にどんな光景が広がっていたとしても、俺たちにできるのはただ受け入れることだけ。

ここまで来て最悪の結末を用意しているようなら――恨むぞ、神様。

……結果をいえば、生存者は三人だけだった。

意識を失ったルエリィのおねえさんと、一緒に捕らえられていた別のパーティの少女二人。

スタッフィオが言っていた『荷物持ち』は、全員殺されていて。

カインとロイドを含めた冒険者の男たちは――遺体すら回収できなかった。


荷物持ちは誰もが喉を深く搔《か》き斬られ、ひと目で死んでいるとわかる状態だったという。

遺跡に入ってしばらく進んだ小部屋に一人、奥へ向かう通路に一人、冒険者が捕らえられていたもっとも奥の空間に二人。そのおびただしい血の海の近くに倒れていたのが、ルエリィのおねえさん――シアリィだったそうだ。

全身に返り血を浴び、傍には血まみれのナイフまで落ちていたため、彼女が荷物持ちを全員殺害したのは間違いないだろうというのがロッシュの見解だった。

おそらくは、ルエリィを助けるために。

〈ならず者《ラフィアン》〉の主力が出払うタイミングを狙ったのか、それともただの偶然だったのか。どうあれ血がまだほとんど固まっていなかったことから、シアリィがナイフを握り締めてからまだ一時間も経《た》っていないと思われた。しかし、彼女がいくら捜し回ってもルエリィの姿は見つからなかった。荷物持ちを殺し尽くしたシアリィはそこでようやく妹が連れていかれてしまったと知り、心の糸が切れて気を失った――。

無謀な真似だったと言わざるを得ない。もし、俺たちがスタッフィオを討っていなければ。もし、タイミングを少しでも見誤っていれば。この遺跡に広がる光景は、まさしく原作のような血も涙もないバッドエンドとなっていただろう。ルエリィを助けるどころか、姉妹ともども今度こそ無事では済まなかったはずだ。

けれど俺は、シアリィの行動を浅はかだとは思わなかった。

むしろ――心の底から、共感した。

「……ねえさま。ようやく、終わったのですよ」

遺跡からやや離れた場所の柔らかい木陰で、眠るおねえさんの手のひらをルエリィがぎゅっと握り締めた。

「すごく強い冒険者の人たちが、助けてくれたです。だから、もう大丈夫ですから っ……」

「……」

夕暮れが深まりつつある。ここからまた少し離れた別の木陰では、師匠とアンゼが同じく助け出された少女二人の介抱をしてやっている。ユリティアとアトリ、ロッシュの三人は、もう一度遺跡に入って可能な限り物資の回収。……そんな中で義足の俺にできるのは、こうしてルエリィを傍で見守ってやるくらいなものだった。

シアリィは、俺とほぼ同い年のなんの変哲もない少女だった。ルエリィより少し髪が長くて、少し濃い菫《すみれ》色をしていて、顔かたちもほんの少しだけ大人びていて——ただそれだけの、どこの街でも元気に暮らしていそうな普通の女の子だった。

傷はすべてアンゼが癒やしてくれたし、体中についていたおびただしい量の返り血も、まだ固まりきっていなかったお陰でほとんど落としてあげられた。けれど、無理やり着せられたと思《おぼ》しきボロ切れ同然の衣服だけは赤黒く染まったままだ。ユリティアたちが、無事に彼女の持ち物を回収できればよいのだけれど。

「ウォルカさん……本当に、本当に、ありがとうございました」

「……いや、」

涙をにじませながら感謝してくるルエリィに、俺は咄嗟に上手く言葉を返せなかった。

「……大したことができたわけじゃない。結局、あの二人は」

助けられた命があるだけ、原作を考えれば何倍もマシな結末なのかもしれない。

けれど一方では、どうにもならなかった命も、たしかにあって。

遺跡の一部に足場が崩落して深淵となった場所があり、なにかを引きずって投げ棄てた血の跡があったと。

そしてロッシュが〈探り波《プローヴ》〉で探った限り、棄てられたのは——

「……私、本当はわかってたのです。カインとロイドは、もう無事じゃないんだって」

ルエリィの言葉は、静かだった。

こみあげてくる感情を、姉の手を強く握ることで懸命に抑えつけようとしていた。

「平気じゃないですけど、覚悟はしてたのです。心配しないでください。ねえ、ウォルカさん――」

そしてルエリィは俺を見て、悲しそうにしながらこう言うのだ。


「――どうしてウォルカさんまで、そんなに辛《つら》そうな顔してるですかっ……？」


動揺は、しなかったと思う。

「……してるか。そんな顔」

「……私には、そう見えるですよ」

……別にさ、これがはじめてってわけじゃないんだ。今まで何年も冒険者をやってきて、誰かの訃報に接する経験は何度もあった。冒険者稼業じゃ決して珍しいことじゃないからな。

ただ……『原作』を思い出してからははじめて、人の命が、同じ人間によって悪意をもって奪われた。その事実が、今までとは比べ物にならないほどやるせなくのしかかってきていて。

向こうで師匠とアンゼが介抱してやってる二人もさ、さっきからなにもまともな反応を返してくれてないだろ。光が消え失《う》せた濁った瞳で、ここじゃないどこかをずっと虚《うつ》ろに眺めてるだけ。……そうなってしまうだけの悪逆非道を、何日も何日も薄暗い遺跡の奥で受け続けたってことだろ。

だから頭で理解していた以上に、ここがどんな世界なのかを改めて突きつけられた気がして。

どうにも少し、嫌な気分になってるだけなんだ。

「ウォルカさん……ウォルカさんは、どうして、」

ルエリィがなにかを言おうとしたそのとき、遺跡の方からユリティアの声が聞こえた。

「あの、ルエリィさん！　これ、おねえさんの持ち物かもしれなくて……確認してもらってもいいですかっ？」

「あ、はいなのです！」

見ればユリティアたち三人が、ひと通り物資の回収を終えて戻ってきたようだった。図らずもいいタイミングだった。まったく、ルエリィにまで余計な心配をかけさせてどうするんだか。

「おねえさんは、俺が見ておくから」

「……じゃあ、お願いしますです」

礼儀正しく一礼して、ルエリィが遺跡の方へとてとて走っていく。冒険者の装備でも構わないから、とにかく着替えさせてやれる服があればいいのだけれど。最悪、背丈が近いアトリかアンゼの私服を借りることになるかもしれない。

俺は傍らのシアリィを見下ろす。たぶん体形としては、アンゼの方が近いだろうか？　でもアンゼって、修道服以外の着替えは持ち歩いてるのかなぁ――そんなことを考えながらなんとなく、本当になんとなくシアリィの顔に視線を動かして、

目が合った。

「…………、」

シアリィがいつの間にか目を覚まし、愕然《がくぜん》と見開いた眼《まなこ》で俺を見上げていた。

頭が真っ白になりかけた。フリーズ寸前の脳みそを必死に動かして考える——ええっと待て待て、よりにもよってこんなタイミングで目を覚ますなんて、とりあえずアンゼかルエリィを呼んだ方が、いやまずは警戒されないように最低限コミュニケーションを取らないと、後生だからほんと頼むぞ俺の無愛想な表情筋、

「あー……えっと、大丈——」

「——!!」

——衰弱したCランクの冒険者とは思えない、牙を剥き出しにして喰《く》らいつく獣のごとく獰猛《どうもう》な動きだった。

「ぐ!?」

ぶん殴るように胸倉を摑《つか》まれ、全体重で押し倒される。地面に頭を打って一瞬意識が明滅し、気がついたときにはシアリィが馬乗りになっていて、

「ルエ、リィをっ……!!」

黒い憎悪の血が混じった言葉。目の前の敵を噛《か》み千切ることしか考えられない、死に物狂いに染まった瞳。

「——返ぜえぇッ!!」

「……!!」

なにかをする暇もなかった。振り上げられたシアリィの両手。枯渇寸前の魔力を振り絞って作られ

た魔法の刃が、なにひとつ容赦のない渾身《こんしん》の力をもって――

俺の喉元めがけ、振り下ろされた。

――ああ、くそ、どうしてこうなる可能性を考えられなかった。

シアリィ含め三人の生存者を救出し、残すは拠点から可能な限り物資を回収するのみとなって、さしものロッシュも気が緩んでしまっていたのかもしれない。突如響き渡った憎悪の叫びを聞いてようやく、ウォルカとシアリィを二人にしていたことの致命的な危険性に思い至った。

シアリィは意識を失うその寸前まで、おそらくは死に物狂いともいえる覚悟で〈ならず者《ラフィアン》〉と戦っていた。妹を取り戻すためなら、邪魔な敵を一切殺し尽くさんとするほどの狂気に呑まれていたはずだった。

だから意識を取り戻したそのとき、もしも目の前に見知らぬ男の姿があったら。

外に出ていた〈ならず者《ラフィアン》〉の主力が戻ってきたのだと、脊髄反射で直結させてしまうのではないか。

そうなれば怒りと恐怖で我を忘れ、残された力のすべてで目の前の男を攻撃してしまうのではないか。

気づくべきだった。

――シアリィが振り下ろした魔法の刃は、ウォルカが咄嗟に盾とした左腕を完全に貫通した。

上手く骨と骨の間を抜けたのだろう。しかしそれゆえ刃は根本まで深々と突き刺さり、ウォルカの左腕を瞬く間に鮮血で濡《ぬ》らした。貫通した刃を伝って血が飛び散り、彼の胸元をみるみる真っ赤な色に染め上げていく。

「――――ッ!?」

その場の誰もが、悲鳴のように息を呑んだのだとわかった。

いくら臍《ほぞ》を噛んでも足りない――よりにもよってこのタイミングで。誰もが束の間《つかのま》ウォルカから離れ、誰もが束の間彼から目を逸《そ》らしていたこのタイミングで。

ロッシュとアトリが動いたのはまったくの同時だった。地を蹴り祭壇から飛び降りる。もはや四の五の言っていられる状況ではない。手荒にはなるが、事ここに至ってはもう一度シアリィの意識を絶つしか方法がない。

だが、

「――手ェ出すなアッ!!」

――聞いたこともないようなウォルカの大喝が、全員の動きと思考をその場に縫い留めた。

小さな魔法の刃ひとつに込められたシアリィの殺気を、ウォルカは真っ向から受け止めていた。たとえ腕を貫かれようとも、片足が義足であろうとも、シアリィを突き飛ばし無力化する程度は彼ならば容易にできるはずだった。

だが彼は決して、シアリィに手を上げようとはしなかった。

「俺がやる!! 手ェ、出すんじゃねえ……ッ!!」

——ああ、そうか。この男はもう、自分の腕を貫く刃など目に入ってすらいない。腕が千切れ飛ぶような痛みなど、一切歯牙にもかけていない。

「返ぜっ!! ルエリィをッ、ルエ、りぃを……!!」

この男に見えているのは、ただ目の前の少女だけ。

擦り切れてしまった喉で、それでも懸命に声を震わせる——

余計なことに使える水分など残っていないはずなのに、それでもとめどなくあふれてウォルカの頬を叩く——

「——お願いっ……かえしてぇぇ……っ!!」

その言葉こそが。その涙こそが。

この男にとって、なによりも耐え難い血染めの刃なのだ。

「…………馬鹿者め」

ロッシュは友のため迸《ほとばし》らんとする衝動をがむしゃらに抑えつけ、腹の底から嘆息する。……かつて死神から仲間を守り抜いたときの彼も、こうだったのだろうか。目の前の少女を苦しめる理不尽な運命そのものに怒り、真っ向抗《あらが》わんと鬼気迫る男の姿。

心情は察する。その怒りは理解できる。だがこの男は大馬鹿者だ。

おまえは本当に、群を抜いてとんでもない大馬鹿者だ。

仲間たちを見てみろ。今すぐおまえを助けたいのに、それでもおまえの想いを突きつけられて必死に堪えようとしている彼女らを見てみろよ。

「ねえさま!!　ねえさま……っ!?」

背後から走り出そうとしたルエリィの前に、腕を出して遮る。

「ロッシュさん!?　なんで、」

「――二十秒だ」

いま自分は、いったいどんな顔をしているだろうか。いくら冷静になろうとしても、張り詰めた体からまったく力を抜けない。歯が砕けそうなほどに軋《きし》み、拳の震えが治まらない。しかし、それでも。

「二十秒だけ……あの大馬鹿者に、時間をやってくれ」

それ以上は絶対にやらない。

だから、やってみせろ。

今ここで、彼女の心を救ってみせろよ。大馬鹿者め。

――正直、腕を刃で貫かれ、今まさに殺されかけている状況で感じる気持ちではないとわかってはいるのだが。

このとき俺がシアリィに対して抱いたのは、どうしようもないほどの『親近感』だったのだと思う。

ほとんどなにも着ていないのと大差ないボロ切れ一枚で、ロクな食事も睡眠も取れていないその体は衰弱しきっていて。それでも彼女は妹を守るという、妹を助けるという、ただそれだけの感情に己のすべてを擲《なげう》って、悪いやつを倒そうと必死になっていて。

その姿に、なんとなく。

かつて死に物狂いで仲間を守ろうとした自分の記憶が、重なったのだ。

「ねえさま!! ねえさまぁっ!!」

「ヴうぅっ……!! う、ゔヴぅぅぅ……ッ!!」

ルエリィが懸命に呼ぶ声すらも、もはやシアリィの耳には届いていない。こぼれ落ちる涙が何度も俺の頬を叩く。貫いた腕ごと俺の喉を抉《えぐ》ろうと、彼女は震える両腕に何度も何度も体重をかける。

カインとロイドを殺され、自分にはもう、妹を守るしか残されていなくて。

妹のために戦うしか、道がなくて。

「返してっ……!! かえ、してぇ……っ!! ルエリぃ……ッ!!」

……ああ、そうだよな。理屈じゃないんだ。

〈ならず者《ラフィアン》〉の主力が拠点を留守にした、その隙を衝《つ》いてたった四人殺した程度でなんの意味がある。

連中が戻ってきたらどうするつもりだったのか。今度こそ妹ともども無事では済まなかっただろう

——そんなのはわかってる。でも、そんな他人事な理屈でどうこうできるような感情じゃないんだ。わかるよ。

俺も君と同じで——自分の命なんてもうどうなってもいい覚悟で、戦ったことがあるんだから。

「——シアリィ」

呼んだ。俺は自分でも呆《あき》れてしまうくらい無愛想で、話すのも気持ちを伝えるのも苦手だけれど。

「——っ、ぁ、」

シアリィがかすかに震えた。そのときはじめて彼女の真っ暗な瞳に、俺という人間が正しい姿で映ったのだとわかった。

言う。

「ルエリィは無事だ。悪いやつはもういない。全員倒したよ」

「——、」

シアリィが揺らぐ。腕にかける体重が軽くなる。押し固められていた魔力が解ける。こぼれ落ちた涙が、俺の頬ではなく、彼女自身の手の甲をそっと撫《な》でるように叩く。

——なあ、俺たちを空の上から見下ろしているクソッタレな神様よ。

もう——もういいだろうが。ふざけるのも大概にしろよ。悪いやつらからやっとシアリィを取り戻せた、だったらそれで終わりだろうが。これ以上彼女の心を追い詰める必要がどこにある。これ以上理不尽に苦しめる必要がいったいどこにある。

だから言うのだ、俺が。彼女と同じ気持ちを知っている俺が。彼女と同じ覚悟を知っている俺が。

「もう、こんなことはしなくていい。大丈夫」

こんなクソッタレな世界でも、せめて最後だけは救いがあるように。

「君は──妹を守ったんだ」

「…………………………ぁ、」

果たして俺の言葉は、冷たく閉ざされた彼女の心に届いただろうか。

血の気すらなくなるほど強く握り締めていた手のひらから、ゆっくりと力が抜けていく。俺の左腕を貫く刃が、形のない魔力の粒子となって溶けるように消えていく。

「──ほん、と、に……？」

「ああ。……ほら」

「ねえさまあぁっ!!」

限界だった。もうこれ以上は一秒もこらえられなくなったルエリィが、真横からおねえさんに飛びついて思いっきり抱き締める。

「ねえさま、大丈夫なのです、私は大丈夫なのです、だから、もう、平気ですからっ……!!」

「──ルエ、」

憎悪で澱んでいたシアリィの瞳に、ほんのかすかな、しかしたしかな命の息吹が戻った。

ほら笑え、俺の無愛想な表情筋。こんなときくらい笑って言ってやれ。

「よく、がんばった」

「――、」

ボロボロ涙を流すみっともないルエリィの泣き顔を見て、そして俺の言葉を聞いて、シアリィにもようやく。

ようやく、すべてから解放された淡い笑みが浮かんだ。

「……よ、かっ――――、」

倒れる。もう、それだけの言葉を紡ぐ力すら残っていなかったのだ。意識を手放したシアリィの体が後ろへ傾き、ルエリィが咄嗟に踏ん張ろうとするもこらえきれず、

「――っと」

地面に思いきり頭をぶつける寸前で、二人ともロッシュに優しく抱き留められた。ナイスロッシュ、助かった。

俺はほっと一息つき、無事な右腕を杖にして起き上がろうとする。すると背中がふと軽くなって、

「――ウォルカ」

「ああ、悪い……」

いったいいつの間にやってきたのか、アトリが後ろを支えてくれていた。そして俺が体を起こすや否や、

「ウォルカ!! ウォルカぁっ!!」

「先輩ッ!!」

「ウォルカさまっ!!」

師匠とユリティア、そしてアンゼが一斉に詰め寄ってきた。師匠は顔面蒼白《がんめんそうはく》で半狂乱に陥っていて、ユリティアは涙目で、アンゼもいつもの微笑みが影も形もなく崩壊しており、

「やだっ、血、血があっ!! ウォルカが、ウォルカが死んじゃう!!」

「あ、ああっ……!! 先輩、しっかりしてください先輩っ!!」

「ウォルカさま、腕を見せてください!! お願いします、早くっ……!!」

「うおお、待て待て」

ちょ、圧が、圧がすごいって。た、たしかに血は出てるけど慌てすぎだ。こんなの、ちょっと前のルエリィの怪我の方がよっぽどひどかったくらいだぞ。

「俺は大丈夫だから、落ち着──」

「そんなこと言ってる場合じゃない!!」

──パーティの仲間になって以来はじめて、アトリから思いっきり怒鳴られた気がした。

「さっさと出して!!」

「……お、おぉ」

「アンゼさん、大丈夫ですよね!? 治せますよねっ!?」

「大丈夫です……!! 絶対に、絶対にわたくしが癒やしますからっ……!!」

「やだ、やだぁっ、死なないで、死なないで、死なないで、死なないで、死なないでっ……!!」

い、いやこれ、腕をちょっと魔法が貫通しただけで──もしかして、結構ヤバいところを傷つけて

たりするのか？　みんながあまりにも必死なせいで、俺もだんだん不安になってきた。あの、手当てする側が深刻だとこっちまで動揺してしまうから、できればみんな一旦冷静になってほしいというか……。

その後、アンゼの神聖魔法で傷は特に問題なく塞がった。塞がったのだが、

「ウォルカのばかっ、おたんこなす、あんぽんたん、ばかっ、すっとこどっこい、ばかばかばかぁっ」

ご立腹を通り越して幼児退行してしまった師匠が、ベソをかきながら俺の頭やら背中やらをぽかぽか叩いてくる始末である。加えてアンゼもユリティアもアトリも、今回ばかりは誰一人として俺の擁護をしてくれず、

「ウォルカさまっ、もっとご自分を大切になさってください！　傷つくことに、慣れないでくださいっ……!!」

「どうしてあんな無茶したんですか!?　どうして先輩は、そんなにっ……!!」

「ウォルカのばか。かっこつけ」

「む、むう……」

た、たしかに怪我をしたのは悪かった……けど、あれはもうしょうがなかっただろ！　まさかいきなり攻撃されるなんて完全に想定外で、咄嗟に腕で庇うしかなかったんだって！

ロッシュも、もはや打つ手なしみたいなクソデカため息ついてるしよぉ……。くそう、どうすればよかったっていうんだ……。

しかしどうあれ、これでようやく――ようやく、終わりだった。

こんなものが、ハッピーエンドであるはずがない。奪われてしまった命がある。仲間を喪い、決して癒えることのない心の傷を負ってしまった少女がいる。仲間と笑顔で旅していた頃の、自由に満ちていて光り輝くようだった日々はもう二度と帰ってこないのだ。

けれど、それでも、助けられた命はある。堪え忍んで、苦しみ抜いて、やっとその両腕で姉を力いっぱい抱き締めることができた少女もまた、ここにはいる。

それがせめて、死んでいった者たちへの手向けとなることを。

彼らの死が無駄にはならなかったことを、願うしかないのだ。

——それはこの世界において、いつ誰に降りかかっても不思議ではないありふれた悲劇である。

この事件が国を揺るがすことはないし、冒険者という職の安全性が見直されるきっかけになることもない。ただほんの少しのあいだギルドで話題となって、俺たちも気をつけねえとなぁとお決まりの同情を買い、そうして忘れ去られていく。

だが、俺は絶対に忘れない。

原作知識を思い出した俺に、ここがどういう世界なのか改めて突きつけてくれたこの事件を、決して忘れたりはしない。

バッドエンドが大嫌いな俺にとって、ここは本当にクソッタレな世界だけれど。

なんの因果であれこの世界に生きる一人となってしまった以上、顔を上げて前へ進むしかない。

仰ぐべき背中なら、何度も見てきた。ストーリーも設定も記憶が曖昧な『原作』で、その姿だけは今でも俺の脳裏に刻まれている。

あいつは——主人公は今もきっと、この世界のどこかで抗い続けているのだから。

Ⅳ　想い

でしまっていた。

〈ならず者《ラフィアン》〉の物資の整理から遺体の処理まで、ひと通りの後始末を終える頃にはすっかり日が沈んでしまっていた。

この世界において、街の外で命を落とした冒険者や〈ならず者《ラフィアン》〉に関しては、極力遺品の回収をした上で『大地に還《かえ》す』のがおおむね通例となっているらしい。神聖魔法の中にそういった埋葬用の術があって、仏と出くわす機会も多い冒険者のために教会から〈紙片《スクロール》〉が配布されているのだ。

最悪は野晒《のざら》しでも、遺体は魔物が食べて食物連鎖の流れに還ってゆく。ただ魔物の瘴気《しょうき》とやらに当てられて死体がアンデッド化する危険がある他、小鬼《ゴブリン》や大鬼《オーク》に代表される人型の魔物は、装備やアイテムを積極的に奪って力をつけようとするので、埋葬の手段がなくとも遺品の回収だけは行うことが強く推奨されている。実際、冒険者の遺体から装備を奪った魔物によってまた冒険者が――というケースは後を絶たないようだ。

かくして、〈天巡る風《ウインドミル》〉を取り巻く事件はひとまずの終結を迎える。

ただ――助け出したAランクの少女二人については、精神的な傷が深いためか、無抵抗かつ無気力なままでほとんど会話もできず、精々わかったのは〈森羅巡遊《シークロア》〉というパーティであることだけ。

そして再び深い眠りに落ちてしまったシアリィも、呼吸自体は安定しているものの、ルエリィの呼びかけに応える兆しは一向に見えなかった。

幸い近くに綺麗《きれい》な泉があったため、俺たちはそこで野営の準備を始めた。師匠が念入りに魔物除《まものよ》けの結界を張り、ユリティアとアトリが手際よくテントを設置して、アンゼが〈森羅巡遊《シークロア》〉の二人を先に休ませる。そしてルエリィが地面の邪魔な小石や枝を掃除し、ロッシュが〈ならず者《ラフィアン》〉の狩場で置きっぱなしになっている馬車の回収へ――と、各々役割分担してテキパキと作業を進めていく。

そんな中で俺の仕事はといえば、火起こしと夕飯の下準備であった。手頃な岩に腰掛けながら〈保管庫《ストレージ》〉を開け、乾いた薪《まき》と調理道具をひとつひとつ引っ張り出していく。

肉体労働を女性陣に押しつけてなにやってんだ、という非難はどうか勘弁してほしい。もちろん俺だってみんなの手伝いを申し出たのだが、満場一致で「もういいから座ってなさい」と怒られてしまったのだ。

「先輩、これくらい大丈夫ですから！　ぜんぶわたしたちに任せてくださいっ」

「ん。ウォルカはゆっくりしてて」

「いや、しかし――」

「せ　ん　ぱ　い　？」

「縛るよ？」

「……火の準備をしてるよ」

ユリティアとアトリのダークな瞳は、だいぶ怖かった。

というわけで石と薪を適当に組み、炎の魔法で着火。なんだか、こういう魔法らしい魔法を使うのも随分と久し振りな気がした。

「……」

じわりとした火の温かさを感じながら、俺はふっと物思いに耽《ふけ》る。

左腕にほんのうっすらと残る傷痕を見る。涙を流し、他のものが一切目に入らなくなるほど心配していた師匠たちの姿。

無論、みんなの目の前で怪我《けが》するヘマをしてしまった俺の落ち度なのは間違いない。けれど同時に、まさかあそこまでみんなが取り乱すとは思っていなかった部分もあるのだ。冒険者にとって多少の怪我は日常茶飯事であり、実際今までの〈銀灰の旅路《シルバリーグレイ》〉であれば、あそこまで収拾のつかないパニックにはなっていなかったと思う。

なら以前と今とで、いったいなにが変わったのか――それはやっぱり、〈摘命者《グリムリーパー》〉との戦いで俺が命を捨てる真似《まね》をしたせいなのだろう。

教会のベッドで十日ぶりに目を覚ましたとき、師匠たちがどれほど安堵《あんど》してくれたか。俺のためにどれだけ涙を流してくれたか。それを思い返せば、今回だって『大袈裟《おおげさ》』なんて言葉で済ませてはいけないのだ。

かつての俺の選択が、師匠たちの心にどれほどの重荷を背負わせてしまったのか――見て見ぬふりしてはいけないその事実を、改めて痛感させられた思いだった。

「やあウォルカ。ちゃんと大人しくしているかい？」

「ああ、ロッシュ……」

火の勢いが充分に安定した頃、馬車を回収し終えたロッシュが悠々とした足取りで戻ってきた。俺は「なにか手伝うか?」と問うてみるも、

「いいや、大丈夫だとも。君はそこで思う存分、見ていることしかできないもどかしさに身悶《みもだ》えしているといい」

「……ああ、そうするよ」

俺の返答にロッシュは少しほっとした様子で、

「応とも、そうしたまえ。これでもじっとしているつもりがないようなら、いよいよ君をふん縛っておかなければいけないからね」

俺の隣に立ち、煌々《こうこう》と燃える篝火《かがりび》を見下ろし、

「――だが、ウォルカ。今回ばかりは、君の友としてはっきり言わせてほしい」

「なんだ?」

「彼女たちが怒っているのは、君が怪我をしたからじゃない。君が、また自分一人だけで無茶な真似をしたからだよ」

――しばらくの間、返す言葉を失っていたと思う。

俺が隣へ顔を向けたとき、ロッシュはテキパキ作業する師匠たちの姿を優しく見つめていた。

「仲間が殺されるかもしれないのに、すぐ目の前で助けられる距離にいるのに、それでも『手を出すな』と突き放されるのがどれほど辛《つら》いか……君なら理解できるはずだ」

「……」

……ああ、どうやら俺は、この期に及んでまだ思い違いをしていたらしい。師匠たちがあんなにも取り乱し、あんなにも真剣に怒ってくれたのは、俺がただ情けないヘマを晒したからではなく——。

「すまない、言い方が冷たかったね。もちろん、君に突き放すつもりがなかったのはわかっているさ。大方、頭より先に体が動いたというんだろう？」

「まあ……」

「誰かのために身を挺《てい》して行動できることは実に美しいとも。だがそれは大きな欠点でもあると僕は思う。考えるより先に、息をするようにああいう選択ができてしまうのはね」

冷静に思い返してみれば、そうかもしれない。誤解とはいえ明確な殺意をもって攻撃されて、あわや殺されそうになっていたというのに、それでも仲間の助けを拒絶して自分一人でやり通そうとするのは——いや待て。

よくよく考えれば、なんで俺はあんな真似をしたんだ？　今になってみると、自分でも到底まともな判断だったとはいえない気が——

「まったく、さすがの僕も思っていなかったよ。君にあそこまで我の強い一面があったとは」

ぐうの音も出ないとはこのことだった。……でもあのときは、俺が言わなきゃって思ったんだよなあ。死に物狂いで戦おうとするシアリィの姿に心から共感し、同時に、一点の曇りもない澄みきるような怒りを覚えていた。シアリィにではなく、〈ならず者《ラフィアン》〉にでもなく、ああいう状況を生み出してしまう運命とも呼ぶべき忌まわしき歯車に対して。

腕の傷なんて目に入ってもいなくて、痛みもほとんど感じていなかったと思う。まるで、〈摘命者《グリムリーパー》〉と戦ったあのときのように。

「君、冒険者より騎士の方がよっぽど向いてるよ。今からでも遅くはないと思うが、どうだい？　僕が便宜を図ろう」

「その話は何度も断ってるだろ？」

ロッシュが俺を〈聖導騎士隊《クリスナイツ》〉へ勧誘してくるのは前々からだ。何度断っても聞く耳を持ってくれないので、一種の冗談や軽口のつもりなのかもしれない。俺みたいな育ちの悪い剣士を騎士にしたら、メリットよりも問題の方が大きいだろうに。

騎士は日夜厳しい鍛錬に明け暮れるエリート集団ゆえ、冒険者なんぞに後れは取らんとライバル意識を持っているやつが少なからずいる。加えて伝統と格式を非常に重んじるため、俺の抜刀術が非合理的でふざけた剣術にしか見えないらしいのだ。実際、大聖堂でそういう揶揄《やゆ》が聞こえてきたことも何度かある。

俺も、騎士なんていかにも堅苦しくて性に合わないと思っているし、〈聖導教会《クリスクレス》〉傘下の宗教団体に籍を置くのも抵抗がある。司祭さんの説法を聞いたり聖書で勉強したりなんて、考えただけでも鳥肌モノだ。俺は師匠の授業でも寝るくらいに座学が大っ嫌いだからな。

だが今はそれ以上に、迷わず誘いを断れる大きな理由があった。

「……俺のパーティ、今、いろいろ普通じゃないだろ。俺がこんな怪我したせいで。だから、みんなには立ち直ってほしいというか……幸せに、なってほしいんだ」

今回の一件で、自分の目指す先がより明確なビジョンになったと思う。このクソッタレな世界で、できる限りみんなと一緒にいたいと本気で思う。もう、なにも知らず自由に旅していた頃には戻れないけれど。それでも、罪悪感、後悔、失意、挫折、そういう嫌なものをすべて乗り越えて、またみんなで笑えるようにならなければいけないと。

俺が危険な目に遭うたびパニックに陥ってしまうようなトラウマを、この先一生抱えたままで生きていってもらうのか？　――そんなのは絶対駄目に決まってる。

「――だから、このパーティを離れる気はねえよ」

結構思いきって打ち明けたつもりだったのだが、ロッシュからは心底呆《あき》れた眼差《まなざ》しが返ってきた。

「君、そういうことはちゃんと彼女たちに伝えるべきじゃないかい？」

「い、いや、それは……恥ずかしい」

クソデカため息、

「このヘタレめ」

うるせえ！　こちとらおまえみたいなコミュ強のイケメン陽キャじゃねえんだよ！　女の子相手に「幸せになってほしい」とか面と向かって言えてたまるか！　下手したらセクハラもんだぞ！

「おまえだから言えるんだよ……」

「ふうん？　本心をさらけ出せるのは僕の前だけということかい？　友として、それはそれで悪い気はしないがね」

ロッシュは満更でもなさそうに目を細めて、俺へ背を向けると、

「だが、君はもう少し自分の心を口に出してみるべきだ。さしずめ、あの子たちと腹を割った話もほとんどしたことがないだろう？」

「……」

「言葉にしなくても伝わる、なんていうのは幻想さ。相手が女性ならなおのことね。数多くのマドモアゼルと親交を持つこの僕が断言しよう」

……そいつはまあ、随分と説得力があることで。

「では、僕は馬を休ませてくるよ」

背中越しに手を振って、「はっはっは！」とロッシュが馬車の方向へ歩き去っていく。あいもかわらずキザったらしいその背中を見送って、俺は煌々燃える焚き火《たび》の赤と、ぱちぱち小気味よく爆《は》ぜる薪の音に意識を傾ける。

……腹を割った話、か。

たしかに、そうするべきなのかもしれない。息をするようにああいう選択ができてしまう――さすがに、自覚しておいて黙ったままとはいかないよな。じゃないと、これからもなにかあるたび自分勝手なことを繰り返して、性懲りもなく師匠たちに迷惑ばかりかけ続けてしまう。

俺にあんなにも我の強い一面があったというのは、指摘されてみると俺自身も意外だった。自覚していなかっただけで、前々からそうだったのだろうか。あるいはこれも原作知識を思い出して、この世界の見え方が変わってしまった弊害なのだろうか。

なんにせよ――師匠たちとは、ちゃんと話さないとな。

　さて、その後はテントを張り終えたユリティアがすぐ俺のところまで駆け寄ってきて。

「先輩、あとはわたしに任せてくださいっ」

　ロッシュからあんな話をされたあとでは、ここで「いや、俺もなにか手伝いを」と言い出すのも気が引けた。俺は素直にユリティアへバトンタッチし、

「その……楽しみにしてる」

「はわ――は、はい！　腕によりをかけて作りますねっ！」

　とびきりの笑顔を咲かせて、ユリティアがやる気いっぱい調理を開始する。右腕の残像が閃《ひらめ》き、目にも留まらぬ速度で食材たちが細切れにされていく。この子まさか、抜刀術を料理に応用して……？

「アトリー、湯を沸かすから手伝ってくれんかー？」

「ん」

　泉の近くでは師匠とアトリが、大事な大事な湯浴《ゆあ》みの準備を進めている。

　畔《ほとり》に組み上げられた一番大きなテントの中に、数人はまとめて入れる円い陶器製の風呂釜が出現している。そんじょそこらの風呂釜ではない。ウチはメンバー全員が野営でも体を洗いたい派閥に所属しているため、前にパーティの稼ぎ二ヶ月分の大金をはたいて王都から買い付けたものだ。〈装具化《アクセサライズ》〉の術式が刻まれているお陰で〈保管庫《ストレージ》〉の容量を食わない上、魔石が溶かし込まれているため魔法である程度の保温も可能など、この世界では最新式の高性能風呂釜である。

ようやくいつもの旅の光景が戻ってきて、ひとつの事件が終結したことを強く実感させてくれる。早く美味《うま》いメシで腹ごしらえして、熱いくらいのお湯で汚れを落として、そうすればルエリィたちをゆっくり休ませてやれるだろう——そう、俺はすべて終わった気で呑気《のんき》に考えていた。

——今までずっとだんまりだった〈森羅巡遊《シークロア》〉の少女二人が、突然決壊したように慟哭《どうこく》を始めるまでは。

……いったい、なにが原因だったんだろうな。手際よく野営の準備を進める俺たちの姿に、もう二度と会えない場所へ行ってしまった仲間の幻影が重なったのだろうか。それとも〈ならず者《ラフィアン》〉の暴行から自身を守るために閉ざしていた心が、偶然このタイミングで氷解して、押し込めていた感情が一気にあふれ出してしまったのだろうか。

どうあれ、みんなで腹ごしらえなどと言っていられる状況ではなくなってしまった。男の俺にできることなどなにもなく、延々繰り返される自責と謝罪の叫びを……ただ背中で聞くだけだった。

「……キツいな」

「ああ……こういうとき、男というのは無力だね」

本当はみんなでゆっくり焚き火を囲んでいるはずだったのに、今ここにいるのは俺とロッシュの二人だけだ。完成直前だった夕食の鍋が火から外され、夜の冷えた地面に少しずつ熱を奪われている。

戦利品《ドロップ》で手に入れた肉を惜しまず使ったちょっぴり豪勢なメニューも、あの二人にはただ辛いだけだったのかもしれない。

今は感情のまますべて吐き出した方がいいだろうと、二人はアンゼが泉近くのテントまで連れて行った。ルエリィも――響き渡る慟哭にカインとロイドのことを思い出してしまったのか、涙ぐみながらユリティアと一緒に席を外した。師匠とアトリも向こうに行って、今は沸いたばかりの湯をせっせと運んでやっているのがわかる。

泣き叫ぶ〈森羅巡遊《シークロア》〉の二人の声が、未《いま》だ俺たちの耳まで届いている。

ごめんなさい。なにもできなくてごめんなさい。私のせいで。あなたたちはなにも悪くなかったのに。私を守ろうとしてくれたのに。私が人質に取られたから。ごめんなさい。ごめんなさい。

――死ぬなら、私が死ねばよかったのに。

「…………」

吐く息が憤りで熱を持っている。震える拳が手の皮膚を抉《えぐ》るようだ。

俺は、なにをすべて終わったなどと。

なにを、これでゆっくり休ませてやれるなどと。

こんなものが、ハッピーエンドであるはずがないのに。

男が全員死に、女だけが残された。その結果だけ見れば、原作で描かれた数々の結末《バッドエンド》と大差ないではないか――。

「……ロッシュ、悪い。少し頭を冷やしてくる」

「……」

ロッシュはしばらく考えてから、ゆっくりと吐息して。

「あまり、遠くへ行くんじゃないよ」

「……ああ」

俺は立ち上がり、慟哭に背を向け森の方向へ歩き出す。また師匠たちに心配をかけてしまうだろうか——しかしそれでも、今は一人になりたくて堪えられなかったのだ。

臓腑《ぞうふ》が、焼けるようだった。


ウォルカがこの場を去ってから五分ほど経《た》ち、最初に戻ってきたのはアトリだった。ロッシュは焚き火に細い薪を一本焚《く》べながら、

「やあ、アトリ嬢。向こうの様子は？」

「やっと落ち着いた。今はアンゼが——」

さすがウォルカを想う少女の一人だけあって、アトリはこの場の違和感に一発で気づいたようだった。ロッシュへ詰め寄るように……とまでは言わぬも、いくらか物騒に目つきを細めて、

「——ウォルカは？」

「うむ、ウォルカなら……」

二秒だけ考え、ロッシュは包み隠さず正直に答えた。

「頭を冷やしてくると言って、少し向こうへ」

「――、」

ロッシュが指差した森の奥を見て、アトリは表情こそ変えなかったが、即座になんらかの判断を下してテントへ引き返した。ほどなくアンゼとリゼルの短い驚きの声が聞こえ、バタバタと余裕のない足音が近づいてきて、

「……ロッシュ!! ウォルカはどこじゃっ!?」

まっさきに駆けつけたのは、やはりというべきか、ウォルカにもっとも強く執着しているであろう小さな魔法使いだった。その相貌から軽く血の気が失《う》せて見えるのは、決して青白い月明かりのせいだけではあるまい。

騒ぎはさらに大きくなる。アトリがユリティアを連れて戻ってきて、さらに足をもつれさせながらアンゼも追いつき、

「せ、先輩っ!? 先輩が、いなくなったんですか!?」

「ロッシュさま、ウォルカさまはどこに……!?」

口数の少ないアトリが、極めて端的に「ウォルカがいなくなった」とだけ伝えたのがありありと見て取れた。まったく、とロッシュは心の中で嘆息する。ちょっと姿が見えなくなっただけでこの慌てよう――ウォルカのやつめ、どうしてこんなになるまで放っておいたんだ。

「待った、落ち着いて。少し風に当たりに行っただけさ。ここで座っていても、なにもできない無力

を味わうだけだろう？」

「っ……」

「リゼル嬢、君なら〈探り波《プローヴ》〉ですぐ居場所が掴《つか》めるし、近くに魔物がいないともわかるはずだ。慌てる必要はないとも」

ロッシュとて、ウォルカを行かせる前に〈探り波《プローヴ》〉で周囲の探査は行ったし、その結果魔物の気配がないとわかったからこそ了承したのだ。そもそも魔物がいたところで、このあたりに出没する小鬼《ゴブリン》や魔狼《バンディット》程度、ウォルカなら考え事をしながらでも容易《たやす》く斬り捨ててしまうだろう。

彼女らも、理屈ではわかっているはずだった。

「そ、……そう、じゃな。慌てなくていい、慌てなくていい……なにも、心配なんて……」

リゼルの言葉はロッシュへ答えるというより、自分自身へ必死に言い聞かせるかのようだった。

そうして落ち着きを取り戻すかに見えたリゼルの表情が――しかし、崩れた。

「ぅ、あ――い、いや……いやじゃっ……」

声が震え、瞳が揺れ動いて、リゼルは己の体を恐怖で掻《か》き抱く。……彼女はきっと、思い出してしまったのだろう。〈摘命者《グリムリーパー》〉の悪夢を。そしてシアリィに腕を貫かれ、鮮血が飛び、あわや殺されるところだったウォルカの姿を。

「だめ……!! ウォルカを一人にするなんて、ぜ、絶対に、だめぇっ……!!」

走り出す。もはやロッシュなどはじめからいないかのように、ただウォルカの気配がある方向だけを見据えて。ユリティアとアトリが迷わずそのあとを追い、最後にアンゼが、

「ロッシュさま、わたくしもっ――」

「……ああ、行っておいで」

「申し訳ありません。少しのあいだ、お願いします……！」

引き留めることはいくらでもできたが、あえてロッシュはそうしなかった。こうなったらなったで別に構わなかった。あの男はいい加減、仲間たちと本音で話し合うことを覚えるべきだ。

まったくもって、お互いがお互いを強く想っているはずなのに、致命的に噛《か》み合っていないというか、ある意味では奇跡的に噛み合いすぎているというか。

そのときルエリィが、テントの中から躊躇《ためら》いがちに顔を覗《のぞ》かせた。

「あ、あの、なにかあったのですか……？」

「ああ、ルエリィ嬢。いやなに、本当に世話の焼ける子たちだと思ってね」

赤くなった彼女の目元に触れるような野暮はしない。やっぱりあの男は僕を見習うべきだね！　とロッシュは優雅に前髪を払って。

「さて、少しのあいだ僕と君だけだ。あの二人の様子を教えてくれないかい？　いくら美しいこの僕でも――いや、美しいからこそ！　まだ近づかない方がいいだろうからねっ！」

「は、はいなのです……？」

このあとめちゃくちゃフォローした。

夜の森をあてどなく歩く。戻る際の目印となる焚き火の明かりは、木々の闇に紛れて随分と小さくなってしまった。それに、師匠が張ってくれた結界の外まで出てきてしまってもいるはずだ。まっすぐ歩いてきただけではあるけれど、これ以上離れるのはよくないと思い、足を止める。

俺はゆっくりと深く肺の空気を入れ替え、枝葉の隙間から遠い夜の空を見上げる。

鬱蒼《うっそう》と茂る森の彼方《かなた》に、憎たらしいほど幻想的な蒼《あお》い星空が広がっている。遥《はる》か天空の綺羅星《きらぼし》にとっては、俺たち地上の生命などなにひとつ知ったことではないだろう。

俺は前を見て、適当な太さの木を一本選んだ。

別になんでもよかった。

「ッ――――!!」

その木をめがけ、後先考えず全力で拳を振り抜いた。

静寂が満ちた夜の森に、鈍い破砕の音が響き渡る。〈身体強化《ストレングス》〉はほとんど使わなかった。純粋な腕力だけで打ちつけた拳は幹の表面を砕くに留《とど》まり、俺へくぐもった痛みと熱さを伝えながら止まった。

「…………」

今度は最初よりさらに時間をかけて、長く大きく呼吸する。砕けた幹の破片で拳がわずかに切れ、皮膚にじわりと血がにじむのを感じる。だがこの熱さのお陰で、煮えたぎる感情を辛うじて理性的に抑えつけることができた。

吐き出した。

「――ああ、くそ。本当に……嫌になるな」

こんなものが、ハッピーエンドであってたまるか。

ああ、たしかに女は全員助かったさ。だが逆を言えば、女しか助からなかったのだ。カインもロイドも、〈森羅巡遊《シークロア》〉なるパーティの男たちも、遺体を回収して弔ってやることすら叶《かな》わなかった。命を捨てる覚悟で仲間を守ろうとして、けれど守れずに絶望の中で死んでいったのだ。

生き残った女だって、命が助かったというだけで決して無事ではない。大切な仲間を喪《うしな》い、何日もおぞましい暴力を振るわれ、喉を引き裂くように慟哭したあの姿を無事といっていいはずがない。シアリィが未だ目を覚まさないのは身も心もとっくに限界を超えていたからだし、ルエリィだってそうするしかなかったとはいえ、悪党の言いなりになってしまった自分を一生責め続けることになるだろう。

本当の意味で無事だった者は、誰一人いないのだ。

「……なんでどこの世界も、人間ってのはこうなんだ」

人の歴史とは、すなわち争いの歴史だと説く者がいる。

なんの危険も苦しみもない楽園に住まう生命は、やがて子孫をつなぐ能力すら失って死滅する――なにかの研究結果だったか、根も葉もない都市伝説だったか、前世でそんな眉唾話を小耳に挟んだ記憶がある。生命が命をつなぎ続けるためには、苦しみが必要なのだ。そう考えれば、食物連鎖の頂点で命を脅かす天敵もいなかった地球の人間が、人間同士で争うようになってしまったのは必然だったのかもしれない。

だがこの世界は違うだろう。魔物という、すべての人類に共通する恐ろしい敵がいるだろう。人間が命をつなぎ続けるためには、魔物と戦わなければいけない。同族争いなんてしてる場合じゃないはずだろうが。

「神様なんて、いるわけがない。いてたまるかっ……」

ここが本当にあの漫画の中であるならば、この世界の神とはつまり原作者なのだろうか。原作でいうところの『ストーリー』に相当する、俺たちでは感知しきれない別次元の意思が存在するのだろうか。その意思によって、ルエリィたちが苦しむことははじめから決められていたのだろうか。

だったらもう、神様などいない方がマシだと思う。

敬虔《けいけん》なシスターであるアンゼに聞かれたら、失望されてしまうかもしれない。しかし教会では神が天から人々を見守っているなどともっぱらのご高説だが、見守った結果がこれならお笑いではないか。

『なにもせず傍観している』の間違いじゃないのか。

それでも神様がいるというのなら、今すぐ降りてきてルエリィたちを救ってみせろ。

そう、心の底から思わずにおれない。

「……」

原作主人公のことを、思い出す。

どのタイミングだったかは忘れたが、たしか原作で主人公の過去に触れる回想編があったっけ。あれも相当エグい話だった記憶がある。目の前で家族を喰《く》われ、目の前で仲間を殺され、目の前で故郷を滅ぼされて、たとえ生きる理由が魔物への憎悪だったとしても——あの主人公は、決して折れずに前へ進み続けていた。この世界に抗《あらが》い続けていた。

本当に、すごいと思う。

俺なんて見ず知らずの女の子が数人悲惨な目に遭っただけでもこのザマなのに、だったらあの主人公はどれだけの地獄を見てきたのだろう。すべてを喪って、それでも誰かを守ろうと足掻《あが》き続けていた主人公が——漫画で見ていた頃より何倍も、何十倍もカッコいいやつだと思えた。

「……このくらいで凹《へこ》んでちゃ、笑われるな」

「おまえが今やるべきなのは、俯《うつむ》いて足を止めることなのか？」——そう言われてしまいそうだ。

木の幹へ打ちつけたままになっていた拳を抜く。俺がいま追いかけなければならないのは、あの主人公の背中だ。どんな逆境でも決して折れることのない不撓不屈《ふとうふくつ》の心。無尽に叩《たた》きあげられた鋼のごとき精神力。邪魔なものすべてを薙《な》ぎ払って、血にまみれてでも進み続ける意志の力。

ハッピーエンドを目指しておいて、目指す本人が下ばかり向いていてはなにも始まらないのだから。

「師匠も、ユリティアも、アトリも、アンゼも。……みんな、幸せにならなきゃダメなんだ。絶対に」

こんな世界でも、こんな世界だからこそせめて、俺の傍《そば》にいてくれている彼女たちだけはどんなことがあっても無事でいてほしい。どうか幸せになってほしい。そうでなければ死んでも死にきれない。

「俺は……この命はきっと、そのために——」

前世で読んでいた漫画の中という、こんなわけのわからない転生をした理由。序盤で呆気《あっけ》なく散ったモブキャラの命を借り受けた意味。そんなのわかるはずもないけれど、事実俺が『俺』であるならば――ハッピーエンド以外、なにも要らない。

……うん、そうだ。そうだな。今日は本当に嫌なことばかりの一日だったけれど、少なくとも自分を見つめ直すいい機会にはなった。

そろそろ戻るか。ロッシュが上手《うま》いこと引き留めてくれているとは思うが、きっと師匠たちも心配して――

「――ウォルカっ！」

「……!?」

口から心臓が飛び出るかと思った。

師匠だった。ユリティアだった。アトリだった。アンゼだった。

俺が後ろを振り返ると、ちょうど森の中を息せき切って追いかけてきたような恰好《かっこう》で――みんなが、そこにいた。

………ちょ、ちょっと待った。いつからだ。みんないつからそこにいたんだ？　おい嘘《うそ》だろぜんぜん気づかなかったんだけど……！

頭の中がぐるぐる渦を巻き始める。これはひょっとして、やってしまったのではないか。とりあえず今の状況を冷静に分析すると――嫌なことがあったので木を殴ったりぶつぶつ独り言を言ったりしていたら、いつの間にか後ろにみんながいた。一部始終を見られたり聞かれたりしたかもしれない。

ではさっきまでの俺は、他人の目から見るとどんな風に映っただろうか。

一人で木を殴ったりぶつぶつ言ったり、完全にイタい人にしか見えなかったのではないか。

血の気が引くとはまさにこのことである。い、いくらなんでもタイミングが悪すぎるだろうが……！　ともかくなんとか誤魔化《ごまか》さなければ――そう俺が必死に頭をひねっていると、師匠がやや大股で俺の目の前までやってきて、

「もぉーウォルカっ、こんなところでなにをやっておるのじゃ！　心配かけるでないっ」

両手を腰に当て、頬を膨らませてかわいらしくぷんすかと怒る師匠。――あれ、俺がなにしてたか気づいてない？　もしかして見られてなかった？

とりあえず反応する。

「び、びっくりした。みんな、いつからそこに」

「いつもなにも、今ようやく追いついたのじゃ！　まったくもうっ……」

……そ、そうか、見られてなかったのか。師匠たちはたった今ここに駆けつけたばかりで、俺がなにをしていたのかは一切見ていなかったし、聞こえてもいなかったということか。あ、あっぶねえ……。

「悪い、少し頭を冷やしたくて……」

「結界の外まで出てきてしまっておるではないか！　ウォルカのばか！」

そう思って見れば師匠たちに、見てはいけないものを目撃してしまったあとの気まずい感じは一切ない。アンゼがいつも通り慈愛に満ちた微笑《ほほえ》みで、

「ウォルカさま、あのお二方は落ち着かれました。もう心配ございませんよ」

ユリティアもいつも通り可憐《かれん》な声音で、アトリもいつも通り感情が薄い瞳で、

「戻りましょう？　せっかくのお夕飯が冷めちゃいます」

「ボク、おなかすいた」

「そ、そうだな」

湧きあがる安堵のため息を呑《の》み込むのに苦労した。ああよかった、胃がぺしゃんこに潰れるかと思ったぞ。仲間のイタい姿を目撃してしまってドン引きし、「み、見なかったことにした方がいいよね。ごめんなさい……」「わ、私はぜんぜん気にしないですから……」と巨大な腫れ物に触るような痛々しい同情。これからどんな顔で付き合っていけばいいのか戸惑いながらも、懸命に普段通り接しようとする気まずい優しさ――師匠たちからそんな感情を向けられたら、この場で膝から崩れ落ちていたところだ。

「ほれ、戻るぞ！」

「ああ」

差し出された師匠の手を取る。しかしその瞬間、ぎゅぅっと絡みつくように強い力で握り返されて思わず驚く。

そして、俺はそれを見た。

ずっと――――ずぅっと、いっしょだからね？

そう優しく動いた師匠の唇。俺の姿以外なにも映そうとしない金色の瞳。

ユリティアも、アトリも、アンゼも、それぞれの瞳に差し込むのは蒼い月明かりではなく、淡く照らされた森の景色でもなく――

「先輩」

「ウォルカ」

「ウォルカさま」

なにも見られていなかったはずだ。俺にはもう、師匠たちの言葉を信じる以外に道はない。だって「なにも見てなかったよな？」と尋ねれば、それは見られて困るようなことをしていましたと自白するのと同じなのだから。

このまますべて、夜の闇に葬った方がいい。自分からあえて藪《やぶ》をつつく必要はない。そうすれば、ふらふら歩きすぎて結界の外まで出てしまった馬鹿が一人笑い話になるだけで済む。

そう――いつもと変わらないはずのみんなの表情から、覚悟ガンギマリみたいな計り知れない想いを感じる気がするのは、俺の一抹の不安が生み出した錯覚に決まっているのだ。

……本当に、なにも見られてなかったんだよな？


当然、ぜんぶ見ていたに決まっている。ウォルカが怒りに任せて拳を打ちつける姿も、深い失望の言葉を幾度となくつぶやく姿も、なにもかもぜんぶ。

その上でどうしてリゼルたちがなにも知らぬよう振る舞ったのか、その経緯を語るために少しだけ時を遡る。

　ウォルカが野営地からいなくなったと知ったリゼルは、木の根で何度もつまずきかけながら懸命に夜の森を掻き分けていた。大切な弟子を一秒でも早く見つける以外、なにも考えられない半狂乱めいた状態に陥っていたのだ。

（ウォルカ……!!　ウォルカっ……!!）

　もちろん、少し風に当たりに行っただけというロッシュの言葉は本当なのだろう。シアリィと一緒に遺跡から救出した、〈森羅巡遊《シークロア》〉なるパーティの二人の少女。こちらが何度呼びかけてもまともな反応ひとつ返せなかった彼女たちが、突然堰《せき》を切ったように錯乱し、後悔と謝罪の言葉で支離滅裂に慟哭していたあの状況――ウォルカにとってはこの上なく堪えがたいものであったはずだ。男の自分では不用意に近づくこともできなかった以上、堪えきれなくなって場を離れてしまうのも仕方のない選択だと思う。

　だからこんなのは、ただリゼルが心配しすぎているだけ。

〈探り波《プローヴ》〉によってウォルカの方向は摑めているし、周囲に魔物の気配も一切ないとわかっている。こんな大慌てで追いかける必要などどこにもない。落ち着いて深呼吸し、木の根で転ばない程度に走るだけでなんの問題もなく追いつける。

　わかっている。

　だが、それでも――だめなのだ。

（もし、もし今なにかあったら……っ!!）

わかっているのに、ほんの一秒でも立ち止まれない。ウォルカが自分たちの傍を離れて、たった一人でいる。万が一が起こっても誰も助けられない、もう取り返しがつかない——そんな考えをどうやっても振り払えず、全身の震えが止まらなくなってしまう。

浮かんでくるのだ、あの記憶が。血まみれのウォルカをただ抱き締めることしかできなかった忌まわしい記憶が、呪いのように。

首筋をおぞましい冷気がせり上がってくる。つい今さっき走り出したばかりなのに、信じられない早さで息が乱れる。心臓の鼓動が体を突き破るかのようだ。心の底から思い知らされる——自分はもう、ウォルカが傍にいないと正気すら保っていられないのだと。

「っ……！」

木の根に足を取られた。転倒というほどではなかったが地面に手をついてしまい、その瞬間胸の苦しさが破裂しそうになって思わずへたり込む。

「リゼルさんっ……」

すぐに、後ろからユリティアたちが追いついてきた。ユリティアがリゼルの背中に優しく触れると、首筋に感じる冷気が少しずつ鳴りをひそめていった。

森に慣れていないアンゼの手を、アトリが引っ張ってあげている。

「大丈夫？　おぶる？」

「……いや、大丈夫じゃ」

リゼルは手についた土を払い、立ち上がって、

「ご、ごめん。こんなの、心配しすぎじゃなっ……」

「……そんなこと、ないですよ」

ユリティアはそっと首を振り、

「わたしたちの、一番大切な人ですもの……」

アトリとアンゼも同意し、

「ん、心配して当然」

「ええ、そうですよ」

「そ、そうじゃよなっ。まったくあのバカ弟子は、いっつもわしらを心配させることばっかりっ……」

特に今日、シアリィに襲われたときのウォルカの行動については、リゼルは当面のあいだ許すつもりもないのである。左腕を魔法の刃で貫かれたのに、殺されてしまうかもしれなかったのに、なにが「手ェ出すな」だ。人の気も知らないで。ウォルカのばかばかばかばか。

むかむか苛立《いらだ》つと、入れ替わるように焦る気持ちが引いていった。

ウォルカの気配は、魔物除けの結界を出て少しの場所で止まっている。

「行こう。もうすぐじゃ」

そして、そのとおりの場所でウォルカはすぐに見つかった。森の木々がやや開けた先、闇が途切れ、淡い月明かりが注ぐ先に彼のぼんやりとした背中が見えた。

心の底から安堵すると同時に、ぷんすかと怒りの感情が込み上げてきた。こらウォルカっ、このバカ弟子っ、どうしておぬしはわしらを心配させることばっかり！　――そう後ろから叱りつけてやろ

うとして、

——突如振り抜かれたウォルカの拳が、木の幹を粉々に叩き割った。

響き渡った破砕の音に、リゼルは身も心も凍りついてすべての動きを失った。〈身体強化《ストレングス》〉こそほとんど使ってはいなかったが、たぶん——本気だったのだと、思う。木をへし折るには至らずとも幹の表面が砕け、いくつもの破片がウォルカの足元に散らばったのがわかった。

リゼルのすぐ背後で、ユリティアも、アトリも、アンゼも、全員が呼吸すらできずに立ち尽くした。

そしてウォルカの独白が、辛うじてリゼルたちの耳に届いたのだ。

「——ああ、くそ。本当に……嫌になるな」

表情は見えずとも。それはどうしようもないほどに、疎むような声だった。

だからリゼルは、胸に走る悲しい痛みとともに理解する。……ああ、やっぱりこの人は、今日という日をそういう風に考えてしまうのだ。誰かを救えた日ではなく、救えなかった日なのだと。

たしかに、助けられなかった命はある。〈天巡る風《ウインドミル》〉と〈森羅巡遊《シークロア》〉、二つの冒険者パーティで男がみな殺された。遺体を回収して弔ってやることもできなかった。

けれど一方で、女は全員救い出せたのだ。

もしリゼルたちが今日この場にいなかったら、ルエリィもシアリィもやがて人知れず行方不明になっていただろう。それどころか悪党をのさばらせ続けた結果、もっと多くの冒険者がやつらの毒牙にかかってしまっていたかもしれない。

ウォルカは間違いなくルエリィを救った。シアリィを救った。そして、未来で犠牲になっていたかもしれない冒険者たちをも救ったはずなのだ。

なのに、彼は。

「なんでどこの世界も、人間ってのは――」

ウォルカの拳が、リゼルの距離からでも深い嘆きで震えているとわかる。金目的、あるいは自身の快楽のためだけに、他人をいとも容易くいたぶってしまえる人間の醜さ。ずっと昔から何度も何度も同じものを見続けて、不快を通り越して飽き飽きとしているようですらあった。

ユリティアが、小さく声を絞り出した。

「やっぱり、先輩っ……」
・・・・・・
どこの世界でも――つまりウォルカはリゼルたちと出会うより前、なにか冒険者とは違う身分に身を置いていて。

そこでも人間の醜さを、嫌というほど目にしてきたのではないか。幼い頃は祖父と剣の修行をしていたと彼は言うけれど、本当にそれだけか。本当は、リゼルたちにも打ち明けられないような辛い道を歩んできたのではないのか。

そうでもなければ、十七歳という若さでこうも世界を疎む理由は説明できない気がするのだ。

「神様なんて、いるわけ――いてたまるか――」

「っ……」

アンゼが、堪えがたい痛みに胸を強く押さえた。〈聖導教会〉の聖女であるアンゼにとって、神を否定する行為は自分たちの存在否定と同じだ。それが日頃懇意にしている相手の口からこぼれたものなら、なおさら残酷な言葉だっただろう。

心当たりが、ないわけではなかった。

ウォルカは昔から、『信仰』という習慣に対して奇妙なほど無関心な少年だった。人間と信仰は古くから密接な関係にあり、国によってその教義は様々だけれど、誰もが心の中に信じる神を持って暮らしている。それゆえまだ一人歩きすらできない子どもであっても、自分たちをいつも見守ってくれている存在がいることを親から教わり、小さな信仰の芽を育んでいるのが普通なのだ。

ウォルカはそうではなかった。この国の住人なら誰でも知っているような聖言のひとつも知らず、教会で祈りを捧《ささ》げることすら自分からは滅多にやろうとしない。なにか必要があってそうするときは、周りの人たちを横目で見ながら形ばかりの真似事をする。

リゼルが出会った頃から、ウォルカという青年はずっとそうだった。

以前までは、剣の鍛錬に明け暮れるばかりでそういう一般常識に疎いのだろう、もーウォルカってば本当に剣のことばっかりなんだからー、と軽く考えていた。

以前までは。

「そう……なのですね。ウォルカさまは……神を、そこまで……」

スタッフィオを斬ったとき、彼には断ち切るような悼みがあった。

ルエリィを叱咤《しった》したとき、彼には希《こいねが》うような怒りがあった。

シアリィを救ったとき、彼には切り立つような優しさがあった。

そして今きっと、彼には煮えたぎるような失意だけがあるのだろう。

神様なんていてたまるか——まるで、世界を見限った人間が吐き捨てる呪詛《じゅそ》の言葉ではないか。

「……もしかして、」

アトリが右手でキツく左腕を握り締めながら、ぽつりとか細く、

「ウォルカにとっては……剣が、信仰みたいなものだったのかな……」

人には言えぬ過酷な人生を歩む上での、精神的な拠《よ》り所《どころ》。神を信じない彼が唯一信じられたもの。

ウォルカは紛れもなく剣を愛し、それ以上に、剣の道を極め続けることが心の慰めでもあったのだとすれば。

それだけが、彼の支えだったのだとすれば。

「…………」

リゼルたちがウォルカから奪ってしまったものが、いったいなんだったのか——その本当の意味を、この期に及んでかけらも理解できていなかったのかもしれない。

「このくらいで凹《へこ》んでちゃ、笑われるな——」

それなのにウォルカは、絶対にリゼルたちを責めようとしない。守られるだけでなにもできなかったリゼルたちを、怒りの捌《は》け口《ぐち》にするようなことは決してしない。

ウォルカには、その権利があるはずなのに。極め続けてきた剣の道を理不尽に奪われて、誰かに怒りをぶつけたって許されるはずなのに。

彼は、言うのだ。

「師匠も、ユリティアも、アトリも、アンゼも——幸せにならなきゃダメなんだ——」

——たとえば、〈摘命者《グリムリーパー》〉との戦いが原因だったとするならば。


あのときリゼルが、ウォルカを目の前で喪ってしまう恐怖に打ちひしがれたように。あの戦い以来、ウォルカが消えてしまうかもしれない悪夢に怯《おび》え続けているように。

ウォルカもまた、リゼルたちが殺された未来を垣間見《かいまみ》てしまったのではないか。そのせいで、目の前で誰かを傷つけられることがどうしても許せなくなってしまったのではないか。

そう考えれば、シアリィを前になぜ彼が「手を出すな」と叫んだのかも、少しだけ理解できるような気がした。

妹のためすべてを擲《なげう》って戦おうとするシアリィの姿に、かつて仲間のため死に物狂いで戦った己の記憶が重なった。同じ覚悟を知っている身だからこそ、許せなかったのだろう。年端もいかぬ少女にすらあまりに重い選択を強いる、『世界』という名の不条理そのものが。

だから、シアリィを力ずくで止める選択ができなかった。

だから、思考より先に体が動いてしまった。

だから、感情が理屈を上回ってしまった——。

「この命はきっと、そのために——」

「――――……」

――本当に、気づいてあげられなかったことばかりだ。

決して人には言えぬ辛い過去を歩んできたこと。

弱音のひとつも吐かず平気そうに振る舞うその陰で、本当はずっと苦しんでいること。

信じる神を捨て、世界を見限るほどに深く失望してしまっていること。

そして、それでも命すら懸ける覚悟で、リゼルたちの幸せを願ってくれていること。

（ウォルカの、バカっ…………）

こんなにもバカで不器用で一途《いちず》な人間、このさき千年は出てこないに違いない。

どうしてウォルカは、そんなにもリゼルたちを想ってくれるのだろう。十日に亘《わた》る長い眠りから目を覚ましたとき、ウォルカは自分の体など目もくれずにみんなの無事を喜んでくれた。感無量という言葉でも足りないほど、崩れ落ちるように心から安堵してくれた。

自分の苦しみなんていつもそっちのけで、いつも誰かのことばかりを考えていて。

いったいどんな境遇で育てば、どんな人生を歩んでくれば、こんなにもいびつな人間ができあがってしまうのか想像もできなかった。

幸せになってほしい、なんて。

言葉にならない想いがあふれてきて気が遠くなる。本当は今すぐここから飛び出していって、もうなにも考えずウォルカを力いっぱい抱き締めてあげたかった。

けれどそれはきっと、ウォルカの傷ついた精神をかえって追い詰めてしまうだけで。自分の情けない姿を見られたと知ったウォルカは己の弱さを恥じ、リゼルたちのためにますます一人孤独な道へ進もうとするだろう。
そうして彼は誰にも弱さを見せることなく、誰かのために己《おの》が身を削《そ》ぎ落とし続けるのだ。
《——みな、》
だからリゼルは、〈精神感応《テレパシア》〉でユリティアたちに声を伝えた。
《これは、わしらの胸に納めておこう。見られたと知ったら、たぶん、ウォルカは……》
幸せを願ってくれるウォルカの気持ちは嬉《うれ》しい。リゼルたちは決して許されない罪を犯したのに、それでも大切にしてくれるウォルカを想うとおかしくなってしまいそうだ。
だからこそ——その優しさが、苦しい。
だってリゼルは、ウォルカから幸せを願われるに値するだけのことを、なにひとつ彼に対してしてあげられていないのだから。
《一応、訊《き》いておくが——》
それは仲間たちへの確認であり、自分自身への誓約でもあった。
《——今のウォルカの言葉を聞いて、ただ嬉しくなっておるだけのやつはいないじゃろう？》
もう無茶をしないで平穏に生きてほしいという思いが、ないといえば嘘になる。
もう二度と傷ついてほしくないという恐怖が、ないといえば嘘になる。
でもだからって、いつまでも膝を丸めてめそめそして、ウォルカと離れ離れになりたくないと駄々をこねるだけではダメなのだ。

だってこんなの、ウォルカが辛すぎるじゃないか。誰にも言えない暗い過去を歩んできて、挙句片目と片足まで失ってしまって、神すら恨むほどこの世界に失望を抱いていて。だからこそリゼルたちの幸せのために、目の前の理不尽を否定するために、なんの躊躇いもなく自分の身も心も削ぎ落とし続ける――そんな生き方しか許されないなんて。

「っ…………」

ウォルカとずっと一緒にいたい想いが、リゼルの中で途方もなく、もう手のつけようがなくなってしまうほどに大きくなっていくのを感じる。喪うのが怖い気持ち以上に、どんなことでもいいから今すぐウォルカの支えになりたくて。ウォルカをこれ以上独りにしたくなくて。

あの子のために、もっと、もっと、もっと、ずっと――。

《……みな、よいな？》

ユリティアは、そんなの訊かれるまでもないと澄んだ笑みを浮かべた。

アトリは、最初からそのつもりだと言わんばかりに胸を張った。

そしてアンゼも、身も心も捧げるような強い思慕をその瞳に宿していた。

心が決まった。

「――ウォルカっ！」

「……！」

リゼルは前に飛び出し、たったいま追いついたようにわざと大きな声でウォルカの名を呼んだ。

案の定リゼルたちの存在にまったく気づいていなかったらしく、振り返ったウォルカの顔にははっきりと動揺の色が浮かんだ。見られたくなかったのだろう。そのためにわざわざ結界の外までやってきて、誰にも知られぬよう孤独の中で吐き出していたのだろう。

だからリゼルはすべてを胸にしまって、普段通りの姿で彼を叱りつける。

「もぉーウォルカっ、こんなところでなにをやっておるのじゃ！　心配かけるでないっ」

――見られて、なかったのか？

表情こそ変わらずとも、彼が内心そう安堵したのが丸わかりだった。

「び、びっくりした。みんな、いつからそこに」

「いつもなにも、今ようやく追いついたのじゃ！　まったくもうっ……」

「悪い、少し頭を冷やしたくて……」

「結界の外まで出てきてしまっておるではないか！　ウォルカのばか！」

アンゼも、ユリティアも、アトリも続いた。

「ウォルカさま、あのお二方は落ち着かれました。もう心配ございませんよ」

「戻りましょう？　せっかくのお夕飯が冷めちゃいます」

「ボク、おなかすいた」

「そ、そうだな」

いつもとなにも変わらない仲間の姿。果たして本当に見られていなかったのかどうか、ウォルカは少しのあいだ半信半疑だったが、やがて疑ったところで仕方がないと割り切ったようだ。

リゼルは笑い、手を差し出して。

「ほれ、戻るぞ！」

「ああ」

重ねられたウォルカの手を、強く、強く――指まで絡めるように、握り返す。

剣の鍛錬ばかりで傷だらけになったこの掌《てのひら》が、リゼルの救わなければいけないものなのだと深く己に刻み込む。

――ウォルカ。私、がんばるよ。

本当はまだすごく怖いし、向き合うのも時間がかかるけど、がんばって君の気持ちに応えるから。

でも私はね、ウォルカがいないと生きていけないの。ウォルカがいなくなったら、きっとその瞬間に壊れて死んじゃうの。

私は、君がいないと幸せになれない。

君がいない幸せなんて、そんなのなんにも意味ないんだよ。

だから、ね？

ウォルカ。

ずっと――――――――ずぅっと、いっしょだからね？

そう――リゼルにとっては、この〈銀灰の旅路《シルバリーグレイ》〉と、アンゼやロッシュの親しい友人たちだけが世界のすべて。

それだけがあればいい。

それ以外は、なにもいらないのだ。


さて――人目のない場所で木を殴って「神などいない」「みんな幸せにならなきゃダメなんだ」などとぶつぶつ言うこっ恥ずかしい姿を幸いにも見られず済み、現在俺は師匠と手をつなぎながら野営地へ引き返しているわけだが。

なんというか――

「……なあ師匠、そんなに強く握らなくてもだな。みんなも、」

「だーめーじゃー。ほれ、あちこち木の根が張ってて危ないじゃろう？　もっとちゃんとつなぐの」

「そうですよ、転んだら大変じゃないですか。ゆっくり、ゆっくりでいいですからねー」

「……こっちの手、ボクとつなぐ？」

みんな距離近くない？

俺の右手に指を絡めて一歩前を行く師匠、右の脇腹あたりにぴったり寄り添って歩くユリティア、そして俺の左腕を両手でがっしりと摑むアトリ。三人とも距離が物理的に近え《ちけ》……義足のリハビリしてたときでもここまでではなかっただろ……！

唯一アンゼだけは適度な距離で後ろについてきているが、その代わりずっと湿り気のある視線を感じるし。アンゼ、さっきから俺の背中以外のもの見てる？　見てないよな？　怖くなって一度だけ振り返ってみるものの、いつもの柔らかな微笑を返されるだけだった。

実質、前後左右を完全に制圧されているも同然の状況。みんな一見いつも通りに見えるけれど、こうもわかりやすいとさすがの俺でも気づいてしまう。はっきりとした言葉がなくとも、みんなのあからさまな優しさが逆説的に証明している。

――てめえこれ以上手間かけさせやがったらもう承知しねえからな、という無言の怒りを。

シアリィを止めるために無茶しただけでは飽き足らず、全員がバタバタしている最中にいつの間にかいなくなる――そんな勝手なことばかりしている俺に、みんな堪忍袋の緒がキレかけているのだ。

笑顔とは、すなわち威嚇の表情なのである。

俺は内心冷や汗ダラダラだった。しかし、こればかりは完全に俺の自業自得だ。師匠たちが心配するかもしれないとわかった上で、それでも堪えきれず一人になる選択をしたのは俺なのだから。

……なんというか、感情が空回りしてばっかりだなあ。

自分の思考と行動が矛盾しているのを感じる。師匠たちにこれ以上心配をかけちゃいけないと頭ではわかっているはずなのに、気づけばその場の感情に振り回されて、ぜんぜん上手く立ち回れていないというか。……ハッピーエンドを目指すなんて、いったいどの口で言ってるんだろうな。

ため息が出た。途端に師匠がびくりとして、

「ウォ、ウォルカ？　どうしたのじゃ？　大丈夫かっ……？」

「ああ、いや。ちょっと、反省というか……」

　足を止める。……そういえば、みんなに謝るなら今のうちかもしれないな。正面に見える焚き火の灯《あか》りまではまだいくらか距離があって、今ならルエリィたちの目を気にしないで済む。

「ウォルカ、そんなに思い詰めちゃだめじゃっ……！」

「そうですよ、先輩は一生懸命がんばったじゃないですか……！」

「辛いなら吐き出して。ボクはいくらでも平気」

な、なんかため息ひとつで大袈裟な反応をされてるが……ともかくアトリが言うとおり、さっさと吐き出してしまった方がいいよな。

「みんな、」

　腹を括《くく》った。

「あのときはごめん。みんな俺を助けようとしてくれたのに……『手を出すな』は、なかったよな。悪かった」

　師匠たちは最初の数秒だけ面食らった顔をしたものの、すぐに俺がいつのことを言っているのか察して沈黙した。

　ロッシュに指摘されるまでは、一人でドジを踏んで怪我したからみんな怒っているのだと思っていた。それも決して間違いではないのだろうが、なによりも、すぐ目の前で助けられるはずだったのに、「手を出すな」と突き放されたこと――俺だって、みんなの立場になったら怒るに決まってる。

　本当にバカな真似をしたと思う。

けれど同時に、あんなことしなければよかったと後悔するわけでもないのだ。

「あのときは、俺がなにか言わなきゃいけないって思って……考えるより先に体が動いてた。我慢ならなかったんだ」

なにを言っても言い訳にしかならないと承知の上で、それでも今は嘘偽りない気持ちを言葉にする。

「みんなに心配をかけちゃいけないって、頭ではわかってる。でも、もしまた今日みたいなことが目の前で起こったら……俺は、じっとしていられないんだと思う」

師匠たちに迷惑をかけてしまうから、見て見ぬふりをしよう、見殺しにしよう——そういう割り切った選択はきっと俺にはできないのだろう。

俺はもう、思い出してしまったから。ここが理不尽に満ちた世界であることを。師匠たちが全員殺される未来があったことを。そしてこんなクソッタレな世界でも、一人孤独に足掻き続けているとある男がいることを。

だからせめて俺の手が届く範囲だけは、原作のようになってほしくないと。

「……ごめん。勝手なこと言ってるな、俺」

でも、そんなのは所詮俺個人の事情だ。師匠たちからすれば堪《たま》ったものではないだろう。要するに今の俺は、みんなに心配をかけると理解した上で、それでもいつかまた無茶をするぞと愚かにも宣言しているわけなのだから。

それでもこの気持ちに嘘はつけないし、ついたってしょうがない。最悪、愛想を尽かされてしまうとしても。それでみんなが幸せな道を歩いていけるなら、俺は——

「――ウォルカ」

師匠が、とてもまっすぐに俺の名を呼んだ。

微笑んでいた。

微笑んで、言うのだ。

「私たちはね、本当は、もう君に無茶なんてしてほしくない。怖いの。次ウォルカが無茶したら、今度こそ死んじゃうかもしれないって……」

「……」

「でも、怖いのはウォルカも同じなんだよね。ウォルカだって、目の前で喪うのはもう嫌だから……」

……そう、なんだろうな。原作通りのバッドエンドを回避したとはいえ、それで未来永劫《みらいえいごう》平和に暮らしていける保証などこの世界には存在しない。ある日突然大切なものを失う悲劇はいつだって起こり得て、俺の周りからもいつか大切な誰かがいなくなってしまうかもしれない。

そんなのは別に、前世の地球だって同じだったかもしれない。しかし俺はここが漫画の世界と気づいてしまって、目の前の悲劇を『運命』という言葉で片付けられなくなってしまった。まるで見えない誰かにすべて仕組まれているような、怖気《おぞけ》を催す不快な感覚が拭えなくなってしまった。

ああ、そうだ――俺は、本当に怖くて仕方がないんだ。

俺なんかがわかった気になるのはおこがましいかもしれないけれど――今ならなんとなく、主人公を突き動かしていた感情が少しだけ理解できるような気がした。

師匠たちには、果たしてどこまで見透かされただろうか。

「だから、これだけは忘れないで」

師匠は手をほどき、代わりに俺の胸元を強く摑んで。

師匠モードを取っ払った、リゼルアルテという一人の少女としての――本気の言葉だったのだと思う。

「ウォルカが私たちを大切に想ってくれるのと同じくらい、私たちだって、君のことを大切に想ってるの」

「……」

「危ないことしたら心配するし、自分の命を軽く扱ったら怒るし、……助けさせてくれなかったら、許さないんだから。そんなの、当たり前なんだからね」

ユリティアも、

「誰も喪いたくない先輩の気持ちは、わたしたちにもわかります。でもだからって、わたしたちに迷惑をかけるからとか、自分一人で充分だからとか、そんな考えで無茶をするのは絶対にダメですからっ……」

アトリも、

「ウォルカは独りじゃない。……ボクたちが、独りにさせない。絶対に」

……そうか。今の俺の言葉を聞いても、師匠たちはこう言ってくれるのか。

月並みな言い方しかできないけれど……俺は、本当に仲間に恵まれたんだろうな。

答えは、決まっていた。

「忘れないよ。絶対に」

「約束だよ？」

少しだけ首を傾《かし》げ、月明かりのように愛らしく微笑んだ師匠へ頷《うなず》きながら、俺は心の中でロッシュに深く感謝の言葉を贈る。

気心が知れた仲間だからって、仲間だからこそ、ときにはこうやって本音を言い合うのも必要なんだな。あいつがいなかったら俺はこうして謝れていなかったし、みんなが怒る本当の理由にも気づかぬまま終わってしまっていたかもしれない。俺みたいな人間にとって、ああいう心の機微をよく知る友人というのはまったくもってありがたいものだと——

「もし破ったら、私、もうなにするかわかんなくなっちゃうんだからね？」

……ん？　師匠、今なんかニュアンスが——

「うーん、そうですね。これでもわかってもらえないようだったら——どうしたらいいのか本当に困っちゃいますね」

「うん。とても困る」

「……」

あれおかしいな、なんだか背筋に寒気が。まるで、真っ暗な大穴を覗き込んだときのような漠然とした不安。より具体的には、この瞬間みんなから優しく首輪をかけられてしまったような——

「あ、あー、そういえばアンゼ、悪いな話し込んでしまって……」

二度目があったらどうするつもりなのか、なんて間違っても訊けるわけがなかった。俺は怪しくなっ

てきた雲行きを速やかに晴らすため、後ろでずっと蚊帳の外になっていたアンゼを振り向いて、

「――本当に、羨ましい……」

まさしくその言葉通りの、意図せずこぼれ落ちてしまった小さな羨望のつぶやきだった。俺たちの視線に気づいたアンゼははっとして、

「あ――いえ、その。今のは……！」

柄にもなく、目を泳がせてわたわたと狼狽《うろた》えている。……羨ましいって、なにがだ？

アトリが俺とアンゼの間で視線を往復させ、なるほどと納得したように頷いた。

「アンゼ、ボクたちが羨ましいって」

「ア、アトリさまっ……！」

どうやら正解らしい。まあたしかに状況を考えるとそうなんだろうけど、俺たちが羨ましいっていうのはつまり――

「ボクたちのパーティに入りたいってこと」

「ア、アンゼ！」

「ち、違います！　いえ、違っては、いないのですけどっ……」

師匠に一喝……なのかはわからないが、ぴしゃりと名前を呼ばれてアンゼは縮こまり、

「も、申し訳ありません。身の程を弁《わきま》えない、わがままのような願いです」

どうやら、俺たちパーティのような仲間がほしい、という話のようだった。

そういえばアンゼって、あんまり同年代の友達がいないっぽいよな。大聖堂でちょくちょく顔を合

わせていた頃も、他の若いシスターからはよく言えば尊敬されており、悪く言えば一歩距離を置かれている感じだった。将来を嘱望されるエリートゆえの孤独な悩みというやつだな。

アンゼは寂しげに目を伏せ、修道服のスカートに両手で皺《しわ》を作って、

「仲間として信頼し合っているみなさまのお姿がまぶしくて……こうして後ろから見ていることしかできない自分を、悔しく思ってしまったのです。わたくしは冒険者ですらない、部外者のようなものですから……」

ああ、それでずっと俺の背中ばかりを見てたのか。『仲間』という関係に対する羨望の念が込められていたのなら、妙に湿っぽい視線だったのも納得がいった。

「それで、もしわたくしもみなさまのパーティの一員だったらと、考えてしまったのです……」

アンゼは自嘲気味に力なく微笑んで、

「……申し訳ありません。身の程を弁えない女ですね」

お、おう、結構暗いな。最後にほんのり自虐を付け加えるあたりがガチっぽい。

しかし、お陰でよくわかった。つまるところ、これはあれだな。

さてはアンゼって、自己肯定感がめちゃくちゃ低いタイプだな？

まあシスターなのだから、自分がまだまだ未熟な身と考えるのは仕方ないのかもしれない。しかし、この世のすべてに神の祝福が降り注ぐかのごとく振る舞う——それがアンゼという少女だと思っていたので、こうして人並みに思い悩む一面があったのは少し意外だった。

すると今までの、清廉潔白すぎるあまりかえって付き合いづらかった印象が打って変わって、急に

むくむくと親近感が湧いてきた。

だって、アンゼの悩みは要約するとこういうことだ――俺たちパーティの輪に入っていく勇気がなくて、尻込みしてしまうのだと。

コミュニケーションがヘタクソな俺にとっては非常に共感できる悩みである。そうだよな、すでにできあがっている輪の中に入っていくのってすごく勇気がいるよな。自分はよそ者で、本当は歓迎されてないいんじゃないかって自信が持てない感覚。すごーくよくわかるぞ。

心の中でうむうむ頷いていると、アトリが首を傾げて、

「ねえ、アンゼ。ボク思うんだけど……別に、アンゼがボクたちのパーティに入ってもいいんじゃないの？」

「い――いやいや、待つんじゃやアトリ！」

師匠が愕然《がくぜん》として、

「ダメに決まっとるじゃろ!?　だって、アンゼは聖――」

アンゼがものすごい勢いで首を横に振り、師匠もはっと口を噤《つぐ》んだ。お、なんだ隠し事か？

「えっと、その……せ、聖職者じゃから！　聖職者が冒険者になれるわけがなかろう!?」

そんなに焦らなくても大丈夫だぞ、師匠。女の子の秘密を興味本位でつついたりしないさ。なんせ、俺にそんな陽キャスキルなんてないからな……自分で言ってて悲しくなってきた。

それよりも、アンゼを俺たちのパーティに迎える……か。考えたこともなかったな。

パーティの役割という観点で見れば、アンゼは俺たちにとってまたとなく頼もしい人材だ。大聖堂

で修行を積んだエリートシスターであること、そして神聖魔法が使えるということから、アンゼは基本的に俺たちにはできない役割をこなせるからだ。彼女がウチのパーティでどれほど代えの利かない働きをしてくれるかは、怪我人の治療から介抱まで、なんでもござれだった今日の活躍を思い出せば自明の理だろう。

ただしアンゼは冒険者ではなく、あくまでシスターである。

「リゼルアルテさまの仰《おつしや》るとおり……わたくしは、大聖堂の任を離れることはできません。ですから、身の程を弁えない願いなのです……」

教会に勤めながら冒険者稼業もやるなんてまず無理だし、そもそもアンゼ自身、あくまで『仲間』という関係性を羨んでいるだけであって、決して冒険者になりたいわけではないだろう。もちろんパーティの一員となれば、『仲間』という関係がより強固になる気がするのは頷ける話だが――

「ウォルカ、なに真面目に考えとるんじゃ!?」

「いや、実際アンゼの存在はすごくありがたいからな……」

今日もさ、アンゼがいてくれてめちゃくちゃ助かってるだろ？　傷の治療からルエリィたちの心身ケアまで、もしもアンゼがいてくれなければ、俺たちはもっと精神的に余裕のない状態でこの夜を迎えていたはずだ。

アンゼが身を乗り出して、

「ほ、本当ですか？　わたくし、ウォルカさまのお役に立てているのですかっ？」

「ああ、もちろん」

「……！」

そういう意味では自分で自分を『部外者』などと卑下せずとも、アンゼは俺たちにとってもう立派な仲間も同然で――

「だ、だーめーじゃーっ!!」

師匠はゲシゲシ地団駄を踏んで、

「だ、だってこいつ、おっぱいでっかい!!」

「いやそれは関係ないだろ……」

「あるの!!」

だから師匠、男の俺がいる前でそういうことをはっきり言うんじゃありません。意識しちゃうだろうが。それでアンゼに嫌われたらどうしてくれるんだ。

まあ、師匠が難色を示すのは予想通りだ。師匠は狭く深い人間関係を好むタイプで、自分から知り合いを増やそうとはまずしないからな。かつてユリティアとアトリがパーティに入りたいと言ってきたときも、うーうーと悔しそうにしてなかなかいい顔はしなかったっけ。

ぷんすか怒る師匠にアトリも反論する。

「ボクも関係ないと思う。だって、それだったらユリ」

「わー!?　わーわーわーわぁーっ!!」

ユリティアがいきなり叫び声をあげたので、普通にびっくりしてしまった。な、なんだなんだどうした？　相当切羽詰まった大声だったぞ。

「ど、どうした？」

「な、なんでもないです!! えっと、そっその、今はアンゼさんの話ですよね!?」

青白い月明かりの下にもかかわらず、ユリティアは顔がかなり赤くなって見えた。必死に逃げ道を探すあまり早口になって、両目もぐるぐると渦を巻いている。ユリティアも隠し事かあ……しかしさっきも言ったとおり、女性の秘密は尊重するのである。「は？ 人の秘密を訊き出そうなんて気持ち悪いんですけど……」なんて思われたら生きていけなくなってしまう。

ユリティアはあからさまにテンション高めな声で、

「そ、そういえば、冒険者にならなくてもパーティに入る方法はありますよね!? ほ、ほらっ……」

うん？ いや、パーティを組むならちゃんとギルドで冒険者として登録しないと――ああ待て、もしかすると。

「後援者《パトロン》のことか？」

「そ、そうですそれですっ！」

なるほどたしかに、後援者《パトロン》であればアンゼの願いを叶えるにはぴったりかもしれない。聞き慣れない単語にアンゼは疑問符を浮かべ、

「ぱとろん……ですか？」

「はい。パーティの活動を裏で支援してくれる人、といいますか……」

上手く話を軌道修正できて、ユリティアはほっとしながら、

「えっと……人数が多い高ランクパーティだと、アイテムの仕入れだったり、資金繰りだったり納税

だったり、冒険以外のことも大変になってくるんです。でも、冒険者は冒険だけしたいっていう人がほとんどなので……商人さんみたいな外部の人と契約して、面倒な事務仕事を手伝ってもらうことができるんですよ」

後援者《パトロン》――ユリティアがいま説明してくれた通り、『餅は餅屋』の考えに従って、冒険以外のよくわからないことは詳しい人にお願いしてしまおうという仕組みである。たとえば商人とこの制度を利用すれば、事務仕事を引き受けてもらう代わりに向こうが望む素材を集めたり、逆に必要なアイテムを調達してもらったりと、互いに利のある関係を築くことが可能らしい。

とはいえこの制度をそういったビジネス目線で活用できるのは、メンバーが数十人規模になるようなほんの一握りの高ランクパーティだけだ。規模も実績も大したことのないパーティとわざわざ契約したがる商人はいないし、腕っぷしだけで生きる冒険者が、頭のよさで向こうと対等な関係を築くのも難しい。事実、制度を悪用されてパーティの資金が掠《かす》め取られたり、よくわからぬまま自分たちに不利な契約を結んでしまったりといった事例もあり、だったら自分たちの面倒くらいはちゃんと自分たちで見ようと考える冒険者も少なくはない。

よって実際のところは、親交のある知人や友人、もしくは冒険者を引退した先輩などに面倒を見てもらうパターンがほとんどのようだ。

アンゼは目をぱちくりさせて、

「その後援者《パトロン》としてであれば、シスターでもみなさまのパーティに入れるのですか……？」

「ギルドの取り決め上は、たしか後援者《パトロン》もパーティの一員と見なされたはずですよ」

「……!!」

要は後援者《パトロン》として名前を貸すだけで、大聖堂に勤めながら書類上〈銀灰の旅路《シルバリーグレイ》〉の一員にもなれるわけである。

渡りに船というべきか、これは俺にとっても都合のいい話であった。これから先もっとハイグレードな義足で社会復帰を目指すなら、確実に〈聖導教会《クリスクレス》〉の助けを仰がなければならない。そこで日頃から懇意にしてもらっているアンゼがバックについてくれれば、俺としてもかなり身動きがしやすくて助かるのだ。

「わたしも細かい規則は知らないので、聖都に帰ったらギルドで確認しないとですけど……」

「いいと思う。アンゼ、すごくいい子」

「そ、それは、その……大変、魅力的な提案と申しますか……!」

アンゼの翡翠色《コバルトグリーン》の瞳が、月明かりを弾《はじ》き返すくらいキラキラした期待ではちきれそうになっている。

これはあれだな……誕生日やクリスマスに、今一番ほしいプレゼントがもらえるかもしれないとわかったときのやつ。俺の中でアンゼのイメージが、『ちょっと取っつきにくい宗教の人』から『友達がほしいシスターさん』に変わった瞬間であった。

「師匠、これで断ったら……な?」

「……うー！　うー！」

進退窮まった師匠が幼児退行しながら不満を訴えるが、これはもう白旗上げるしかないだろ。別にアンゼを連れて冒険するようになるわけでも、聖都で借りている宿の部屋をもうひとつ増やさなければいけないわけでもない。書類上はっきりと『仲間』の関係になるってだけで、それ以外はほとんどなにも変わらないさ。

「……あ、あの、リゼルアルテさまっ、必ずお役に立ちますのでっ……！」

「…………うがーっ!!」

アンゼの輝く瞳にじ────っと見つめられること十秒、ついに師匠が根負けした。精一杯えばりながら俺の前に立ち塞がって、

「ふんだふんだ！　言っておくけどな、ウォルカは絶対に渡さんからな！　調子に乗るでないぞっ」

「そ、そのようなことは考えておりませんっ……！」

むしろ俺たちの方が、「ウチの将来有望な若手を引っこ抜くなんて許さねえからな」って教会から睨《にら》まれる側なんだよな……。まあ、そのあたりの細かい話は聖都に戻ってからやればいいか。

「ちょうどよかった。アンゼ、実はひとつ相談したいことがあるんだ」

「あ──は、はいっ！　どのようなことでも！」

「聖都に戻ったら、もっとマシな義足を探すの、手伝ってくれないか。……これからは『仲間』として、俺たちの力になってくれたら嬉しい」

そのときのアンゼの反応は、もはや天から降り注ぐ光そのものだった。幸せの絶頂のようなとびきりの笑顔で、

「──はい！　わたくしにすべてお任せください、この世界で手に入る最高の義足をご用意してみせますっ!!」

クソデカ善意おっもぉ……。『聖都で』どころか『この世界で』ときたよ。大丈夫か？　目玉飛び出て戻ってこなくなるような金額の義足が出てきたりしないよな？

……でもまあ、いいか。とりあえずは任せてみるとしよう。

「わーい、アンゼが仲間になった」

「よろしくお願いしますね、アンゼさんっ」

「はい！　みなさま、本当にありがとうございますっ！」

「しょうがないんだからもぉー……。聖都に戻ったら、問題ないかちゃんと確認するんじゃぞ？　それと、わしがリーダーなんじゃからな！　ウチのパーティに入るなら、わしの言うことを聞いてもらうんじゃからなーっ！」

仲良く集まってわちゃわちゃしているみんなの姿を眺めていると、心が温かくなって、細かい野暮なんざ今はどうだっていいと思えた。

これからもこうやって、原作ではありえなかった縁が師匠たちにたくさんできるといいな。

この世界で、平穏無事な人生を歩める保証などどこにも存在しない。

けれど多くの人と出会って、多くの縁を紡いで、もっとたくさん笑ったりケンカしたりして――そんな当たり前の人生を歩む権利くらい、師匠たちにだってあるはずなのだから。

そんなこんなで野営地に戻ってくると、ロッシュとルエリィ、そして〈森羅巡遊《シークロア》〉の少女二人が焚き火を囲んでいた。喉が擦り切れるほど泣き腫らして、少しだけ心のつかえが取れたのだろうか。虚《うつ》ろな人形のようだったその瞳に、今は煌々とした焚き火の明かりを映していた。

ロッシュが軽く手を上げて、

「やあ、戻ってきたね」

「ああ。ええと……」

二人はもう大丈夫なのか？　――そう視線で問うとロッシュは頷き、

「大丈夫だとも。食事もできそうだよ」

「そうか……よかった」

男は近づくこともできない状態だったはずなのに、こいつはいったいどんな魔法を使ったのだろうか。どうあれ、食欲があるのはいい兆候だった。それは言い換えれば、己の空腹まで気を回せるくらいには心の余裕ができたということなのだから。

そうなればあとは簡単で、美味いメシでその空腹を満たしてやればいい。火にかけ温め直された鍋が、まるでリベンジマッチとばかりに魅力的な香りを漂わせている。ユリティアの料理は本当に美味《おい》しいぞ。俺たちが聖都で借りてる宿じゃ、シェフの人から直々に技を教えてもらってるんだからな。

「あの……」

すると二人のうちの片方、金髪の少女が、まだ上手く動かない体にぐっと力を込めて立ち上がった。それからもう片方、桃色髪の少女もおっかなびっくりとあとに続く。二人とも、まだ顔色は決してよくなかったけれど。

「ごめんなさい、みっともない迷惑かけちゃって。……助けてくれて、ありがとう」

「あ、ありがとう、ございます……」

どうやら、ある程度の会話も大丈夫になったようだ。俺たちが本当に信用できる人間なのか、まだ迷っている様子ではあったが——それは仕方ない。事実彼女たちは、他人を一切信じられなくなってしまうほどの思いをしたはずなのだから。

師匠が答える。

「もうしばし辛抱してもらうことになるが、必ず聖都まで送り届けるからな。安心せい」

「……ええ、ありがが——」

返事の代わりに、くきゅう、とかわいらしいお腹《なか》の音がした。

金髪の子だった。瞬く間に全員の視線をかっさらった彼女は、少し赤らんだ顔を両手で覆いながら
「は——……」とデカいため息でへたり込むと、

「……………ごめんなさい…………」

さすがというべきか、やはりというべきか、これにすかさず反応したのはロッシュであった。勢いよく立ち上がり、颯爽《さっそう》と前髪を払いながら声高らかに、

「大丈夫だとも、それは君が生きようとしている証《あかし》だからね！　では食事としようじゃないかっ！」

少女に集中していた視線をすべて奪い取り、お腹の音がどうだってよくなるくらいのデッカい声であっという間に空気をリセットしてしまった。俺の友人があまりに有能すぎる件。

「ほら君たち、座りたまえよ！」

「……ああ、そうだな」

俺たちは各々席につき、みんなで手分けしてちゃっちゃと配膳。そして日本人が考えたなんちゃってファンタジー世界らしく、なぜか当たり前のように定着している『いただきます』をする。

聖都までもう少し——というにはまだまだだけれど、あとはまっすぐ帰るだけだ。

ハッピーエンドとはいえずとも、それでも。

どうかこの夜が、みんなにとって少しでも安らかなものでありますように。


——ちなみにこのあと、一日の汚れを落とす湯浴みタイムにて。

「……ああ、なるほど。あのときユリティアさまが大声で叫ばれたのは、そういう……」

「ふ、不公平……不公平なのです……私の方がひとつ年上なのに……」

「う、うぅ……や、やっぱり、わたしの歳《とし》でこんなに大きいのっておかしいですよね……？　今はまだ、サラシで誤魔化せてますけど……」

「リゼル、血。唇噛みすぎて血が出てる」

「ウギ、ギギギ……」

「うーん……おかしくはないと思いますよ？　わたくしもユリティアさまのお歳の頃は、その……も、もう少し大きかったと思うので……」

「○＃△＊￥□％！」

「あ、リゼルが壊れた……」

「格差社会！　格差社会なのです！　世界は不平等で満ちているのですーっ！」

「おおおっ大声出さないでくださいっ!?　恥ずかしくて先輩にも隠してるんですからぁ……！」

女性陣の間でかような一幕があったらしいが、もちろん、俺には知る由もないことであった。

Ⅴ　南方聖都〈グランフローゼ〉

南方聖都〈グランフローゼ〉は、巨大な入り江のように南北で分かたれた我らが国の、文字通り南方でもっとも栄える水と運河の都市である。

〈聖導教会《クリスクレス》〉の大聖堂が位置する海沿いの街『聖廷街《せいていがい》』を中心に運河が張り巡らされ、水運が人々の生活に当たり前の光景として溶け込んでいる。聖都の人々にとって一番慣れ親しんだ乗り物は馬車ではなく船であり、ここではおおむねどこにいても、小船が運河を切る涼しいさざなみの音を聞くことができる。

人の手で築くには何十年もかかるであろう広大な運河は、古《いにしえ》の時代、この地に聖都の礎を築いた初代聖女が神の御業《みわざ》にてもたらしたものであり、我々が目にすることのできるもっとも身近な奇蹟《きせき》である、と大聖堂ではもっぱらのご高説だ。

俺たち〈銀灰の旅路《シルバリーグレイ》〉が現在籍を置くホームタウンに、ようやく帰ってきたのであった。

「んぐぅ……うぁー、やーっと着いたのぉー……」

師匠が、馬車の長旅ですっかり凝り固まった体をぐーっと上に伸ばした。女性陣けみんなお疲れの様子だ。スタッフィオの例の魔法で馬車一台が馬ごと破壊されてしまい、残った一台にみんなで押《お》しくら饅頭《まんじゅう》せざるを得なかったせいである。そもそも大して上等な馬車でない上に、人数も定員ギリギリとなれば誰だって疲労困憊《ひろうこんぱい》にもなろう。俺もだいぶ腰が痛い。

とはいえ、いつどこで魔物に襲われるかわからない旅はようやくおしまいだった。

「ここまで来れば、もう大丈夫だからな」

「……はい。ありがとうございます、ウォルカさん」

俺が言うと、ルエリィは小さな笑みを浮かべて答えてくれた。おねえさんを助け出してからというもの、ルエリィは本当に表情が柔らかくなったと思う。道中俺にもちょくちょく話しかけてくれたし……まあ、少しくらいは打ち解けられたのだろうか？

そのとき馬車を降りて間もない〈森羅巡遊《シークロア》〉の二人が、突然地面に力なくへたり込んでしまった。

すぐにアンゼが寄り添って、

「どうかなさいましたか？」

「ご、ごめんなさい」

金髪の少女が少しくぐもった声で答える。二人とも、小さく肩が震えている。

「街の景色を見たら……本当に帰ってきたんだって、気が抜けちゃって」

「……ええ。本当に、帰ってきましたよ」

どうやら、安心して腰が抜けただけのようだ。アトリが馬車から軽々と木箱を下ろし、あっという間に座れる場所を作ってくれた。アンゼはそこで二人を休ませながら、

「大聖堂まで、あともう少しですからね」

そう――先ほど「旅はようやくおしまい」と述べたばかりであるが、実のところ肩の荷を下ろすにはまだ少々気が早かったりする。

北方王都〈アイゼンヴィスタ〉と並んでこの国の双璧をなす都市なので、一言で聖都といってもまあ広いのだ。現在俺たちが馬車を停《と》めているのは、聖都南端の砦《とりで》をくぐったところにある通称『遊楽《ゆうらく》街《がい》』。聖都のもっとも外縁に位置し、小規模ながら旅人向けの宿屋や遊び場が軒を連ねる賑《にぎ》やかな街である。西と東の砦にも同じような街があって、それぞれの方角から取って『南遊楽街《みなみゆうらくがい》』などと区別されている。

要するに今はまだ聖都の端っこに到着しただけで、ここから中心地区の聖廷街《せいていがい》へさらに移動しなければならないのだ。ルエリィたちの身柄を大聖堂に預かってもらわないとだし、俺たちの宿があるのもそこだからな。あと一息である。

聖都は都中にたくさんの運河が張り巡らされている都合上、陸路だと右へ左へあちこちの橋を渡っていく必要があり、どうしても回り道になってしまいがちだ。よってここからは船に乗り換え、緑豊かな農業区域の『豊穣街《ほうじょうがい》』や、商いの中心である『商興街《しょうこうがい》』の景色を楽しみつつ——日が沈み始める頃には到着できるだろう。

ロッシュが馬たちの労を撫《な》でて労《ねぎら》いながら、

「さて、僕は一旦ここまでだ。君たちは先に船で行くといい」

「いいのか？」

「きっと待たせてしまうだろうさ、〈ならず者《ラフィアン》〉の件も報告しないといけないから」

ああ……砦の上官に今回の件を報告して、遊楽街《ゆうらくがい》の旅人や冒険者に注意喚起でもしてもらうのかな。

真面目に仕事するじゃねえかこいつ。

「馬車はこちらで引き取って構わないかい？　騎士隊も物資不足でね」

「ああ、助かる」

しかも、俺たちでは扱いに困る馬車をさりげなく引き取ってくれるイケメンムーブ。なんだこいつイケメンか？　イケメンだったわ……。

「ダンジョンの件に加え、〈ならず者《ラフィアン》〉の掃討。後ほど、大聖堂から褒賞の授与があると思っておいてくれたまえ。信賞必罰が聖都の原則だからね」

「あー……簡単なのでいいからな？」

褒賞ねえ……。人を殺して褒められても別に嬉《うれ》しくないし、〈摘命者《グリムリーパー》〉に至ってはどうやって戦ったかもほとんど覚えていないのに。

けれど、今回は変に遠慮しないでありがたくもらっておこうと思う。義足をグレードアップするための資金が必要だし、そうでなくともみんなにはまだまだ面倒をかける生活が続くのだ。貯《たくわ》えがあるに越したことはないだろう。

「ではまた会おう！　僕を思って泣かないでおくれよっ！」

「さっさと行け」

ロッシュの軽口に軽口を返しながら、俺は吐息して。

「まあ……ありがとな。今回は、おまえがいてくれて本当に助かったよ」

「……おや」

思えば、こいつにもだいぶ助けられちまったな。師匠を除けば俺たちの中で一番年上だからか、一歩引いた立ち位置からみんなをフォローする引率者みたいなポジションだった。こいつが御者を引き受けてくれたからこうして帰ってこられたわけだし、俺に至っては耳が痛いアドバイスまでもらってしまったし……本当に、キザでやかましいのに目をつむれば高スペックの塊なんだよなこいつ。

真っ当に礼を言われたのが些《いささ》か意外だったか、ロッシュは大変満足げに目を細めて、

「ふふ、どういたしまして。ゆめゆめ、その素直な心を忘れないことだ」

「へーへー」

「ではまた会おう！　僕を思って泣かないでおくれよっ！」

さっきも聞いたわさっさと行け。

はっはっは！　と優雅に去っていくロッシュの背中は、最後までナルシシズム漂うキラキラエフェクトで輝いている……気がした。

その頃には〈森羅巡遊《シークロア》〉の二人も歩けるようになったので、俺たちは最寄りの船着き場へ向かった。

するとシアリィを運ぶアトリが途中で立ち止まり、

「ウォルカ……」

「ん？」

いつもクールな彼女には珍しく、そこはかとなく哀愁の漂う面持ちになって、

「…………船、やだ」

「あー……」

アトリは、船が大嫌いである。

それはもう、『超』を付けてもいいくらい本当にダメ。別にカナヅチというわけではないのだが、どうも船酔いしやすい体質らしく、以前なにかの依頼でどうしても船に乗らざるを得なかったときは、ものの数分で具合が悪くなって一日中めそめそしてたっけ。

ルエリィが首を傾《かし》げて、

「アトリさん、船が苦手なのですか？」

「……よくも人類は水の上を移動しようなんて愚かなことを考えたと思う」

「そ、そこまで……」

聖都の北側は海に面した大規模な商港となっているが、アトリは普段からそこにだけは絶対近寄ろうとしないほどだ。もし師匠がある日突然「船で旅に行こう！」と言い出したら、かの〈アルスヴァレムの民〉が顔面蒼白《がんめんそうはく》の涙目で命乞いする姿を拝めるのだろう。

とはいえ、最後の最後でアトリだけ歩いて帰るというのもな。せっかくここまでみんな一緒に帰ってきたんだし、シアリィを運んでやれる人もいなくなってしまう。

なので俺は隣の師匠を見て、

「師匠、任せた」

こういうときの対処法はただひとつ、船に乗っているあいだ師匠かユリティアがくっついてやること——文字通りの意味で——だ。アトリとしてはそれでかなり精神が安定するらしい。

しかし師匠の反応は芳しくなく、

「アトリ……おぬしももういい歳《とし》なんじゃから、少しくらいじゃな……」

ん？　いつもはこんなに嫌がらないんだけどな。もしかすると、今回はルエリィたちがいるからちょっと大人ぶりたいのかもしれない。

アトリが捨てられる子犬みたいな目をした。

「リゼル……だめ？」

「むぐっ……べ、別にだめとは一言も……いや、いいとも一言も……ああもう！　ちょっとだけじゃからなっ!?」

結局、アトリ渾身《こんしん》の泣き落としに師匠はあっさりと敗北するのだった。

ところで話は変わるが、俺たち〈銀灰の旅路《シルバリーグレイ》〉は聖都でもそこそこ名が知れた冒険者パーティだったりする。

聖都ほどの都市となればAランクパーティ自体は珍しくないものの、ウチはなにより面子《メンツ》が話題性抜群なのだ。よくも悪くもちっちゃくてかわいい師匠、可憐《かれん》な容姿からは想像もできない剣技で度肝を抜くユリティア、エキゾチックな装いで人目を引きつけるアトリ。俺もまあ、謎の剣術を使う変人枠としてまったく無名ではないらしい。変人は遺憾だが。

つまるところ、船着き場で俺たちを迎えてくれた女船頭は、どうやら〈銀灰の旅路《シルバリーグレイ》〉の顔を知っていたようだった。

「おや、あんたら――」

一瞬笑みを浮かべかけ、すぐ口を噤《つぐ》む。俺のいかめしい眼帯と義足姿、アトリに抱きかかえられ眠り続けるシアリィ、そして最初と比べればずっと回復したとはいえ、未《いま》だ目の下の隈《くま》が消えきらない

〈森羅巡遊《シークロア》〉の二人。なにかを察した女船頭はただ静かに、

「……そっか。よしわかった、駄賃はいいから乗ってきな」

「いや、それは……」

「いいのいいの、気にしなさんな。――よく帰ってきたね」

日頃からこの運河で何人もの冒険者を相手にしているからか、ひと目見ただけでだいたいの事情を察してくれたようだ。タダで乗せてもらうのは気が引けるけれど、興味本位で詮索してこない節度ある振る舞いは好感が持てた。

「その子は……悪いけど足元に寝かせるしかないね。ちょっと待ってな」

さらに女船頭はシアリィのために、大きなブランケットを何枚も用意して船床に寝かせられる場所まで作ってくれた。ルエリィがすっかり恐縮して礼を言う、

「あ、ありがとうございます……！」

「どういたしまして。この聖都に来たからには、もう安心だからね」

義足の俺にはもちろん、〈森羅巡遊《シークロア》〉の二人が乗るときにも頼もしく手を貸してあげるなど、大変気っぷがよくて面倒見のいい船頭さんであった。

聖都の運河を行き交う船は、人間でいえば十人前後を乗せられるくらいの小さなものが大半である。端的にはボートと呼んでもいいだろう。

なんだったか……名前は忘れてしまったが、前世でもどこかの外国にこういう運河と小船の都市があったはずだから、きっとそこが聖都のモチーフになったんだろうな。

ただし聖都の船には、この世界ならではともいえる独自の特徴がひとつだけ備えられている。

魔石を動力源にして推進力を得る、ある種のエンジンとも呼べる機構が組み込まれているのだ。速度は馬車より多少速い程度なものの、お陰で船頭は汗水垂らしてオールをこぐ必要がなく、のんびり鼻歌交じりで進行方向に気をつけるだけでよい。

この世界、基本的な文明レベルはよくあるファンタジー水準なのだが、近世ではこういった魔導具が都市部の生活をより豊かに変化させつつある。

とりわけこの船のような魔石を動力源にする技術は、魔法の素養を必要とせず誰にでも扱えるため、人々の生活に浸透しやすい。だから魔物を倒して魔石を得ることができる冒険者や騎士は、人類の発展に重要なエッセンシャルワーカーとして、昨今ますますその存在価値が高まっているとか。

閑話休題、船が出発する。

席は俺の右隣がアトリ——と、その膝の上でだっこされてぐぬぬとしている師匠。左がアンゼで、向かいがユリティアとルエリィと〈森羅巡遊《シークロア》〉の二人、そして足元にはシアリィとなった。……乗せられる場所がここしかないから仕方ないとはいえ、蹴飛ばさないよう気をつけないとな。せっかく打ち解けたルエリィに嫌われてしまう。

そうして遊楽街《ゆうらくがい》を出発し、豊穣街《ほうじょうがい》ののどかな原風景で目と心を休ませている中。

「ところで、ウォルカさま」

アンゼが、少し改まった様子でそう口を切った。

「ウォルカさまの、新しい義足についてなのですが……少し、お話を聞いていただいてもよろしいでしょうか？」

「？　ああ」

どうやら俺の義足について話があるらしい。ありがとうございます、とアンゼは言葉を置いて、

「お約束のとおり、今の聖都で手配できる最高級の義足をお探しするつもりです。ですが……」

束《つか》の間《ま》逡巡《しゅんじゅん》し、

「正直に申し上げますと……最高級の義足であっても、果たしてウォルカさまの抜刀術に耐えられるかどうか……」

「そんなっ……」

ユリティアが小さく息を呑《の》む。アンゼは続ける、

「ウォルカさまのあの技は……反動で地面が割れ、〈身体強化《ストレングス》〉で強化してもなお、ウォルカさまのお体にまでダメージが入ってしまうものでした。それほどまで甚大な負荷を伴う戦闘での使用は、現在普及しているどの義足であっても想定されていないかもしれません」

まあ、そうだよなあ。俺の抜刀術は並の義足を一発でへし折り、スタッフィオを斬ったあの技に至っては、〈身体強化《ストレングス》〉で強化した体すら危うく壊しかけるほどだった。魔導具という先進的な技術が持て囃《はや》されているとはいえ、ここは基本的によくあるファンタジー水準の世界。自分の体すらぶっ壊すほどの負荷に耐えられる義足が、果たして存在するものなのだろうか。

しかも、ただ耐えられればいいという単純な話でもない。強度ばかりを優先して『義足』という本来の機能が蔑《ないがし》ろになっては本末転倒だし、かといって数週間や数ヶ月程度で簡単にガタがきて、修理

だの買い替えだのになってしまうようでも困る。今後一生の付き合いになるものである以上、年単位で不便なく使い続けられるのが理想だろう。

……そう考えると俺が求めてる義足って、結構無茶苦茶な性能なのかもしれないな。

「なのでわたくし、こうも考えているのです。ウォルカさまに合う義足を探すのではなく、ウォルカさまに合った義足を作らせるのも手ではないかと」

それはつまり、

「オーダーメイドということか？」

「はい、そういった考えに近くなります」

アンゼは師匠に同意し、

「ウォルカさまは、王都の〈魔導律機構《マギステリカ》〉をご存じですか？」

「ああ」

もちろん知っている。王都生まれの人間でその名を知らないやつはまずいない。俺の両親がそこで学者をやっていたらしいし、師匠も一時期在籍していたみたいだからな。世界最高峰の魔法研究機関であり、現在世に普及している魔導具のほぼすべてを生み出した功績は、曰《いわ》く人類の発展を一世紀近く早めたと原作でも――

――いや、ちょっと待て。

「そこに、とある高名な賢者の方がおられます。その方ならば……ウォルカさまが必要とするすべての機能を備えた、まったく新しい形の義足を創り出せるかもしれません」

砂場に指で書かれたような、俺のおぼろげな原作知識が甦《よみがえ》る。

そういえば原作で、主人公が渋々関わることになっていた王都編のメインキャラで。

新しい魔導具や魔法技術を次から次へと『創生』し続ける、とある天才少女がいたのではなかったか。

「その方は――」

名前はたしか、エル……エル――

「〈魔導律機構《マギステリカ》〉の現技術研究統括にして、最高意思決定機関〈七花法典《セブンズ》〉が一人。――〈創生の法典〉エルフィエッテさまです」

ああそうそう、たしかそんな名前だったな。「うちがかの大天才美少女、〈創生の法典〉エルフィエッテ様だぞ☆」みたいなノリで自己紹介していた、言っちゃあなんだがちょっとメスガキっぽい雰囲気のキャラだったはずで――

…………いや思いっきり原作キャラぁ!!

「……そ、そうか、そんな人がいるのか。すごい肩書だな」

「そうですね。王都は聖都と違って身分による格差が大きく、こういった地位や肩書が非常に重視されますから……」

当たり障りのない相槌《あいづち》を打ちながら、俺は内心ガタガタ痙攣《けいれん》しそうなくらい動揺しまくっていた。

冷静でいられるわけがなかった。

いやいやちょっと待ってくれ、突然すぎて頭が追いつかない。メ・イ・ン・ヒ・ロ・イ・ン・ク・ラ・ス・の原・作・キ・ャ・ラの名前を、こんな形でいきなり聞くことになるなんて予想できるか。ああそうだよな、考えてみれば別におかしいことじゃない――原作の世界に転生して、一瞬で使い捨てられたとはいえ原作に登場したモブキャラの命を借り受けたのだ。この世界で生き続ける限り、否応《いやおう》なく原作と接点が生まれる可能性は予期して然《しか》るべきだった。

ルエリィが目を丸くして、

「え？　〈七花法典《セブンズ》〉って、たしか……アンゼさん、そんなすごい人たちとお知り合いなのですか!?」

「いえ、わたくしが直接面識を持っているわけではありませんよ。〈聖導教会《クリスクレス》〉は聖都の自治を任されている立場ですから、王都の〈七花法典《セブンズ》〉さまとは昔から関わりがあるのです」

ああなるほど、教会のぶっといパイプってことね……。でもエルフィエッテって、原作の中でも割と頭のネジが吹っ飛んだ側の一人として描かれてなかったっけ？　こう、「人類と魔法のためならヤバい人体実験もどんどんやっちゃおー！」みたいな倫理観ゆるふわキャラだった気が。お陰で原作主人公からも大層嫌われて、ヒロイン格なのに面と向かっての会話すら拒絶されていたような……。

もちろん、アンゼの考えは一理ある。本当に存在するかもわからない義足を一般市場で探し回るより、オーダーメイドしてしまった方が期待値が高く、話も早いのは事実だろう。

ゆえに、もしも魔導具の申し子たるエルフィエッテの協力が得られたなら。原作を知っている俺だからこそ、アンゼの提案が理に適《かな》っていると余計にわかる。なるほどたしかに彼女であれば、俺の体の問題も一発で解決することができるかも——

「——だめじゃ」

師匠だった。かつて一時期だけ〈魔導律機構《マギステリカ》〉に在籍していたことがある師匠は、魔法に対する価値観の違いから袂《たもと》を分かち、現在でも名前を聞くたびしかめ面になるほどあの組織を毛嫌いしている。

しかして、最年長の威厳たっぷりに待ったをかけた師匠は、

「……だめ!! ぜったいだめ!!」

あろうことか、次の瞬間にはアトリの膝の上でじたばた暴れる幼女モードになって、

「あのクソボケエルフィを頼るなんて、ぜったいぜったいぜったいだぁーめぇーっ!!」

く、クソボケ?

……え、師匠、もしかしてあいつと知り合いなのか? あの倫理観ゆるふわなやべー賢者と? いや、たしかに昔〈魔導律機構《マギステリカ》〉にいたなら面識があってもおかしくないかもしれないけど、師匠が学者だったのって今から何十年前の話だと——

「リゼルアルテさま、エルフィエッテさまをご存じなのですか?」

今度はアンゼが目を丸くする番だった。師匠はふんかふんかと鼻息で怒りを表現し、

「あいつはだめ!! いじわるで生意気で勝手で性悪で、変人で変態でズルくてムカつくやつなのっ!!」

ボロックソじゃねえか。さてはあれだな? 昔学者だった頃、背の低さとか体の幼さとか、ぼっちだったこととか散々煽《あお》られたクチだな? 師匠、そういうのを末代まで祟《たた》る勢いで根に持つからなあ

……。

そういえば魔法使いの間には、『一流ならば弟子を持つのが当然』っていう不文律があるんだっけ。原作で描かれていたエルフィエッテの性格を考えると……「えー、リゼルって大魔法使いなのに弟子が一人もいないのぉ？　弟子ナシが許されるのは二流までだよね〜、あは☆」みたいなやり取りがあったとか？　おかしいな、涙目で暴れる師匠の姿が目の前で起こったみたいに想像できる……。

「たしかに、エルフィエッテさまは変じ――いいえ、独特の感性をお持ちの方と有名ですが……」

アンゼ、いま『変人』って言いかけただろ。どうやら慈愛あふれるアンゼの目から見てもそういう扱いらしい。これが原作でメインヒロイン級だった重要キャラの評価か？

「あの方なら、きっとウォルカさまのお体のことも――」

「……アンゼはなにもわかっておらん」

あ、師匠が師匠モードに戻った。

「たしかにあやつなら、そこらの義足よりずっとよいものを簡単に作ってみせるじゃろう。じゃがな、」

アトリの膝の上で威厳たっぷりに腕を組み、

「おぬしも噂《うわさ》くらい知っておるじゃろう？　あやつは、興味をそそられんもののことなどすべて有象無象としか考えておらん。逆に、一度でも興味を引かれれば並々ならぬほどの執着を見せるんじゃ」

「はい、わたくしもお噂は――」

「もしそんなやつが、ウォルカに『興味』を抱いたとしたら？」

アンゼが真顔になった。

「簡単じゃ――すぐにでも王都へ連れ去って、観察対象として監禁しようとするじゃろうな」

当然のように『監禁』ってワードが出てくるヒロインやばすぎだろ。しかし、原作を知っている俺はそんなバカなと一笑に付せなかった。エルフィエッテという少女はたしかに、自分が興味をそそられたものはたとえそれが人間であっても手元に置いておこうとするやつだった……気がする。なんでそんな危険人物がヒロイン面してたんだ……？

「それに、おぬしら教会はやつらと仲が悪いじゃろう」

「……はい。お恥ずかしながら」

〈魔導律機構《マギステリカ》〉は絶対的な魔法至上主義を掲げており、名は体を表すがごとく、この世の森羅万象を魔法によって解き明かし、魔法によって律することを志している。つまり連中は神を敬うどころか、神をひとつの学問と捉えて研究対象とするような集団なのだ。

当然そんなやつらが〈聖導教会《クリスクレス》〉と仲良くやれるはずもなく、長らく宗教と科学の対立めいた関係が続いているらしい。

「なのに教会が頭を下げて頼み込んでみろ、あやつが善意で協力するなど絶対にありえんぞ。必ず着せられるだけの恩を着せて、あとから存分に搾り取ろうとしてくるじゃろうな」

「それは……」

「義足を作ってやる代わりに、ウォルカを王都へ寄越《よこ》せ――それくらいあやつは平気で言い出すぞ」

「そんなのダメですっ!!」

ユリティアがいきなり大声を出した。俺とルエリィは結構びっくりしたのだが、アトリとアンゼは

眉ひとつ動かさず、

「うん、それはダメ」

「たしかに、いけませんね……」

「そう、ダメじゃ」

……なんか、突然みんなの空気が怖くなったような。

まあ、勘弁してくれという点は俺も同じだ。原作の重要キャラクターであり、師匠すら認めるほどの危険人物――そんなのと関わるなんて絶対に御免である。しがないモブキャラの俺にとっては、死亡フラグ以外の何物でもない。

第一、俺が目指すのは師匠たちのハッピーエンドだからな。たとえ最高の義足が手に入るとしても、それで師匠たちと離れ離れにされてしまっては元も子もない。

アンゼが頭を下げ、

「浅慮な考えでした。ご指摘いただきありがとうございます」

「気にせんでよい。あやつの実力がたしかなのは、まあ間違っておらんからな……」

そこで師匠は、ふと不安げな上目遣いになって隣の俺を見た。先ほどまでの毅然《きぜん》とした雰囲気はいったいどこへやら、打って変わってしおらしくなって、

「だから、その、ウォルカにすごい義足を作ってやりたくないってことじゃなくてっ……あやつは、本当に面倒なやつじゃから……」

「大丈夫、わかってるさ」

たしかに、考えようによっては師匠が義足のグレードアップを渋ってるとも取れるけど。そんな性格の悪い受け取り方をするようなやつじゃないぞ、俺は。

「みんなと離れ離れになるなんて、俺も嫌だからな」

「………そ、そっか」

……なに気持ち悪い言い方してんだ俺は。お陰で思いっきり微妙な空気になってしまった。

「ごめん、変な言い方した……」

「べ、別にいいけどぉ……」

師匠もユリティアもアトリもアンゼも、全員ちょっと居心地が悪そうにしている。そ、そうだよな、男から突然こんなこと言われたって反応に困るだけだよな……ひょっとして軽いセクハラ発言だった可能性も……。

「ウォルカさん……ほどほどにしないとダメなのですよ」

ルエリィにもジト目で呆《あき》れられた。俺は心の中で泣いた。


「――ふえっぷしょーいっ！」

その頃件《くだん》の〈魔導律機構《マギステリカ》〉にて、お世辞にも乙女らしからぬだいぶ気合の入った少女のくしゃみが走り抜けていく。

巷《ちまた》でありがちな異世界ファンタジーもの、というにはいささか不釣り合いな、よく言えば近代的で清潔感があり、悪く言えばのっぺりとして無機質な印象を与える乳白色の一室にて、魔法陣型の術式をいくつも空中展開していじくり回している少女が一人。

少女はすんっとはなをすすって、

「うー、誰かうちの噂でもしてるのかなぁ？　……ま、うちって大天才美少女だし、噂されちゃうのもしょうがないいか！」

などと、随分と自信過剰な独り言を言っている。

一見、『身だしなみに無頓着な研究者』然とした少女である。毛流れがそろわずくしゃっとした髪型なんていかにもそうだし、裾を引きずりそうなくらいサイズが合っていない皺《しわ》くちゃの白衣に、わざと両腕の半分までしか袖を通していない姿もルーズな印象に拍車をかける。しかし化粧っ気のない目鼻立ちは充分に整っているといえ、一応は美少女などと自惚《うぬぼ》れるだけのことはあるようだ。

見た目はおよそ十代の半ば、背丈は平均よりやや低いくらいだろうか。るんたったーるんたったー、と少女はご機嫌な歌を歌いながら、

「んー、今回はどの実験にしよっかなぁ～……せっかく新鮮な実験台が手に入ったんだし、普段はヤバくてできないのがいいよね！　いっぱい殺しても問題ないな～い☆」

倫理観がだいぶゆるふわで物騒な台詞《せりふ》を、まるで夕飯の献立を考えるような調子で口走っている。

それと同時に、後方で軽いノックを置いてドアが開いた。

入ってきたのは、サイズの合った白衣にきちんと袖を通した〈魔導律機構《マギステリカ》〉の学者であり、

「エルフィエッテ様、実験台が届きました」

「お、待ってましたぁ！」

少女――エルフィエッテは展開していた十数の術式を一瞬で消し、ぶかぶかの袖をなびかせながらくるりと振り返って、

「それじゃあ、尊い犠牲となるモルモットくんたちにぃ、挨拶くらいはしてあげよっか☆」

「話す価値がある相手とは思えませんが……」

「うん知ってる、うちと話す価値がある人間なんてほとんどいないし。ま、モルモットに身の程をわからせてあげるだけだよ」

左様で、と学者は短くそう返した。

エルフィエッテは「ばーん☆」と部屋を飛び出し、両腕を広げ、乳白色の廊下をまるで幼子のように走っていく。やれやれ調子で後を追う学者の姿が曲がり角で見えなくなった頃、エルフィエッテが足を止めたドアのプレートには、『第四実験室』と書かれている。

ドアは自動で開いた。中には〈魔導律機構《マギステリカ》〉の学者がもう一人いて、エルフィエッテの入室と同時に淀《よど》みなく書き物の手を止めると、

「お疲れ様です、エルフィエッテ様」

「ごくろー！　モルモットを見に来たよ～」

そう広い実験室ではない。壁から壁まで大きく十歩もあれば足りる程度の空間に、色とりどりの液体が入ったフラスコ、怪しい魔法陣が描かれた分厚い魔導書、様々な魔物の素材を集めた瓶詰め、そ

の他魔法の研究で使用する各種薬品や実験器具等々が所狭しと並べられている。

しかし、空間はもうひとつあった。

堅牢《けんろう》な壁と耐衝撃ガラスで仕切られた向こう側に、この部屋四つ分ほどのさらなる空間が続いており、そこに等間隔で『実験台』が並べられていた。エルフィエッテはそれらをひと通り眺めると待ちきれない様子で、

「うんうん、どれも活《い》きがよさそう！　ちょっと挨拶してくるね～」

「おや、珍しいですね。無用とは思いますが一応、お気をつけて」

「あはっ、それは本当に無用な心配ってやつだね☆」

学者にそう答え、扉に手をかざして魔力の波長でロックを解除。軽やかなステップでその空間へ飛び込みながら、開口一番、

「やっほー、はじめまして〈ならず者《ラフィアン》〉の諸君！　ご機嫌いかがかなぁ？」

実験台とは、すなわち〈ならず者《ラフィアン》〉であった。

等間隔で配置された十の椅子に、十の男たちが両手両足を縛られ拘束されていた。頭目と思《おぼ》しき男が歯を剝《む》いて吠《ほ》える、

「おい、どこだここは！　誰なんだてめえらはっ!?」

「あはっ、元気そうでなによりなにより。実験台は鮮度が命だからね～」

「じっ……実験台だァ!?」

ただでさえ顔色のよくなかった〈ならず者《ラフィアン》〉たちが、一層青白くなって口々にざわめき出す。その

反応にエルフィエッテはにんまりと笑みを濃くして、

「きみの質問に答えてあげるとぉ……うちがかの大天才美少女！　〈七花法典《セブンズ》〉第二席、〈創生の法典〉エルフィエッテ様だよ☆　で、ここはうちの実験室ね〜」

「――エル、」

「んぅ？　おやおや、ひょっとして名前くらいは聞いたことある感じかなぁ？　いやー、よその国の掃《は》き溜《だ》め連中にも知られてるなんて、さすがうちだなーっ。ま、大天才美少女だし当たり前か！」

頭目が絶句した理由は、エルフィエッテの自惚れが半分正解で半分はずれといったところだろう。

無論〈創生の法典〉エルフィエッテの名は、現在世に普及している魔導具の半数近くを生み出した天才として国外でも知られている。しかし同時に、エルフィエッテがはじめて魔導具を発表したのは今から六十年以上を遡る話であり、その正体は年老いた聡明《そうめい》なる魔女であろうというのが国外での共通認識だった。

だというのに目の前でエルフィエッテと名乗った少女は、どんなに高く見積もったって二十歳にすら届かない。これがなんらかの魔法で作り出された幻影でないとするのなら、果たして彼女が本当に人間なのかどうかも疑わしくなってくる。

さらには言動が無邪気な子どもそのもので、天才の名に見合う英知を持っているようにだって到底見えない。噂で語られる人物像と目の前の光景があまりに乖離《かいり》しすぎている、ゆえの絶句。

十人の中の誰かが、震える声で問うた。

「てめえ、俺たちをどうするつもりだ……」

「んぅ？　逆に訊《き》くけど、どうするって思ってるのかなぁ？」

エルフィエッテは人差し指一本とともにわざとらしく小首を傾げ、あくまで笑顔を絶やさずに、

「王都の将来有望な冒険者パーティを三つも手にかけて、男を皆殺し、女を散々なぶった挙句に売り飛ばそうとしたわる〜いやつらに待ってる末路はなーんだ？」

「っ……」

これはさしものエルフィエッテも知る由のないことであるが、この〈ならず者《ラフィアン》〉の連中は、先日ウォルカたちが討伐したスタッフィオ一味と出所を同じくする異国の集団である。スタッフィオらとは別のルートでこの国に侵入、潜伏して、王都から離れた街々で冒険者をターゲットに似たような悪事を働いていた。

ただスタッフィオらと比べるといささか犯行が杜撰《ずさん》で目立ちすぎたため、王都の騎士団である〈王下騎士団《ロイヤルナイツ》〉が動いてあえなく全員捕縛と相成ったわけだ。

エルフィエッテの目の前に並んでいるのは、その三分の一である。

残り三分の二もそれぞれ別の〈七花法典《セブンズ》〉の下へ送られ、もはや万策尽きて処断の時を待つばかりとなっている。

「でもね、うちはこれでも感謝してるんだよぉ？」

エルフィエッテは言う。どこまでも無邪気なままで、

「きみらみたいなどうしようもないクズがいてくれるお陰で、ちょっと表沙汰にはできないあーんな実験やこーんな実験ができるんだからねっ。ありがとね、死ぬまで弄《いじ》り倒せる最高のモルモットく

ん！」

あくまで明るく、あくまで裏表なく、

「あ、これでもきみらは運がよかったんだよぉ？　きみらの何人かが第三席くんのところに連れてかれてるんだけど、そいつらきっと、生まれたことを本気で後悔しながら死ぬと思うな～。『悪人は己が犯した罪のすべてを最期まで悔い改めながら死ぬべきだ』ってのがあの正義オバケの考えだからね。お～こわいこわい」

まるで、これから全員を楽しい遊びへ招待してあげるかのように。

「うちは慈悲深くて優しいからそんなひどいことはしないよ！　無駄なところが出ないように、髪の一本から爪の一欠片《ひとかけら》までぜーんぶ有効活用してあげる！」

「ふっ……ふざけんなッ!?」

ここまで言われれば、エルフィエッテがなにをしようとしているのかは学の浅い〈ならず者《ラフィアン》〉でも否応なく理解できた。正気を取り戻した頭目が叫ぶ、

「さっきから実験台だのモルモットだのッ……なんの権利があってそんなことしようとしてる!?」

「権利？　あは、権利かぁ」

そしてほんの一瞬——その言葉を紡ぐ一瞬だけ、エルフィエッテの笑顔から一切の無邪気さが消滅した。

「じゃあきみらは、いったいなんの権利があって冒険者の子たちを襲ったのかなぁ。ねえ、教えてよ。なんの権利？」

誰一人二の句も継げない。

「それに、うちは権利なら持ってるんだな～これが。うちらが黒って言えば白でも黒になるし、白って言えば黒でも白にできる――それが最高意思決定機関〈七花法典《セブンズ》〉だからね」

「――、」

「まあつまり、王都じゃうちの言うことには誰も逆らえないのだ☆」

そう茶目っ気のあるポーズを取りながら、エルフィエッテは最後まで笑っていた。

笑って、言うのだ。

「――どうせゴミみたいな命なんだし、魔法と世界の発展にちょっとでも役立ててあげるうちって優しいよね？」

――そこから先の〈ならず者《ラフィアン》〉の言葉は、人語の形を保っているとはいえなかった。

怒号、怨嗟《えんさ》、懺悔《ざんげ》、恐怖、絶望、あらゆる負の叫びが意味をなさずに渦巻く坩堝《るつぼ》の中で、

「あはっ、もぉーほんとに元気なんだから～。……よし決めた！　じゃあ最初の実験はぁ――」

エルフィエッテただ一人だけが、心の底から楽しそうに笑い続けていた。

魔石エンジン――という呼び方が正しいのかはわからないけれど――搭載の小船は順調に運河を進み、ちょうど夕暮れが始まる頃に聖廷街《せいていがい》へ到着した。すると俺たちの視界を埋め尽くさんばかりに広

がるのは、〈聖導教会《クリスクレス》〉の中枢機関、通称『大聖堂』の美しく堂々たるその姿である。

俺は、この大聖堂をもはや城だと思っている。端から端まで視界に収まらないほど広大、そして天へとかかる階《きざはし》がごとき塔を擁する長大な姿には、何度見ても圧巻という言葉しか出てこない。寸分の綻びもない石造りは荘厳にして華麗を極め、先日「神などいない」と悪態をついたばかりの俺ですら、もしかすると神様って本当にいるのかもしれないと改心してしまいそうになる。

これほど神々しい建築物が街の中心に鎮座しているのだから、そりゃあ聖都で暮らす人々も自然と信心深くなって、世界有数の治安を誇る都市に発展するわけである。

「はい、着いたよ」

この街一番の大きな船着き場で、女船頭さんに手伝ってもらいながら船を降りる。その中でアンゼがそっと金貨を一枚手渡して、

「道中聞いたお話は、他言無用でお願いしますね」

「おや、なんのことだい？」

女船頭は、とぼけたふりをして金貨を受け取らなかった。

「今日は天気がいいもんだから、途中からずっと船をこいじまってねえ。なにか話してたのかい？」

「……ふふ、あなたさまはとても思慮深い船頭さまなのですね」

「あらまあシスター様から褒められるなんて、毎日大聖堂で祈りを捧《ささ》げてみるもんだね」

うーん、この年長者らしい立ち振る舞いというか、道理の弁《わきま》え方というか……俺もこういう風に歳を取っていきたいもんだな。

船着き場を出た俺たちは、そのまま目の前の大聖堂に向かう。

大聖堂の正面は噴水と花々に彩られた広場となっていて、傷病人関係なくたくさんの人々と出店が集まる憩いの場である。

寄り集まって情報交換に精を出す冒険者、夕食前の陽気な井戸端会議を楽しむマダム、散歩をする老夫婦、無邪気に走り回る子ども、休憩中と思しきシスター、ぼちぼち店じまいを始める露天商など。聖都という都市の日常が凝縮されたのどかな風景の中を通り過ぎ、白い彫像たちが見下ろす大聖堂の扉をくぐれば、次に飛び込んでくるのは開いた口が塞がらなくなるほどバカ広い礼拝堂だ。

本当に、ここまでデカくする必要はあったのかと造ったやつらに訊いてみたくなる。上を見れば建物何階分かもわからない迫力満点の吹き抜けと、正面を向けば祭壇で説法する司祭さんが米粒のように見える広大な空間。建築技術の粋を集めたシンメトリーの意匠は手すりの一本から装飾のひとつまで精緻を極め、天井近くには祝福をもたらす天の遣いが描かれた宗教画まで。そして屋根を支える柱のように連なったステンドグラスが、きらびやかに太陽の光を取り込んでいる。

この礼拝堂ひとつだけ見ても、果たしてどれほどの歳月をかけて造られたのやら。

ここが神々の世界にもっとも近い場所だと説かれれば、思わず信じてしまいそうになるくらい清澄な空気。信仰心の薄い俺ですら、何度訪れても心の底から圧倒される。

「ふわわ……」

外とは明らかに違う荘厳の世界に、ルエリィもだいぶ畏《かしこ》まった様子だ。余計な物音ひとつ立てぬよう、一挙手一投足に気を遣っているのが伝わってくる。俺も、教会の空気に慣れない頃はこんな感じだったっけ。

「ここは人が多いですから、どうぞこちらへ」

アンゼの案内で壁伝いに進み、騎士が守る隅の扉から奥へ。埃《ほこり》ひとつ落ちていない回廊を抜けて、通されたのは別の小さな礼拝堂だった。

「わたくしたちシスターが、普段の礼拝に使っている場所です。どうぞおかけになってください」

なるほど、シスター専用の礼拝堂がちゃんと別にあるんだな。

小さな礼拝堂といってもそれは正面のやつと比べればの話で、ここも天井は吹き抜けで三階分くらいの高さがあり、祭壇から等間隔で並んだ長椅子も百人分にはなりそうだ。これが建物の中のほんの一区画に過ぎないというのだから、大聖堂の呆れんばかりのスケールがよくわかる。

なんとなく正面の祭壇は近寄りづらいので、後ろの適当な席に座らせてもらう。五人ほどがまとめて座れる長椅子は多少クッションも利いており、シアリィをそのまま寝かせてやることができた。

「人を手配してきますので、ここで少々お待ちください。ルエリィさま方は念のため、一度しっかり診療を受けてくださいませ」

「はい。お願いしますです」

「それと、ルエリィさまについては……診療ののち、詳しくお話を聞かせていただくことになるでしょう」

ルエリィが表情を強張《こわば》らせ、唇を引き結んだ。

胸に手を当て、重く頷《うなず》く。

「……はい。どんな罰でも受けます」

アンゼが言う意味はわかる。たとえ、どんな事情があったとしても。おねえさんと仲間を人質に取られて脅され、そうするしかなかったのだとしても。ルエリィがやったことを、まったくのお咎《とが》めなしにはできないのかもしれない。

けれど。

「アンゼ、この子は……」

「ご安心ください、ウォルカさま」

俺が口を出すまでもなかったようだ。アンゼは優しく微笑《ほほえ》み、

「もちろん、情状は充分に考慮されます。決して重い罰にはならないでしょう」

「……頼んだ」

……まあ、ここはアンゼを信じるべきだな。教会とて鬼ではない。ルエリィに必要なのは情け容赦ない罰を与えて突き放すことではないと、きっとわかってくれるだろう。

一礼したアンゼが礼拝堂を去ると、ほどなく後輩と思しきシスターが飲み水を持ってきてくれた。さすが日頃からたくさんの傷病人を相手にしているだけあって、俺たちが来ると最初からわかっていたみたいにスムーズな対応だ。

そして各々軽く喉を潤し、一息ついた頃。

「……あ、あの、」

口を切ったのは、〈森羅巡遊《シークロア》〉の桃色髪の子だった。俺たちがつい一斉に視線を向けてしまったせ

いで言葉に詰まるも、挫《くじ》けることなく意を決して、

「こ、ここまで、本当にありがとうございましたっ……！」

金髪の子も続いた。

「正直言うとね……聖都に着くまで、あなたたちのこと、心のどこかで信じられなかったの。最後の最後で、私たちを騙《だま》すんじゃないかって……あいつらみたいに」

「……」

それは、そうなのだろうと思う。自分たちをいたぶった悪党は全員死んだ――頭ではそうわかっているはずなのに、食事で腹を満たす間も、結界の中で静かに眠る間も、馬車に揺られる間も、休憩時間で凝り固まった体を伸ばす間も、みんなとささやかな世間話をする間も、ここが本当はまだ悪夢の中なのではないかという悪寒がどうしても振り払えなかった。だから彼女たちは、聖都の活気豊かな街並みを見てようやくへたり込むほどに安堵《あんど》したのだ。

「で、でもっ……あなたたちは、嘘《うそ》つきじゃなかった」

「だから、ありがとう。……もう少し、生きてみようと思う」

……儚《はかな》く微笑みながら言外に「死のうと思っていた」と言う人に、俺たちはいったいどんな言葉をかければいいんだろうな。

ユリティアもアトリも上手《うま》く言葉を見つけられない中、答えてくれたのは師匠だった。本当になんてことのない、太陽が東から昇るのと同じくらい単純な道理を説くように、

「『どうして』とか『なんのため』とか、いちいち難しく考えるでないぞ。腹が減ったら美味《うま》いごは

んを食べて、喉が渇いたら甘いジュースを飲んで、眠くなったら好きなだけ寝て、部屋の中に飽きたら日向《ひなた》ぼっこでもしてみることじゃ」

おお、師匠がなんだか年長者らしい深いことを言って――ん？　それって、師匠が普段送っている幼女な生活そのまんまのような……。

「あ、あの、私もっ……」

ルエリィも、コップの水をこぼしそうになるくらい頭を下げて、

「このたびは、本当に、本当に……ごめんなさい。そして、ありがとうございました。今すぐは無理ですけど、必ずお礼はします！　私にできるお礼なんて、たかが知れてますけど……」

「ルエリィ……いいんだ。俺たちも、大したことができたわけじゃない」

「いえ！」

律儀なルエリィは決して首を縦に振らない。

「みなさんがいなかったら、きっと私も、ねえさまも……」

ここまでの旅で気づいたことだが、ルエリィは聞き分けがいい性格に見えて意外と頭でっかちで、自分がやると決めたらなかなか譲ろうとしない頑固な一面があるようだった。礼はいらないなんてカッコつけたことを言えば、余計彼女に気を遣わせてしまうだけだろう。

俺は少し、考えて。

「……わかった。なら、俺からはひとつだけ」

「はい、私にできることなら……！」

俺がルエリィに望むことがあるとすれば、これだけだ。

「おねえさんが目を覚ましたら、二人で元気な顔を見せてくれ。待ってるからな」

「……、」

……ん？　なんかまた変な空気になったな。な、なんだその「ウォルカはそういうこと言っちゃうから……」みたいな生暖かい感じは！　ちくしょうまたかよ！　別に変なこと言ってないだろ!?

ユリティアが困った風に微笑み、

「ルエリィさん、先輩はこういう人なんです」

「……ふふ、そうですね。ここに来るまでの間で、もう充分すぎるくらいわかったのです」

なにやら、ルエリィの中で俺の評価が確定してしまっている雰囲気。なんだろうな、『本当にしょうがない人』みたいな呆れた評価をされている気がするぞ。ちくしょう心当たりがありすぎる……！

「私、ウォルカさんがかけてくれた言葉、絶対に忘れないですから」

それってもしかして、「悪党を気取るな」だのなんだのと偉そうに説教垂れたときのことだろうか。あ、あれは忘れてくれ、思い出すだけで恥ずかしいんだって……！

「ねえさまが目を覚ましたら、必ずご連絡します！　待っていてください！」

「……ああ」

……でもまあ、それでルエリィが嫌な記憶を少しでも忘れられるんだったら、笑われるくらいどうってことないか。どうってこと――

「ウォルカはほんとにっ……もう……」

「……」

俺の体に突き刺さる、一周回って慈愛すら抱いているかのような師匠の眼差《まなざ》し。なんでだよ！　船のときといいなんでこんな微妙な空気になるんだ、そこまでおかしなこと言ってるのか俺は……!?

ちくしょう、ただハッピーエンドを望んでるだけなのになぜ……。

俺は心の涙を紛らわすように、コップの冷たい水を一気に呷《あお》るのだった。

「――よ、アンゼ」

「あっ、〈白亜〉さま」

その頃、ひと通り必要な手配を終えて礼拝堂に戻ろうとしていたアンゼは、回廊の途中で同僚兼幼馴染《おさななじみ》兼姉代わりの少女と出くわしていた。

遡ることおよそ二週間、大聖堂から〈ルーテル〉の街へ飛び出そうとするアンゼのために、スケジュールの調整から荷物の準備までいろいろと世話を焼いてくれたあの聖女様である。〈白亜の聖女〉――雪の紋章を添えたティアラと壮麗な祭服に身を包み、あいもかわらずあまり聖女らしくない、快活で人懐っこい笑みを浮かべている。

「お勤め中じゃねえんだから、ディアって呼んでくれよ」

「あ……そうでしたね、ディアさま」

そんな〈白亜の聖女〉こと『ディア』はにっと白い歯を見せ、

「ロッシュのやつが砦から連絡くれてな、そろそろ着いた頃だと思って。おかえり」

「はい、ただいま戻りました。……それであの、申し訳ありません。実はまだ、ウォルカさまをお待たせしておりまして……」

「ああ、わかってる。だからさくっと用件だけな……おれもついていってっていいか？」

「ディアさまも？」

アンゼは目を丸くした。

「ええと……同席されるということですか？」

「いや、邪魔するつもりはねえよ。隅っこからちらっと見させてもらうだけでいいんだ。……おい、じいや」

「はい、ここに」

ディアが呼ぶと、二人の死角となる回廊の片隅からふっと老執事が姿を現した。なんの気配も足音もなく、それどころか人が通ってこられるような扉も空間もない場所からいきなり、だ。ピンポイントでそこに出現したとしか表現のしようがない老執事に、しかしディアもアンゼも驚く様子は一切なく、

「ちょっと付き合ってくれ。バレないように」

「かしこまりました」

「あの、隠れて同席されるのは構わないのですが……なにか気になることでも？」

「大した理由じゃねえよ」

ディアは口角を上げ、さながら子どもじみた軽いイタズラを語るような調子で、

「〈摘命者《グリムリーパー》〉討伐を成し遂げた剣豪様のこと、おれも結構気になるからな。ここらでちゃんとひと目見ておこうってワケ」

「まあ……！」

途端にアンゼは目を輝かせた。ディアのいくらか小さな手のひらを両手で取り、

「ええ、ぜひ！　ディアさまもきっと気に入っていただけると思います！　ウォルカさまは本当に、聖騎士にも負けないくらいの剣の使い手で……あっそういえば聞いてください、道中〈ならず者《ラフィアン》〉を討伐したとき――」

「はいはい土産話はあとあと。待たせてんだろ？　おれは勝手に二階から覗《のぞ》くから―」

早速クソデカ感情が暴走するアンゼを慣れた様子で受け流し、ディアは老執事とともに回廊を二階へ上がった。

ディアがどうしてウォルカをひと目見ようとしているのか、理由は至って単純である。これから何度も会うことになるであろう相手の人となりを、この機にしっかり見ておこうというわけなのだ。

ウォルカが〈摘命者《グリムリーパー》〉の単身討伐を成し遂げた事実は、決してまぐれという言葉で過小評価すべきではない。運でどうにかできる存在ではないからこそ、あの魔物は『死神』の異名ですべての冒険者から恐れられるのだから。

〈福禍《ふっか》の聖女〉が眠たげに言っていた――死神を倒せるほどの男が目や足を失った程度で不貞腐《ふてくさ》れる

などありえないのだから、剣士として再起できるよう教会がサポートしてやればいい。そうして恩を売っておけば、やがて彼の力は聖都にとって大きな利益をもたらしてくれると。

すなわち、ディアのプランとはこうだ——今のうちから段階的に包囲網を敷いていって、ウォルカが末永く聖都で暮らしてくれるよう取り計らっていく。そして最終的には、アンゼがあんなにもクソデカ感情をこじらせてしまった責任を取ってもらう。もう逃がさないぞ。

「そんじゃあじいや、頼む」

「かしこまりました」

老執事が、ディアと己に淀みなく〈身隠し《ハイド》〉の魔法をかけた。読んで字のごとく対象に魔術的な隠蔽を施すもので、主に盗み聞きや尾行など、言っちゃあなんだがあまり気持ちのいい使われ方はしない闇系統の魔法である。

しかし人前においそれと出ることすら気を遣う聖女にとっては、なにかと重宝する光のような魔法でもあった。

アンゼが礼拝堂に戻ってから少し間を空けて、ディアはこっそりと二階席に忍び込む。〈身隠し《ハイド》〉はあくまで姿と気配を隠蔽してくれる一方であり、うっかり発してしまった声や物音は一切誤魔化《ごまか》せない。そろりそろりと慎重に手すりから下を見下ろすと、ちょうど配下のシスターたちが、帰り道で救出されたという冒険者四名を連れて出ていったところだった。

するとアンゼと向かい合っている四人の冒険者が〈銀灰の旅路《シルバリーグレイ》〉で、その中の紅一点ならぬ『黒』一点が——

「みなさま、本当にお疲れさまでした」

「ああ、アンゼもありがとう。今日まで本当に助かった」

「はいっ！」

ウォルカ様と話すときのあいつってあんななのか、とディアは思わず苦笑した。アンゼが祝福に満ちた笑顔を振りまいているのはいつものことだが、ウォルカの前ではそれもまぶしいくらいに一層輝いて見える。ほんの二週間ほど見なかっただけで、案の定〈天剣の聖女〉様は想《おも》い人《びと》にますますのめり込んでしまったようだ。

「少しでもウォルカさまのお力になれたのであれば、わたくし……とても、とても嬉しいです。ウォルカさまの後援者《パトロン》として、これからも誠心誠意お手伝いいたしますっ！」

「あ、ああ……ほどほどにな？」

「くぉら、誰がウォルカの後援者《パトロン》じゃ！　パーティの！　わしらのパーティの後援者《パトロン》じゃからな！　調子に乗るでないわっ」

……なにやら聞き捨てならないやり取りが聞こえた気がする。『後援者《パトロン》』ってなんだっけ、とディアは首をひねる。どこかで聞いたことがあるような、ないような。

「改めまして〈摘命者《グリムリーパー》〉の討伐、並びに〈ならず者《ラフィアン》〉掃滅における多大なるご貢献、誠にありがとうございました。ロッシュさまが仰《おっしゃ》っておりましたとおり、後日大聖堂より褒賞を贈呈したく」

「わかった。受け取るよ」

いやいや、とディアは首を振った。今はそんなのどうだってよいことだった、まずしっかりウォルカの顔を見ておかなければ。

まあまあ整った精悍《せいかん》な顔つきと、愛想が希薄な鋭い目つき——そうだあれがウォルカ様だ、とかつて遠くから一度見たきりだった記憶が甦っていく。報告のとおり右目と左足を失っていて、額から頬まで覆う大きめの眼帯と、なにかの拍子に折れてしまいそうな頼りない義足を身につけている。

あれでよく〈ならず者《ラフィアン》〉の襲撃を切り抜けてきたものだ。精霊魔法の〈紙片《スクロール》〉を真正面から打ち破ってみせたという話だったが、少なくともディアが見る限りでは、ひと目で強いとわかる覇気や風格の類は感じられなかった。

しかし、それをいったらディアたち聖女だってお互い様な気もする。見た目がうら若い乙女である以上、聖都でもっとも貴い身分にふさわしい威厳が備わっているとは言い難いだろう。

「〈摘命者《グリムリーパー》〉の討伐は、歴史を遡っても数少ない偉業です。お望みであれば、Sランクへの昇格も……」

「いや、それはいい。お金とか、普通のもので頼む……」

——名誉名声には興味なし、と。

まあこれに関しては仕方ない。冒険者の最高位であるSランクは、Aランク以下と比べるとその意味合いが少しばかり異なるからだ。死神の討伐は昇格の実績として申し分ないけれど、それでも片目片足を失った冒険者が背負うには重すぎるだろう。

かねてよりアンゼから耳にタコができるほど聞かされたウォルカトークと照らし合わせ、ディアは彼という男を一旦こう評価する——堅苦しい立場や責任に縛られることを好まず、思うがままに剣の道を突き進んできた生粋の武芸者。すなわち死神討伐の英雄として祭り上げたり、何年も遊んで暮らせるような過度な褒美を与えたりするのは逆効果になってしまう可能性が高い。

アンゼが暴走しないように気をつけないとな、とディアはこの先の気苦労を思いながら吐息して、

ウォルカと、目が合った。


「……!!」

「……ほう。これはこれは」

ディアの肌がぞくりと粟立《あわだ》ち、老執事は口元に興味深げな微笑を忍ばせた。

ウォルカが、こちらを見ていた。会話の最中たまたま目を向けるにはいささか不自然な、この礼拝堂の二階席を。ディアの姿が見えているわけではない――しかしその瞳は間違いなく、あそこに誰かいるのではないか、誰かが見ているのではないかという確信にも近い疑念の色を孕《はら》んでいた。

信じられなかった。ディアが驚愕《きょうがく》した理由はふたつ――まずひとつ、この国でも最高峰の隠密である老執事の〈身隠し《ハイド》〉を、不完全とはいえ初見であっさりと察知してみせたこと。ディアが知る限り、そんな芸当をやってのけたのは〈七花法典《セブンズ》〉の現第一席、二席、三席の三人くらいしか心当たりがない。

そして、もうひとつは。

(――うわ。なんだこれ)

ディアの眼前に、まったく別世界の景色が広がったこと。

無論、まさか本当に別世界へ放り込まれたわけではない。相手の力量をなんらかの視覚的イメージで感じ取るという、ごく一部の限られた力を持つ者同士で起こる感応現象――ディアはウォルカをしっかり観察するために、ウォルカはふと感じた奇妙な視線の出所を探るために、お互い意識と感覚を集中させていた状態だった。その結果予期せぬ視線の交差がトリガーとなって、ディアがウォルカの力量を別世界の風景として感受したのだ。

静謐《せいひつ》に包まれた深い山林、苔《こけ》で覆われた小さな木の祠《ほこら》――そしてその中に納められた、今まで見たこともない美しい一振りの刀剣。

青々とした草花の匂いや、枝葉から滴り落ちる白露の音、果ては爽涼と澄み切った空気の質感まで、まるで現実と見紛《みまが》うばかりの鮮烈で美しい幻視だった。

（マジかよ――すっげぇ）

ディアは唖然《あぜん》とした。ある程度受け取る側の感受性にも左右されはするが、この手の幻視は相手の力量が深ければ深いほど鮮明さを増し、より現実に近いイメージへ近づいていくという。

視覚以外の五感にまで作用するイメージを食らったのは、ディアの経験上、『ごく一部の限られた力を持つ者』のさらにごく一部だけだ。

「……ウォルカさま？　どうかされましたか？」

「いや……」

ディアは、心のどこかでウォルカという男を侮っていたのだろう。いくら死神を討ち倒したといえども、その代償として片目と片足を失ってしまった剣士だ。どんな達人であってもそれほどの傷を負えば弱くなるし、自由が利かなくなってしまった己の体を嘆き、心すらも衰えてしまうのは避けられないだろうと。

そんな上から目線が、この瞬間をもって跡形もなく吹き飛ばされた。

「……すまん、なんでもない」

「ええと……」

ウォルカが二階席から視線を外す。おそらくアンゼも、ディアの存在が見破られかけていると察したのだろう。ウォルカの気を逸《そ》らすためにわざと明るく手を打って、

「では、お日にちはいかがいたしましょう？　わたくしどもはすぐに準備ができますから、明日でも、明後日《あさって》でも、みなさまのご都合がよろしいときに」

「……なら明日、さっさと済ませてしまおうか。大してかからないだろ？」

「かしこまりました。それでは明日の朝、大聖堂より遣いの者を――」

アンゼたちの会話が遠い。ディアはまだ、ウォルカが見せる幻視の中に浸っている。

古めかしい祠に納められた一振りの剣。この国のオーソドックスなモデルとはまったく形を異にする、細身で反りのある片刃の曲刀。聖剣と呼ぶべき神々しい存在感もなければ、魔剣と呼ぶべき禍々《まがまが》しい威圧感もない。見た目だけなら質素すぎてつまらないくらいなのに――しかしあるいは、これこそが邪魔なものをすべて削《そ》ぎ落とした果てに辿《たど》り着く、剣というもののひとつの完成形なのかもしれない。

心を奪われる。目が離せなくなる。決して聖剣でもなく、魔剣でもなく、されど間違いなくその二つに匹敵しうる名もなき一振り――

ふと気づけば、礼拝堂からアンゼたちの姿が消えていた。横から老執事が楽しげな表情をしながら、

「彼らなら、今しがた帰られましたよ」

「……」

現実に帰ってきたディアは天井近くのステンドグラスをぼんやりと見つめ、ため息をついて。

「……とりあえず、下で待つかー」

一礼した老執事とともに祭壇脇の螺旋階段《らせんかいだん》から一階へ下り、適当な長椅子にどかりと座り込む。

まだ、深い森の匂いがする。

「……たぶん、同じもんを見たと思うんだけど」

「左様ですか」

老執事はやはり楽しげだ。若い剣士からあれほどの幻視を見せられたら、この老人としてはいろいろと感化されるものがあることだろう。ディアは椅子の背もたれに全身を預けて、

「すごい剣士だってのは、まあアンゼから何千回と聞かされてたけどさ。だって、片目片足なくしてんだぜ？　あれで弱くなってるってマジ？」

「そうでもなければ死神は討ち倒せますまい。……ただ、彼が当初からあの力量だったということはないかと。おそらくは絶体絶命の死地を越えて、さらなる高みへ踏み込んだのでしょう」

「あー、バケモン踏み倒して覚醒しちゃったパターンかぁ」

たしかに、そういう御伽噺《おとぎばなし》は現実の出来事として存在する。限界を超えて絶望に立ち向かった者だけが辿り着ける奇跡。そうして常人の枠組みから外れた者たちの中には、Sランク冒険者や聖騎士の地位まで上り詰めた者も少なからずいる。

「じいやの〈身隠し《ハイド》〉を初見で見破ったしなぁ……姿まではバレてなかったよな？」

「そこは心配ございません。若者に後れを取られてばかりでは、私も立つ瀬がありませんからな」

もちろん、ディアははじめからウォルカを囲うつもりだった。しかしそれは、〈福禍《ふっか》〉や〈星眼《せいがん》〉のように死神討伐の実績を評価したからというより、ウチのアンゼをあんなにしてくれやがった責任ちったぁ取れよ男だろ、という老婆心からだった。

しかし、思っていた以上に。思っていたどころではなく。

背もたれから体を起こし、苦笑した。

「たしかにありゃあ、ウチで囲んどかないと将来後悔しそうだわ」

「騎士に興味がないというのが残念でなりませんな。彼を後継者にできるなら、私も後顧の憂いなく隠居できるでしょうに」

「大聖堂専属の冒険者ってことにできねえかな？」

「騎士隊の反発がありましょう。ロッシュ曰く、彼を認めない騎士も多いとか」

「それなー。ったくつまんねえ見栄張りやがって」

たとえばこれから先、もしウォルカたちのパーティが「この都市は信用できない」と聖都を見限ってしまったら。荷物をまとめて出ていってしまったら。

間違いなくアンゼは病み堕《やお》ちする――なんならウォルカの後を追って失踪する可能性すらある――し、万が一王都へ鞍替《くらが》えでもされた日には、「あんな優秀な冒険者に逃げられちゃうなんて、ばかじゃないの☆」と〈七花法典《セブンズ》〉のアホどもから死ぬまで煽られることになるだろう。

ウォルカはすでに、聖都が平穏を歩む上で欠けてはならない重要人物となりつつあるのだ。本人はこれっぽっちも自覚していないだろうけれど。

そんな重要人物の見送りを終えたアンゼが、礼拝堂に戻ってきた。ディアはすぱっと気持ちを切り替えて立ち上がり、

「おかえり」

「はい、みなさまお帰りになりました。……あの、ウォルカさまはもしかして……？」

言葉少なに問うてきたアンゼへ頷き、

「ああ。姿までは見えなかったっぽいけど、おれらの存在に気づきやがった。マジでびびったよ、すげえなウォルカ様」

「やっぱりそうだったのですねっ！」

あっこれ言葉間違えたわ。

「じいやの〈身隠し《ハイド》〉を見破られるなんて、ウォルカさまは本当にすごいですっ！　あっ、ところでウォルカさまのことは気に入っていただけましたか!?」

「お、おう、まあまあだな。じいやなんて後継者にしたいくらいだって」

「ええ。あのときのこと、私は心底後悔する思いです」

「まあっ……！」

アンゼはえへんえへんと誇らしげだった。それがあんまりにも年頃の女の子だったから、ディアは思わず吹き出してしまった。

「ったくおまえなぁ。そんな調子で、うっかり正体バレたりしてこなかっただろうな？」

「はい、ご心配なく。ちゃんとこちらを肌身離さず持っていましたので」

アンゼが首から下げている、教会の十字架を象《かたど》ったなんの変哲もないペンダント。それは決して、よりシスターらしい恰好のためにつけているお飾りの類ではない。

「わたくしを聖女だと意識できなくなる術――〈福禍《ふっか》〉さまの御力《おちから》はさすがですね」

「あいつはマジで神サマの領域にいるからなー」

ディアたちと同じ聖女の一人、〈福禍《ふっか》の聖女〉が作った魔導具のひとつなのだ。四六時中ぐーたらすることしか考えていない自堕落聖女は、たまたま気が向いたときにこういった魔導具をぽんと作ったり、調査が行き詰まっている難事件をあっさりと解決してしまったりする。ちょうどアンゼが留守にしている間も、その『たまたま』でとあるパーティの逃亡事件を解決してもらったばかりだ。

「で、な。おまえが向こう行ってる間に、こっちもいろいろ進んだぜ」

「……〈ゴウゼル〉の件ですか」

アンゼの声音が落ち着きを取り戻す。ディアは頷いて続ける、

「そこの承認調査をしたパーティが、まーいろいろキナ臭くてな。随分と手間かけさせてくれやがって、〈福禍《ふっか》〉のやつが助けてくれたからよかったけど」

「それは……」

アンゼはわずかに驚き、言葉を選ぶように、

「その、大丈夫だったのですか？　あの方の御力が必要になるなんて、いったい……」

「ああ、ただ手間がかかったってだけだよ」

「よく、協力していただけましたね？」

「『めんどくさー』とか『だるー』とかぶつくさ言ってたけど、な」

〈福禍《ふっか》の聖女〉の気まぐれもあって、なんとか今日までに必要な下調べを終えることができた。

そもそもの話、ダンジョン〈ゴウゼル〉の踏破承認事故はなぜ起こったのか。調査隊として派遣された冒険者パーティは、なぜ踏破されていないダンジョンを踏破済みと承認してしまったのか。

なにか見落としがあったのか、致し方ない事情があったのか、あるいは——

「——残念だけど、今回の事故はミスでもなんでもないかもしれねえ。ウォルカ様から愛想尽かされないように、おれらがきっちりケジメつけねえとな」

「……」

「連中の身柄は押さえてあるから、近いうちに『審判』するぞ。落ち着いたら報告書読んどきな」

「——わかりました」

もしもこの予感が当たっているのなら、悪い芽は摘まねばならないだろう。

ウォルカが聖都に愛想を尽かし、王都の冒険者へ転身。〈七花法典《セブンズ》〉のアホどもから死ぬほど煽り散らされ、挙句にアンゼは病み堕ちして出奔——そんな胃がねじ切れるようなバッドエンド、断固と

して回避しなければならないのだから。


「──そういえばディアさま、聞いてください！」

「なんだよ、せっかく真面目な空気だったのに。おまえの土産話ならあとでって」

「わたくし、〈銀灰の旅路《シルバリーグレイ》〉の後援者《パトロン》になりました！」

「……あー、なんか言ってたなそういや。後援者《パトロン》ってなんだっけ？」

「えっと、要するにですね……ウォルカさまのパーティに入れていただけました！」

「へー、すげえじゃんそりゃあよかっ──は？」

「ウォルカさまと同じパーティになれるなんて、夢のようですっ……」

「あ？　……え？　は？　いやおまっ、聖女がなにやって──冒険者パーティに入った？　聖女が？　は⁇」

「わたくし、これからがんばりますっ」

「…………………あー、夕日がまぶしいなー。あははは」

そしてディアは現実逃避をした。おそときれい。

大聖堂から運河の水音を聞きながらしばし歩くと、聖廷街《せいていがい》やや北西の小高い丘の上に〈ル・ブーケ〉という宿屋がある。

聖都は北側が海に面した大規模な商港となっており、日々出たり入ったりする数多くの船に乗って、商人やら旅人やら観光客やらがひっきりなしに訪れる。そのため港からもっとも近いこの街には宿泊施設も多く、中には前世のビジネスホテルよろしく立派な店構えで、百人以上の客をいとも簡単に受け入れてしまうような高級宿も存在している。

そんな聖廷街《せいていがい》の中でいえば、宿泊定員わずか二十名ばかりの〈ル・ブーケ〉は吹けば飛ぶような宿屋なのかもしれない。

しかしながらオープンしてまだ数年のため設備がみな新しく、その佇《たたず》まいは小綺麗《こぎれい》なレストランみたいにシックで洒落《しゃれ》ている。小高い丘の上にあるため風が心地よくて、港を水平線まで見通せる眺望は絶景の一言に尽きる。人の密集地から少し離れた立地のお陰で喧噪《けんそう》も少なく、なによりオーナー自ら腕を振るう食事がべらぼうに美味《おい》しい。

俺たちパーティが聖都で厄介になっているのは、そんな隠れた名宿屋なのだった。

「――あらまぁみんな、おかえりなさーい！　もう、一ヶ月も帰ってこないなんてほんとに心配したんだからぁ！」

「ぎゃー!?」

で、だ。

幸いロビーに客の姿もなかったので、みんなそろって正面からただいまをしたわけなのだが――。

「はなせ！　はーなーすーのーじゃーっ!!」

「あらリゼルちゃん、あなたちょっと痩せたんじゃない？　ちゃんと食事摂《と》ってた？　ダメよ、しっかり食べなきゃ大きくなれないんだから」

「じゃかあしいわ!!」

その結果が師匠を高い高いしながらくるくる回るオーナーと、キレて『彼』にゲシゲシ蹴りを入れる師匠なのであった。

「いたっ、あいたたた。こらリゼルちゃん、女の子がそんなはしたないことしちゃダメよ！」

「はーなーせーっ!!」

「……」

元気だなあ。


宿屋〈ル・ブーケ〉のオーナー兼シェフ、ロゼこと『ローゼクス』について。

まず誤解がないように言っておかなければいけないのは、この人がれっきとした男だということであろう。言葉遣いは女性的だし軽く化粧もしているものの、決して女装しているわけではなく、どこぞの高級クラブのバーテンダーみたいに垢抜《あかぬ》けたルックスのイケメンだ。さりげないメンズメイクに短く清潔感のある琥珀色《アンバー》の髪、そして意匠を凝らしたシャツとベストで着飾った姿は男の俺から見ても率直にカッコいい。たしかこういう人を、前世では俗に『オネエ』と呼ぶんだったっけ？

歳は今年で三十二になるらしいが、見ればわかるとおりまだまだエネルギッシュな伊達男《だておとこ》で、誰にでも明るく親しみやすい人柄は宿泊客からも大層評判がいい。いい意味で男らしさを感じないため、ユリティアも彼に対しては一切苦手意識を持っていないほどだ。

ロッシュはとにかくやかましいのが玉《たま》に瑕《きず》だが、ロゼに関しては器量よし体形よし性格よしと三拍子そろい、宿の経営ができるほど頭脳明晰《ずのうめいせき》で料理の腕はプロ並みで、さらには面倒な酔っぱらいを一瞬で片付けられるくらい荒事も得意と、俺の中でホンモノの完璧超人疑惑が浮上する人物である。これがオトナの風格ってやつか……。

「こんにゃろー!!」

「いたいいたい！　もう、そんなんじゃいつまで経《た》っても一人前のレディになれないわよ？」

「じゃかあしい言うとるじゃろが!!」

脇腹にゲシィとつま先を食らい、さすがに降参したロゼは師匠を下ろした。それからユリティア、次いでアトリを見て、

「ほんとに心配したんだから。聞いたわよ、ウォルカちゃんが怪我《けが》したって――」

そして最後に俺を見たロゼの表情が――凍りついた。

「ウォルカちゃん、あなたっ……」

視野が広くなんにでもすぐ気づくロゼが、俺の眼帯と義足を見逃すはずがなかった。

ロゼが言葉を失い、それを見た師匠たちからもたちどころに笑顔が消え、洒落ていた店の空気がお通夜会場のように静まり返っていく。おいコラいきなり負の連鎖反応をするんじゃない、俺の胃がね

じれるだろうが……！

こういう雰囲気に直面すると、「君はこの程度で終わる男じゃないだろうはっはっは！」と笑い飛ばしてくれたロッシュがいかにありがたかったかを痛感する。みんなも重く考えすぎなくていいんだぞ。大丈夫だって、俺はこんなのどうってことないから。俺にとっては、ロッシュくらい気安い反応で済ますくらいがちょうどいいんだ。

なので俺は、右目の眼帯を指でトンと叩《たた》いて、

「男の勲章ってやつだ。結構箔《はく》がついただろ？」

「――」

……盛大にスベった。

いやあの、ごめん、今のは少しでも空気を軽くしようと思ってだな……待った待った全員そんな悲痛まっしぐらな顔しないでくれ！　冗談、半分くらいは冗談だから！　強がってないから！　「なにアホなこと言ってるんだ」って鼻で笑ってくれ！　頼むから笑い飛ばしてくれっ！

泣きそうになるな師匠！　ユリティアも！　ごめんて!!

「まったくもう……みんな、ひとまず奥に。なにがあったのか、ぜんぶ教えてくれるわよね？」

「あ、ああ……」

ともかく宿の顔たるロビーをお通夜会場にしたままではいけないので、フロントの対応を従業員さんに任せて奥のスタッフルームへ。往復一週間の予定だった依頼がどうして今日まで長引いてしまったのか、地のどん底にいるような空気の中で説明するのは本当に胃がしんどかった。

俺の体をはじめて見たロゼは仕方ないとして、〈摘命者《グリムリーパー》〉の話を出すと未だに師匠たちが病んでしまうので俺も辛《つら》いのだ。師匠はリーダーの自分がぜんぶ悪いと思っているし、ユリティアは転移トラップを作動させてしまった自分がぜんぶ悪いと思っているし、アトリは俺に庇《かば》われてしまった自分がぜんぶ悪いと思っているし……全員自分のせいだと思ってるじゃねえか！

「だったら、命を捨てるような真似《まね》した俺も悪いさ」

「っ、そんなことない!!　ウォルカはなにも悪くないじゃろう!?　ウォルカは、わしらのせいでっ……!!」

「俺だって、師匠たちはなにも悪くないと思ってるよ。……だからもう、誰のせいかなんて話はいいだろう？」

そうみんなを落ち着かせようとするのだが、師匠たちはかえって堪えがたい表情になってしまって、

「どうしてウォルカは、そんなにわしらのことばっかりっ……！」

「先輩は、もっと自分のことを考えてくださいっ……！」

「……ウォルカは、優しすぎ」

いやなんでだ。俺はただ、師匠たちは俺が悪いなんて思ってない、俺も師匠たちが悪いなんて思ってない、だからいつまでも自分を責めるのはやめようって話をしてるだけだぞ。あれからひと月近くが経って、ようやく聖都に帰ってきたんだ。少しずつ前を向いていこうぜ、前を。

師匠たちの未来のためにも、俺の胃を守るためにもさ。

「……そう。そうだったのね」

ロゼは終始沈痛の面持ちを隠せないでいたが、それでも最後まで落ち着いて俺たちの話を聞いてくれた。

「本当に、大変だったのね。……あの子がなにか隠してるのはわかってたけど、これは言えないわね。辛かったでしょうに……」

あの子、というと――

「シャノンちゃん、結構応えてるみたいだったわ。……当然よね、あなたたちをギルドで一番応援してたんだもの」

シャノンとは、聖廷街《せいていがい》の冒険者ギルドで事務員をやっている少女の名だ。

冒険者が特定の都市や街で長く活動していると、ギルドの職員たちとも顔見知りになって、『このパーティのことならこの職員』という関係が自然とできあがっていく。それで俺たちのパーティを実質的に担当してくれていたのが、シャノンという少女だったわけである。

シャノンの名前が出た途端、師匠が小さく震えて気まずげな顔をした。おずおずとロゼに尋ねる、

「シャ、シャノン、やっぱり落ち込んでおるのか……？」

ロゼは重く頷き、

「アタシの前では元気に振る舞おうとしてたけど、ね」

「そ、そうか……」

俺も遅まきながら、〈ルーテル〉の教会で目を覚ました頃に聞かされた『とある話』を思い出した。

「そういえば……俺がまだ寝てる間に、調査であの街に来たんだっけ」

「う、うむ……」

「それで、師匠と……いろいろあったって」

「うぐぅ……」

師匠はしおしおと縮こまって、両手の人差し指同士を合わせながら、

「あのときはその、まだウォルカが目を覚ましてなくて、わしもなんというか、普通じゃなかったからっ……」

ダンジョンの踏破承認事故はまあそれなりの出来事だったので、聖都のギルドから調査やら支援やらで人が派遣されてきたりもしたらしい。その中の一人にシャノンがいて、事故の事情聴取をするためか、それとも純粋に友人としてだったのか、教会までわざわざ足を運んでくれたそうなのだ。

ただ運が悪いことに、当時の師匠たちは俺が死にかけていたせいで精神的にかなりキツい状態だった。結果、ちょっとしたトラブルになって……師匠がシャノンを追い返してしまったと。

すべての原因である俺が言えた義理でもないが、向こうも悪気はなかっただろうに気の毒な話である。大丈夫かな、シャノン。変にダメージ受けてないといいんだけど……。

「できれば、早いうちに顔を見せてあげてちょうだい。『あたしのせいだ』って、本当に辛そうだったから」

前言撤回、めちゃくちゃダメージ受けまくってたわ。いやいや、なんでシャノンが自分を責めてんだよ！　彼女は今回の事故にまったく無関係だろ!?

「自分のせいって、どういう……」

「ごめんなさい、そこまでは。それとなく訊こうとしたけど、はぐらかされちゃって」

もしかして、ダンジョンの踏破承認事故はギルドの責任＝自分のせいってことか？　いくらなんでも飛躍がすぎるだろ。彼女はギルドの中ではまだまだ若手の職員で、別になんらかの責任ある立場にいるわけでもない。いったいどうしてそんな認識になったんだ。

「……わかった。明日は朝から大聖堂に行かなきゃいけないから、そのあとだな」

「ええ、そうしてあげて」

おいおい勘弁してくれ。師匠たちの病み堕ちを回避するだけでも手一杯なのに、もしシャノンまでおかしくなってたらどうすればいいんだ。

頼むからみんな、ロッシュみたいに笑い飛ばしてくれ……。くそう、まさかあいつのやかましさを恋しく思う日が来るなんて。

「あの、」

今度はユリティアが不安げに尋ねる。

「わたしたちのこと、聖都で噂になってますか……？」

「いいえ。ダンジョンの踏破承認事故があったのは話題になったけど、あなたたちの名前は今のところ聞かないわ」

結局今回の事故については、〈銀灰の旅路《シルバリーグレイ》〉の名前を出さないよう師匠たちがギルドに訴えたきりそのままとなっている。

俺も、別にそれでいいのだろうと思っている。事故に巻き込まれたのはあのパーティらしい、運がないねえ、ご愁傷様だねえなんて街中でヒソヒソ言われるのは俺も御免だ。それでも生きて帰ってきたことを喜んでくれるならまだいい方で、中には後ろ指をさして笑う連中が出てこないとも限らないしな。俺たちみたいな若い高ランクパーティは、先輩方からありがたいやっかみも買いやすいのだ。

ただ、人の口に戸は立てられぬという。ギルド側がいくら情報をフィルターしたとしても、俺の隻眼隻脚姿は自然に今回の事故と結びつけられ、生まれた憶測はやがて噂というレールに乗って走り出すだろう。

それでもし師匠たちがあまりに辛そうだったら、いっそみんなで雲隠れでもするか。人の口に戸は立てられぬ、されど人の噂も七十五日ともいう。新しい義足ができたら〈摘命者《グリムリーパー》〉の戦利品《ドロップ》を売り払って、よその国でしばらく遊ぶのもいいんじゃないかな。

そのときロゼがふと、沈んでいた面持ちを幾分か優しいものに変えた。

「でも……こんなこと言っていいのかわからないけど、ウォルカちゃんはすごいわ」

どこか、俺をまぶしそうに見つめている。

「〈摘命者《グリムリーパー》〉がどれほど恐ろしい魔物かなんて、アタシでも知ってる。それでもウォルカちゃんは仲間を守り抜いて、生き延びて……こうして帰ってきた」

「まあ……あのときは、俺もとにかく無我夢中で」

「人のために無我夢中になるって、誰にでもできることじゃないでしょ。ほとんどの人にとって、結局一番かわいいのは我が身なんだもの。……だから、ウォルカちゃんは偉いわ」

元々ロゼは、人のいいところになんでも気づいて褒めてくれるタイプではある。

しかしこの言葉はあまりにも――実感が込められすぎているというか、

「――本当におかえりなさい。今日は、ゆっくりおやすみなさいね」

……そういえばロゼって、ここで宿屋を始める前はどこでなにをやっていたんだろうな。訊けば大抵のことは笑顔で答えてくれるロゼだが、唯一自分の過去だけは俺たちの誰にも話してくれたためしがない。

ただ間違いないのは、宿屋を経営できるほどの見識と頭脳も、酔っぱらいを片手でひねってしまえるほどの度胸と腕っぷしも、平々凡々な人生を送るだけで身につくものではないということ。

もしかすると、ロゼは――

「……よし、しんみりした話はこれで終わり！　みんな、もうお夕飯は食べたかしら？　まだならアタシが腕によりをかけて作ってあげるわよ～、食べたいものがあったらなんでも言ってちょうだい！」

「はい」

しかし、いつもの笑顔に切り替えたロゼが追及を許さなかった。おなかを空《す》かせたアトリがまっさきに手を挙げて、

「お肉いっぱい食べたい」

「オッケー！　でもお野菜も食べなきゃダメよ、バランスが美容の秘訣《ひけつ》なんだから！」

「ぶう……」

「ロゼさん、わたしも手伝いますっ」

「ふふ、ユリティアちゃんは優しいわね。でもダーメっ、今日はアタシに任せてちょうだい。こうい

うとき大人に花を持たせるのもレディの嗜《たしな》みよ？」

「そ、そうなんですか……？」

ロッシュ然りロゼ然り、こうして暗い雰囲気を吹っ飛ばしてくれるムードメーカーな存在は本当にありがたいな。ロゼの陽気な人柄のお陰で、美味しい夕食を終える頃には師匠たちもすっかり元気になっているのだった。

その後は自室に戻って荷物の整理をしたり、シャワーで汗を流したりなどすれば、あとは明日に備えてぐっすり就寝するのみとなる。

テレビもゲームもネットもなく、それどころか部屋を隅々まで照らせる灯《あか》りすら希少なこの世界では、わざわざ夜更かしする理由もないため暗くなったら寝るのが常識だ。寝間着に着替え就寝前のストレッチなどしていると、俺の部屋をかわいらしくノックする音。

「どうぞ」

「うむ！」

中へ促すと、入ってきたのはふわふわフリルの寝間着に身を包んだ師匠であった。

寝間着姿の師匠は普段髪につけているリボンをすべて外しており、ありのままの長い銀色は月明かりを吸って輝くヴェールのようで、まさしく人ならざる領域から迷い込んできた妖精みたいに見える。

さらにはお腹《なか》の前でお気に入りの枕をだっこしていて、あたかも「一緒に寝るよ」と言わんばかりの装いで――――ん？

え、ここでも一緒に寝るの？

そうしてさも当たり前のように俺の部屋へやってきた師匠は、さも当たり前のように俺のベッドへ侵入し、さも当たり前のように持ってきた枕をぽふぽふセッティングし始める。待て待て待て。

「師匠、もしかして……」

「？」

一緒に寝るのをかけらも疑っていない師匠のつぶらな瞳が返ってくる。いやたしかに、たしかに〈ルーテル〉の街でも、帰り道の野営でも毎晩一緒に寝てたさ。でもそれは、なんというか……な？

「……あー、師匠。ここはもう聖都なんだから、もう一緒に寝なくたって」

「だめ」

は、

「もーなに言ってるの、だめだよ」

「……し、師匠？」

「だめだよ？　ぜったいだめ」

師匠？

よ、夜だからそう見えるのかな？　師匠のあどけない笑顔がなんだかすごく綺麗で、綺麗すぎて背筋がぞっとしてしまうというか。まるで、どこにも行けないよう手足に縄をかけられるような――

果たしてそれは、淡い月明かりの下で見た幻だったのだろうか。

次の瞬間には、もう師匠はいつも通りの師匠に戻っていた。心配半分不満半分のジト目で俺を睨《にら》み、

「……『男の勲章ってやつだ』」

「ぐっ」

「また……ウォルカはまた、そうやって平気なふりばっかりしてっ……」

あ、そのスベった話掘り返される感じ？　できればなかったことにしてほしいかなって……。

「……ウォルカ」

「……」

途方もなく真摯で、同じくらいに不安げな。そんな瞳で見つめられてしまえば、俺に観念する以外の道は残されていなかった。

「……わかった。ただし、朝は早いからな。駄々こねてもダメだぞ」

「うんっ」

ぱっと笑顔になった師匠が寝床のセッティングに戻っていく。……前向きに考えよう。俺が目を覚まして間もなかった頃は、断ろうとすると「やだやだお願い見捨てないでぇ……!!」と泣き出してしまう有様だったのだ。それと比べれば泣きついてこなくなった分だけ、師匠のメンタルにも少しずつ回復の兆しが見えてきている。だからもっといい義足で社会復帰を達成すれば、師匠も安心して自分の部屋で眠れるようになるはずだ。

そうだよな？

そうだと、思いたいのだが。

先ほど一瞬だけ感じた悪寒というか、手足を優しく縛られるような感覚は——

「じゃあおやすみっ、ウォルカ」

「……ああ」

しかし俺は長旅の疲れと数日ぶりにベッドで眠れる安心感もあって、横になるなりあっさりと寝落ちしてしまった。寝つきのよさには自信があります。

そうして、浅い夢の中を漂っている間に。

「――ふふっ…………うぉるかぁ…………」

……なんというか、俺も、師匠の前では無意識に気が緩んでしまうんだと思う。

すぐ目の前から、師匠のひどく甘ったるい声が聞こえた気がしたけれど。

俺の微睡《まどろ》む意識は覚醒するまで至らず、夜が明ける頃には、なにをされていたのか綺麗さっぱり覚えていないのであった。


ウォルカたちの部屋から魔石ランプの明かりが消える頃、最終チェックインの時刻を終え店じまいしようとする〈ル・ブーケ〉に、夜の静謐を傷つけない品位ある足取りで訪れる影があった。優しく鳴ったドアベルの音にフロントのロゼは顔を上げ、

「あらあら、こんな時間に珍しいじゃない。ロッシュちゃん」

人影は、ロッシュであった。

一礼した彼は流れるように周囲へ目を遣《や》り、自分とロゼ以外に誰の気配もないのを確認してから、

「お変わりないようですね。――ローゼクス隊長」

あらやだ、とロゼは右手ではたく仕草をした。

「ちょっともう、何年前の話をしてるの？　今は『ロゼ』って呼んでって何度も言ってるじゃない」

「ご容赦を。僕にとって、貴方《あなた》は今でも隊長ですから」

「おだてたって騎士隊には戻らないわよ」

滅相もない、とロッシュは苦笑。帳簿を畳んだロゼはフロントから出て、穏やかな顔つきでかつての部下にゆっくりと歩み寄る。

「お友達の様子を見に来たのかしら。ウォルカちゃんたちならもう寝たわよ、安心して」

「それもありますが……ウォルカの体を見た貴方が腰を抜かして歩けなくなってはいないかと、ふと心配になったもので」

「あら、言ってくれるじゃない。アタシ、これでも度胸は据わってる方よ？」

軽口を言い合うようにそう返して、しかしロゼの表情にふっと暗い影が差した。

「……でも、腰を抜かしそうになったのは否定できないわね。まさかウォルカちゃんが、あんな……」

「……」

「ねえ、ロッシュちゃん。ウォルカちゃんね……自分の怪我のこと、男の勲章だって言ってたわ」

ロッシュの片眉がぴくりと動く。正気かあのバカ、と顔にはっきりと文字が浮かぶ。

「それは……冗談ではなく？」

ええ、と答えながらロゼは壁に背を預け、

「アタシの勘だと、半分はアタシたちに心配かけまいとしたあの子なりの冗談。でももう半分は、間違いなく本気で言ってたでしょうね」

「……まったく、あのバカは」

ロッシュには珍しい、心底呆れ返ったときにこぼれる呻《うめ》き声《ごえ》めいた嘆息だった。今度はロゼが苦笑して、

「でも、ウォルカちゃんは本当に偉いじゃない。あんな体になってでもみんなのために戦って、本当に守り抜いちゃったんでしょう？」

天井を見上げる。細く、遠く、まるで彼方《かなた》の月を見つめるように、

「――まったく、どこかの隊長とは大違い」

「……隊長、あれは貴方に責任があったわけでは」

「わかってるわよ。……でも、そう簡単に折り合いがつけられるものじゃないの。何年経とうともね」

かつて騎士として一隊を率いていた男は今からおよそ六年前に〈聖導騎士隊《クリスナイツ》〉を去り、私財すべてを惜しみなく費やしてこの小さな宿屋の主人となった。

周辺には港からやってくる様々な来訪者をターゲットにした立派な宿も多く、一個人が同じ舞台で勝負するなど誰がどう考えても無謀だったはずなのに、それでも。

この、心地よい風が吹く丘の上で。

「……あなたは、なくしちゃダメよ」

「……ええ。無論ですとも」

──宿屋〈花束《ル・ブーケ》〉。

それはいったい、誰に向けた花束なのだろうか。


一方そんな宿屋から大きく場所を移し、大聖堂から天へそびえ立つ塔の頂──聖女たちのプライベート空間である『聖処』では。

「アンゼ、ディア、少しよいですか？」

「はい。どうかされましたか？」

「んー？」

剣の紋章を持つ聖女。

雪の紋章を持つ聖女。

星の紋章を持つ聖女。

月の紋章を持つ聖女。

〈聖導教会《クリスクレス》〉の頂点に君臨する四人の聖女が、リビングにあたる空間でこんな会話をしている。

「明日、例の彼に早速褒賞を与えるそうですね」

「さっき、じいやから聞いたわ……」

「はいっ！　お渡しいたします！」

「おー。顔合わせするいい機会だしさ、おれから渡そうかなって」

剣の紋章を持つ聖女の、祝福に満ちた清らかな声。

雪の紋章を持つ聖女の、慎みを知らない砕けた声。

星の紋章を持つ聖女の、幼くも流麗に澄み渡る声。

月の紋章を持つ聖女の、抑揚を欠いた眠たげな声。

「そのことで、ひとつ相談がありまして」

「なんでしょう？」

「せっかくだし、あんたらもウォルカ様といっぺん会っとくかー？　なーんて――」

「はい、まさしくそのとおりで」

「――え？　マジ？」

「ん……マジ」

「まあ……！」

聖女たちは、話をしている。

「は？　ユーリはまあわかるけど……え、アルカも？」

「……悪い？」

「いや悪いってか……下の礼拝堂でやるから、ここから下りないとだけど」

「まあ、たまには下の空気を吸ってもいいわ……」

「——ぜひっ！　ぜひお会いしてみてください！　お二人にもきっと気に入っていただけると思います！　ウォルカさまはですね、ええと、ええと——」

「あーはいはいウォルカ様トークはまた今度な！　……にしても、こりゃ面白くなってきたじゃん。よーし、みんなでウォルカ様びっくりさせてやろうぜー」

「ふふ、どんな人か楽しみですね」

「あたしに楽させてくれそうな人だったら、教会で雇いましょ……」

ウォルカの胃が痛くなるような、話をしている。

VI　剣と聖女

翌日、俺はまだ太陽が顔を出しきらない早朝に目を覚ました。

軽く伸びをしてからむくりと起き上がる。布団の中でいつまでもぐずぐずしたりはしない。今の俺はすでに、かつて教会のベッドで惰眠をむさぼってばかりいた頃のぐうたらな俺ではないのだ。義足でも可能な範囲の鍛錬を再開したことで体内時計が正常化し、怪我《けが》をする前とほとんど同じ生活リズムを取り戻している。

すなわち、朝の鍛錬の時間である。よし、今日も一日やったりますか――と、義足に手を伸ばすその前に。

「ふみゅぅ……」

まずは、そんな寝息ですやすや眠っている隣の師匠を起こしてあげなければならない。

もちろん、師匠を寝かせたままこっそり抜け出して鍛錬するのは造作もない。昔から朝に弱いのもあって、いつも朝食の時間まではぐっすりというのが師匠の体内時計だ。だから本来であれば、このまま寝かせておいても問題はないのだが……。

それも、俺が片目片足を失う前の話である。

今はむしろ起こしてあげなければ、目を覚ましたとき俺の姿がどこにも見えないようだと……その、ちょっとな。

〈ルーテル〉の街にいた頃、それで一度師匠が大騒ぎを起こしてしまったことがあって。以来朝の鍛錬では必ず師匠を起こすし、師匠もがんばって起きるという指切りげんまんが交わされた。

というわけで、幸せそうに眠る師匠の体を優しく揺すってやろうと思い、

「……ふむ」

ふと思考。もう少しすればユリティアとアトリも鍛錬の支度を終え、俺の部屋まで迎えにやってきてくれるだろう。俺はふいに思い立ち、今日はそれまでの時間で座禅をやってみることにした。

一度義足を装着し、部屋のドアプレートを『就寝中』から『在室中』に替えて鍵も開けておく。ベッドに戻り、愛刀の〈装具化《アクセサライズ》〉を解除。組んだ足の上に剣を置いて、その中へ落ちていくイメージで意識を集中させていく。

なぜ急に座禅などやろうと思い立ったのか、もちろん理由はある。

誰にも邪魔されない静かな時間を使って、剣とじっくり意識を同調させたい。玄人気取りのカッコつけた言葉でいえば、剣と対話を深めたい。

なんというか——もっと深く入れる気がするのだ。

〈摘命者《グリムリーパー》〉との死闘を経て、自分が今までより数段深い領域で剣と同調できるようになった実感はある。けれどまだ、まだ先がある。もっと深いところまで落ちていける——そんな予感を漠然と抱き続けている。

横で眠る師匠の存在も忘れ、ただただ精神世界の海に全身で沈んでいく。

〈摘命者《グリムリーパー》〉と〈暴食の弔客《グラトニア》〉。二つの敵を踏み越えてたしかに摑《つか》み取った、斬りたいものを斬りたい

とおりに斬る感覚。

極端な話――今の俺は、視界に映るすべてのものをひとつ残らず斬ることができるだろうか？　この場から一歩も動かぬまま、ただ抜刀一閃《ばっとういっせん》のみをもって、眼前の一切合切を問答無用で。

普通に考えれば無理に決まってる。ここが剣と魔法のファンタジー世界だとしても、かなりぶっ飛んだ方の発想だと思う。他人に話したら間違いなく鼻で笑われるか、頭が変なやつなのだと可哀想《かわいそう》な目を返されるだろう。

しかし、一切合切斬り伏せたその刹那を明確に、絶対的な確信を持ってイメージできたとするならば。

斬ろうと思ったものをイメージ通りに斬るという、なんの変哲もない当たり前の術理。

だったら、逆をいえばこういうことではないか――『斬った』という絶対的なイメージさえできたなら、あとは無我のまま剣を振るうだけでいいのだと。

（ああ、そうか――）

剣の中に落ちていく俺の意識が、なにかに指先をかけた感覚。

なんとなく、わかった。

おそらくここから先の領域は、『斬る』という概念自体が違うのだ。

『斬る』とは、ただ剣で物体を両断する行為をいうのではない。

剣を振るうという動作をトリガーにして、頭の中にある斬った未来を現実に変えること。

自分で自分を笑いたくなった。とても正気の発想とは思えない。俺はひょっとすると、本当におかしくなってしまったのかもしれない。

(でも——)

体に残っている、〈摘命者《グリムリーパー》〉を討った感覚。

記憶に残っている、〈暴食の弔客《グラトニア》〉を斬った感覚。

(——……)

世界の見方を変えてみる。世界を黒で捉え、ベッド、床、ナイトテーブル、コップ——『斬れる』と確信できたものを片っ端から白い太刀筋で潰していく。

斬る。

斬る。

斬る。

斬る。

ひとつひとつ白の領域を広げていって、斬る前の黒い世界を、斬ったあとの白い世界に変えていく。

そうやって、やがて視界のすべてを真白に染めあげられたなら——

(——まあ、無理だよな)

しかし視界を半分ほど白に染めたところで、あとはどうイメージしても領域が広がらなくなってしまった。

これ以上はできないと、俺の本能というか魂というか、意識より上の次元にあるなにかが認めてしまっている。これが今の俺の限界なのか、それとも考え方を効率化する必要があるのか……あるいはもっと深く、剣に入っていくことができたならば。

――ああ、なんか、めちゃくちゃ楽しくなってきたな。

抜刀術マスターを目指してがむしゃらになっていたガキの頃のような、全身の血が駆け巡っていく高揚感。頭の中の理想をどうすれば摑み取れるのか、とにかく考えて試さずにはいられないぞわぞわとした衝動。もしこのイメージを現実にできたなら、俺はファンタジー世界でも最高にファンタジーな抜刀術をマスターできる――のかも、しれない。

たぎるじゃねえか……。ふふ、テンション上がってきたぜ。

（……って、これが片目片足なくした人間の考えることかね）

我ながら呆《あき》れるというか、なんというか。つくづく俺は、あのジジイに生粋の剣士として育て上げられてしまったのだと実感する。

たしかに抜刀術は前世からの憧れだったが、ジジイの下でアホみたいな修行を最後までやりきり、こんな体になってもなお微塵《みじん》も剣を捨てようと思わない――そんな剣術バカな人間になってしまったのは、なによりも俺の中にジジイの血が流れているからなのだと思う。

……この無限に広がる剣の地平を、ジジイはどこまで進んでたんだろうな。

剣を横に振るえば数十の木々をまとめて丸太に変え、縦に振るえば大地を割っていたようなバケモンだ。剣にこんな領域があるなんて一言も教えてはくれなかったけれど、もしかするとジジイにも、研鑽《けんさん》の果てに辿《たど》り着いたジジイだけの領域というものがあったのかもしれない。

やっぱり遠いな、ジジイの背中は。

でもそれでこそだよ、本当に。たった十七の若造程度が追いつける背中なんて、拍子抜け以外の何物でもないからな。

ともかく、これは今後の新たな研究課題だ。有意義な結果が得られたので座禅は終わりにする。精神世界の海から浮き上がり、視界をゆっくり元の世界へ戻していくと、

「――ふあっ」

そんな気の抜けた少女の声と、床になにかが倒れるちょっとした物音。驚いて振り向くと、ユリティアが頬を上気させながらぺたんと尻餅をついていた。

その傍《そば》には、どことなくぽーっと見惚《みと》れているような様子のアトリもいる。……なんだなんだ、たしかに鍵は開けておいたけど、二人ともいつの間に入ってきたんだ？　座禅に集中していてぜんぜん気づかなかった。

「……ウォ、ウォルカ」

しかも朝が苦手なはずの師匠まで目を覚ましており、なにやらぱちくりとした顔でしきりに俺を見つめている。……いったい何事？

ユリティアが尻餅をついたまま、

「ご、ごめんなさい。あの、ノックはしたんですけど……」

「悪い、気づかなかった。でも声をかけてくれれば」

「えっと……声もかけたんです……」

「……すまん」

ええ……それでも気づかなかったってなにをやってるんだ俺は。集中しすぎか。座禅に没頭する様子を途中から見られていたと思うと少し恥ずかしくなる。変な顔してなかったよな？

……。

ところでユリティア、妙に呼吸が荒くない？　なんでハアハアしてんの？　顔も熱っぽく見えるし、なんかそこはかとなく不健全な感じが――

「ユリティア、大丈夫か？　どこか具合でも……」

「い、いえいえ大丈夫ですっ!?　ただその、あの……はぅ」

ため息をつかれてしまった。おい、本当になにがあったんだよ！

アトリがベッドに膝を乗せ、俺の目の前までぐいぐいと身を乗り出してきて、

「ウォルカ……今、なにしてたの？」

「なにって、座禅だが」

「でも、うんと……すごく集中してた」

「……座禅だからな」

座禅なんだから集中するのは当たり前だろうが……！　おいどういうことだ！　ますます意味がわからないんだが!?

「なんだか、違う世界を見てるみたいだった」

ち、違う世界？　……あー、視界を断ったイメージだけで捉えようとしたやつのことか。別にそんな大袈裟《おおげさ》なもんじゃないぞ。単なるイメージの話で、本当に違う世界を見ていたわけじゃないしな。

うーんと、なんて説明すればいいんだ？

「なんというか……剣に、もっと深く入れるような気がしてな」

「剣に、入る……」

「それで、『斬る』っていうのがいったいなんなのかを考えて……」

当然ながら、全員から疑問符が返ってくる。まあ、いきなりこんなこと言われても意味わからんよなぁ。あー、つまり……つまりだな……、

「『斬る』っていうのはただ剣を振ることじゃなくて、思い描いた未来を現実に変えることなんじゃないかと――」

そこで俺は口を噤《つぐ》んだ。――いや待て。これって傍《はた》から見たら、ただの電波野郎のイタい発言では？

案の定、みんな疑問符を通り越して理解不能の表情になった。やっちまいましたねこれは。

「思い描いた未来を、現実に変える……？」

「せ、先輩……？　それってどういう――」

「なんでもない。すまん、ただの妄想だ……」

ほら見ろ、完全に『なに言ってんだこいつ』状態じゃねえか！　俺の口から想像以上にイタい発言が飛び出してきて、みんな思わずドン引きしているに違いなかった。もうやめよっかこの話……。

「ウォルカ、おぬしいったい――」

「なんでもないんだ、忘れてくれ。ほら、朝の鍛錬をするんだろ？　着替えるから外で待っててくれ」

追及しようとしてくるみんなをきっぱりシャットアウトし、部屋から強制退出してもらう。いいか

みんな、こういうときは深く考えず適当にスルーするんだ……無理に会話を続けようとしても、かえって相手の心を抉《えぐ》るだけだからな……。

ウォルカ、所詮おまえは無意識の電波発言で仲間にドン引きされる男よ。

俺は心の中で泣きながら着替えた。

少し時を遡る。

この日はユリティアも、ウォルカよりいくらか早いタイミングで目を覚ましていた。ゆっくり起き上がって右目をこすり、

「ん、んぅっ……」

上にひとしきり伸びをし、すとんと脱力してため息。そのまま十秒ほどぼーっとして、

「……よしっ」

両目をぱっちり開き、ふんす！　と気合を入れてベッドから出撃する。聖都に帰ってきて最初の朝であり、最初の鍛錬の時間だ。うとうとと目覚めの余韻に浸っている場合ではなかった。ユリティアにとって朝の鍛錬は、ウォルカと一緒に剣を振れる一番大切な時間なのだから。

ユリティアは姿見の前で簡単に髪だけ整え、昨夜のうちに準備していた着替えを持って部屋を出る。すぐ隣の扉をノックして、

「アトリさん、起きてますかー？」

もう一度ノック。それからしばし待っていると、

「ん……」

ドアが開いて、うとうとと寝ぼけ眼のアトリが出てきた。

黒い肌着姿で。ユリティアはわあわあと自分の体でアトリを隠しながら、

「ア、アトリさんっ、またそんな恰好《かっこう》で」

「別に誰も見てないし、これは見せても平気……」

「そうかもですけど……」

普段、アトリが民族服の下に着ている肌着である。アトリはちょっとズボラなところがあるので、寝るときはいつもこの肌着姿でそのまま寝ている。たしかに布面積が少なめな民族服の下では、普段から半分見せているようなものなのかもしれないが、

「アトリさんは、もっと自分が綺麗《きれい》だって自覚しないとダメですっ」

「……そうなの？」

「そうです。見せても平気だとしても、男の人は絶対……えっと……へ、変な目で見ちゃうんですからっ」

言い切ったユリティアはそれからはっとして、

「もちろん、先輩以外の男の人ですよ！」

「ウォルカになら、変な目で見られても……」

「だ、だめですだめですっ！　先輩はそんなことしないですもん！」

もう、と短く嘆息。性格の違いか文化の違いか、異国育ちのアトリはそのあたりがいかんせん無頓着すぎるのである。まあアトリなら、変な男が寄ってきたとしても片腕でぶちのめしてしまえるので、気にするにも値しないのかもしれないけれど。

「ともかく……おはようございます、アトリさん。今日もやりますよね？　お着替え持って、シャワーに行きましょ」

「ん」

アトリをちゃちゃっと着替えさせ、一緒にシャワーへ向かう。ユリティアたち女性陣が泊まっているのは〈ル・ブーケ〉の女性用フロアである三階で、シャワールームは一階の共用エリアに男女別で用意されている。

どうせ鍛錬が終わったら汗を流すのだから、いまシャワーを浴びても二度手間と思われるかもしれないが――そのあたりは、ウォルカの前ではいつも綺麗な体でいたいというフクザツな女心なのだ。寝汗のにおいとかしたらいやだし。

さて、シャワーを浴びに行くとき、そしてシャワーを終えて部屋に戻ってくるときは少し注意する必要がある。

というのもユリティア、一日の中でこのタイミングだけはウォルカとすれ違いたくないのだ。男性用フロアになっている二階、および共用エリアの一階でぱったり出くわす可能性は否定できない。

階段をそそくさ下りていく途中でアトリが後ろから、

「……ウォルカにバレるの、そんなにいや？」

「うー……や、やっぱり恥ずかしいんですよぉ……」

老若男女問わずほとんどの人がそうであるように、自分の部屋にいるときくらいゆっくり羽を伸ばしたいと思うのはユリティアも同じだ。となれば当然、なるべく窮屈な恰好もしたくないわけで。

そう、窮屈。

たとえば――サラシ、とか。

ゆっくり休みたいときは、さすがに、邪魔だなあと。

しかしいざ外すと、なるべく胸元が目立たないゆったりめの寝間着を選んでいるはずなのに、言い逃れのできない起伏が――

「はあ、なんでわたしだけこんなに……恥ずかしいし剣の邪魔だし、いらないのに……」

「リゼルが聞いたら泣き出しそう……」

「リゼルさんにあげたいです……」

「それ、リゼルの前で絶対言っちゃだめ」

とまあ、だからシャワーを浴びてきちんと身だしなみを整えるまでは、ウォルカに出会いたくないのである。

大きくなるなら身長がいいのに、とユリティアは心の底から思う。最低でも、今のアトリと同じくらいにはなりたい。そのためロゼに教わりながらきちんと栄養ある食事を摂《と》って、できるだけ毎日ミルクだって飲んでいるのに、どうしてこっちばっかり大きくなるのだろうか。

――そしてシャワーを浴びてきちんと身だしなみも整えたので、ユリティアはくるりと手のひらを返して、まっすぐウォルカの部屋へと向かうのだった。

「先輩、おはようございまーす」

ウォルカの部屋の扉は、ドアプレートが『就寝中』から『在室中』に替えられていた。なのでノックをして呼んでみるのだが、

「……？」

返事がない。うっかり二度寝してしまったのだろうか。もしくは昨晩、寝る前にドアプレートを替え忘れたままだったとか。

「せんぱーい？」

「ウォルカー？」

アトリと一緒にウォルカを呼ぶものの、やはり反応はない。

――まさか、なにかあったのではないか。

ユリティアは一秒で決断した。

「先輩、失礼しますっ……！」

幸い鍵は開いていた。ユリティアは全身を緊張させて中に飛び込み――そして、すぐに脱力した。

飛び込んだ瞬間、ベッドの上に座っているウォルカの姿が見えたからだ。

「先輩っ……もー、起きてるなら返事をしてくださいっ」

「心配する」

アトリと一緒になって文句を言うが、これにもウォルカはなんの反応も返さない。

「……先輩？」

――座ったまま寝てる？

さすがにおかしいと思い、ユリティアはウォルカの傍に寄って、肩をちょんとつつこうとした。

その、ユリティアの指先がウォルカに触れる寸前で。

「――!?」

止まった。全身が。呼吸ともども。

まるで抜き身の刃にうっかり触れかけたときのような、体中の産毛が逆立つ緊張感。

反射的に腕を引き、一歩後ずさる。

ウォルカが組んだ足の上に剣を置いて、瞑想《めいそう》している。それ自体はなにもおかしいことではない。武の道を極めんとする者が、こうやって精神統一の時間を設けるのはよくある鍛錬の風景だ。

よっておかしいのは、ウォルカから放たれるオーラの方。

「ッ……！」

一瞬で呑《の》まれた。走り抜ける電流で肌が痺《しび》れ、薄皮を切られる小さな痛みを覚えた。もちろん本当に電流が流れたわけではないし、本当に肌が切れたわけでもない。ウォルカのオーラに呑まれて陥ったただの錯覚――されど、まるで現実のように濃密なイメージを食らったのだ。

「っ……!?　な、なになになにっ!?」

朝が大の苦手なはずのリゼルすら、びっくりして一発で飛び起きてしまうほどの。

研ぎ澄まされた武人のオーラが他者を圧する話はよく聞くが、ウォルカのそれは『威圧』と表現するにはあまりに澄み切っていた。

（あ――こ、これ、あのときの――!!）

理解した瞬間、ユリティアの心臓が破裂しそうなほど高鳴った。

〈摘命者《グリムリーパー》〉を滅ぼし、精霊魔法〈暴食の弔客《グラトニア》〉を打ち破った、あの一閃。

世界から隔絶され、すべてが真白に染めあげられていくような――耳が痛くなるほどの静寂。

「〜〜……!!」

ユリティアの全身を、ぞくぞくと快楽めいた高揚が走り抜けていく。

薄く開かれたウォルカの左目から、かすかながら雷光のごとき煌《きら》めきが見えるのは果たして幻なのか。

ウォルカの精神が、剣と混じり合っていく。〈摘命者《グリムリーパー》〉との死闘を経てこじ開けた領域の、さらに奥深くへと踏み入れていく。

それは彼にしか辿り着けない、彼だけの剣の最奥。

ウォルカはただ、瞑想しているだけ。瞑想しているだけなのに、こんな。

世界でもっとも敬愛する剣士からこんな姿を見せつけられてしまったら、ユリティアはもう、魂の髄まで――

……それから十秒か、一分か。

ウォルカが座禅をやめた。真白に呑まれる感覚が夢だったように霧散し、ユリティアは足腰が立たなくなって尻餅をついてしまった。

「――ふあっ、」

「うお」

それでようやく、ウォルカはユリティアたちの存在に気づいたようだった。かすかながら困惑の色を浮かべる彼に対し、ユリティアたちは食らわされたイメージの余韻から抜け出せない。ユリティアはへたり込んだまま、

「ご、ごめんなさい。あの、ノックはしたんですけど……」

「悪い、気づかなかった。でも声をかけてくれれば」

「えっと……声もかけたんです……」

「……すまん」

心臓がどきどきしていて上手《うま》く呼吸できず、ウォルカに不審な目で見られてしまった。

「ユリティア、大丈夫か？　どこか具合でも……」

「い、いえいえ大丈夫ですっ!?　ただその、あの……はぅ」

しゃんとしなきゃいけないと頭ではわかっているのに、つい恍惚《こうこつ》としたため息がこぼれる。全身が火照って頭の中がチカチカしている。ちょっとマズいかもしれない、このままではウォルカに変な女と思われてしまうかも――

というユリティアの心を察してくれたのかは不明だが、アトリがベッドの上までぐいぐいと身を乗り出していって、

「ウォルカ……今、なにしてたの？」

「なにって、座禅だが」

「でも……うんと……すごく集中してた」

「……座禅だからな」

「なんだか、違う世界を見てるみたいだった」

「……？」

ウォルカはいまいち状況を理解していない様子だ。彼はただ無心に瞑想していただけで、それがユリティアたちになにを見せていたのかはまるでわからないらしい。首をひねりながら、

「なんというか……剣に、もっと深く入れるような気がしてな」

「剣に、入る……」

「それで、『斬る』っていうのがいったいなんなのかを考えて……」

突然哲学じみた問答が始まってユリティアは面食らう。『斬る』ということが、いったいなんなのか——どういう意味なのかすらまるで見当もつかぬ問いに、ウォルカ自身も水を摑もうとするように、

「『斬る』っていうのはただ剣を振ることじゃなくて、思い描いた未来を現実に変えることなんじゃないかと——」

ウォルカがなにを言おうとしているのか、ユリティアたちにはよくわからない。

「思い描いた未来を、現実に変える……？」

「せ、先輩……？　それってどういう——」

「なんでもない。すまん、ただの妄想だ……」

しかしそれっきり、ウォルカはきっぱりと話をやめてしまった。もしかするとユリティアたちがまったく理解できていないのを見て、これ以上は話しても意味がないと諦めてしまったのかもしれない。

「ウォルカ、おぬしいったい――」

「なんでもないんだ、忘れてくれ」

リゼルを抱きあげて、ベッドから下ろす。そのウォルカの眼差《まなざ》しは、あくまで穏やかだった。

「ほら、朝の鍛錬をするんだろ？　着替えるから外で待っててくれ」

「……わかりました。待ってますね」

その頃には、ユリティアもなんとか立ち上がれるくらいまで回復した。納得がいっていない様子のリゼルとアトリ、二人の手を引いてひとまず部屋から出て、すぐ横の壁にもたれかかって息をつく。

あの真白の感覚がまだ完全には抜け切らず、体にぞくぞくとした余韻が残っている。

「先輩……先輩はいったい、どこまでっ……」

胸の高鳴りが、治まらなかった。

ウォルカが〈摘命者《グリムリーパー》〉を討ったとき。〈暴食の弔客《グラトニア》〉を斬ったとき。そして、今。ユリティアがまざまざと肌で感じたのはこれで三度目。三度目だからこそ、よくわかる。

死の運命を超克した者だけがこじ開けられる、剣という道の極限にして最奥。

ウォルカはその領域に、ただ片足を踏み入れただけではない。

歩み始めているのだ。隻眼隻脚の体でも前だけを見据えて、途方もない最奥のさらに果てを目指して。ただ、剣に注ぐひたむきな想《おも》いひとつだけを胸にして。

「思い描いた未来を現実に変えるって、そんなの、ボクの故郷でも……」

「け、剣を振るときの考え方というか、心構えの話じゃよな？　だってそんなの、本当にできたら、もう魔法どころの話じゃ……」

常識的に考えれば、そうに決まっている。できるわけがない。できてしまったら、それはリゼルの言うとおり、剣術や魔法を超えた一種の現実改変になってしまう。

けれど。

〈暴食の弔客《グラトニア》〉を真っ向打ち破ったあの一閃。空間という絶対的な理《ことわり》を無視し、ルエリィの髪一本すら傷つけることなく、立ち塞がる敵だけを正確無比に斬り払ってみせた銀の雷光。

たとえば、〈七花法典《セブンズ》〉第三席――この国最強の聖騎士と謳《うた》われる男の剣技は、もはや常人には理解の及ばない領域に到達しているとも噂《うわさ》される。

だから、ユリティアが知らないだけで。

剣の最奥へ至った者たちには、彼らにしか理解できない世界があるのだとすれば。

（…………せんぱい）

光が強くなれば闇もまた濃くなる、とはよくいったものだ。ウォルカの剣が輝きを増せば増すほど、ユリティアの後悔と罪悪感も大きくなっていく。

もしも、ウォルカの体が無事だったなら。

ユリティアがただ守られるだけでなく、ともに戦うことができていたならば。

せめて片足だけでも、失わせずに済んでいたならば。

もう、ウォルカの行く道を遮るものなどなかったはずだ。若くして最奥へ至った剣士の名はやがて国中に知れ渡り、まったく新たな剣の地平を切り拓《ひら》いた『剣聖』として、歴史に不朽の名を刻み込んでいたはずだ。

誰にも言えない過去を歩んできた剣士は、そうして報われるはずだったのだ。

その輝かしい未来を粉々に破壊し、先が見えない茨《いばら》の道に変えてしまったのは、他でもないユリティア。

決して許されることではない。たとえウォルカがどれほど優しい言葉をかけてくれたとしても、許されるなどあっていいはずがない。

ウォルカは、己の命すら捨てる覚悟でユリティアたちを守ってくれた。

そうして、幸せになってほしいと願ってくれた。

だから、ユリティアが願うのは。

(わたし、もっと、先輩を……先輩だけを。もっと、もっと、ずっと――――)

ただウォルカのために、己のすべてをもって報いること。

それだけが、ユリティアにとっての贖罪《しあわせ》なのだ。

さて、本日の予定はまず大聖堂で褒賞の受け取りである。アンゼの話では準備が整い次第遣いを送るとのことだったので、鍛錬と朝食を終えたあとみんなで待っていると。

「やあやあウォルカ、今日はなんとも素晴らしい天気じゃないか！　君たちが褒賞を授かるのにふさわしい日だと思わないかいはっはっは！」

「今日も元気だなぁおまえ」

「太陽の下では僕も輝きを抑えられなくなってしまうものでね！」

街が充分に活気づいてきた頃、〈ル・ブーケ〉ロビーのドアベルを高らかに鳴らしたのはロッシュであった。うん、なんとなくおまえが来るような気がしてたよ。今日も背後にキラキラとキザなエフェクトが散っていてとてもまぶしい。

そして隣にはもう一人、ロッシュとはまた違った意味でキラキラしている祝福に満ちた少女の姿。

「みなさま、おはようございます！」

言わずもがな、アンゼである。どうやら二人仲良く迎えに来てくれたらしい。なんか、こうして見ると兄妹《きょうだい》みたいだな。どっちもキラキラしてるし。

「おはよう。君も来てくれたんだな」

「はいっ、わたくしはウォルカさまの後援者《パトロン》ですので！」

「くぉら、だからパーティの!!　わしらのパーティの後援者《パトロン》じゃって言うとるじゃろが!!　おぬし、さてはやっぱりウォルカを狙って……えっと、その……そうはいかんからなっ!?」

すかさず師匠がぷんすか怒るも、アンゼの祝福オーラがまぶしすぎるせいで呆気《あっけ》なく気勢を削《そ》がれた。「な、なんでこいつこんなに元気なの？」と目で助けを求められる。俺もわからん。

素直に訊《き》いてみる。

「アンゼも、なんというか……元気だな？」

「はいっ、今日はウォルカさまに褒賞を受け取っていただける日ですから！」

なんでそれで元気になるんだよ。自分のことみたいにニッコニコじゃん。なんか裏がありそうで怖くなってくるんだけど。

「支度が整っているなら、早速行こうじゃないか。アンゼが張り切って準備をしたからね」

「……そうか」

『アンゼが張り切って準備をした』ってだいぶ不安になるワードだな……。おい大丈夫だよな？　今日は普通に褒賞を受け取るだけだぞ？　ロッシュ、おまえがアンゼを止めてくれなかったらおしまいなんだからな？

このまま二人についていって大丈夫なのだろうか。しかし今更断れるものでもない以上、もはや何事もなく終わってくれることを祈る他ない。兄妹みたいにそっくりな二人と一緒に、俺たちは〈ル・ブーケ〉を出発するのだった。

のどかな朝の陽射《ひざ》しの下を歩きながら、ロッシュに問う。

「ロッシュ……なにか企《たくら》んでないよな？」

「ふむ？　まったく心外だね、僕が君を騙《だま》したりするわけないだろうはっはっは！」

めちゃくちゃ怪しい。斜め後ろから、師匠たちとアンゼの会話も聞こえてくる。

「アンゼ、まさか式典みたいな規模でやろうとしておらんじゃろうな？　ウォルカ一人なら構わんが、わしらは大袈裟なのは困るぞ……」

「そうですね……先輩には、むしろ式典がふさわしいと思いますけど……」

「ん、国を挙げて讃《たた》えるべき」

「ええ、わたくしもそう思うのですが……」

ええい物騒なことを言うな、たしか式典って外部にも一般公開する規模のやつだろ？　分不相応すぎるわ。そんな大々的にやられたら、俺の胃がプレッシャーでぺしゃんこにひしゃげてしまう。こういうのは身の丈に合わせるのが大事なんだって。

どうやら顔に出ていたらしく、横からロッシュが、

「ウォルカ。前々から思っていたが、君は名誉が嫌いなのかい？」

「嫌いというか……」

俺はそこまで言いかけて考える。そういった欲望が皆無だというつもりはないけれど、身の丈に合わない名誉は大変なだけだと思うんだよな。

たとえば冒険者の最高位であるSランクは、日々ダンジョンの最前線で魔物と戦い続ける英雄に与えられる称号であり、街で自由気ままな生活を送るなどありえない——なんて風潮が少なからず世間にはある。Sランクに昇格するということは、そんな英雄として人々の希望になる義務を負うということでもあるのだ。

尽きることのない名誉名声でウハウハな生活を、というのは誰だって最初は憧れるものだろう。し

かし実際は、名誉には相応の立場と責任が伴う。それによって生まれる面倒な世間体やら人間関係やらを想像すると、やっぱり俺のような小市民にはほどほどが一番だと思うのだ。

答える。

「名誉がほしくて、命を懸けたわけじゃないからな」

俺が〈摘命者《グリムリーパー》〉を死に物狂いで討ち破ったのは、ただ、師匠たちに生きていてほしかったから。

そしてそれは、見てのとおりもう叶《かな》っている。

「みんなが生きて、ここにいてくれる……それだけで、俺にとっては充分すぎる『褒賞』だ」

結局、それこそが俺の嘘偽《うそいつわ》りない本心だった。本来俺たちはあの戦いで全滅していたはずだったんだから、こうして誰一人欠けることなく平穏な日常に戻ってこられただけでいったいどれほど素晴らしいか。原作のあの胸糞《むなくそ》シーンを思えば涙が出てきそうだよ、俺は。

「……ふむ」

ロッシュは肩を竦《すく》め、

「やれやれ。君、本当にどうして騎士じゃないんだい？」

「俺に騎士が似合うと思ってんのか？」

「思っていなかったらこんなことは言わないさ」

「おまえな、その鎧《よろい》を俺が着てるとこ想像してみろ。たぶん笑えるぞ」

「そうかい？　……ふむ、そうかもしれないね」

「だろ。だいたい騎士ってのは――」

普段呆れるほど口下手な俺も、ロッシュ相手だと不思議とすらすら言葉が出てくる。男友達となら普通に話せるんだよな、俺。このあたりをもう少しでも、女性とのコミュニケーションに活《い》かせればいいのだけれど。

そう考えながら喋《しゃべ》っていたせいだろうか——背後の師匠たちがほんのいっとき、クッソ重い感情を孕《はら》んだ目で俺の背を見つめていたことには、そのまま最後まで気づかなかった。

道中そんなこんながありつつ、三十分ほど歩いて大聖堂に到着する。正面の大礼拝堂は今日もその門戸を広く開け放ち、足繁《あししげ》くやってくる礼拝者たちを寛大な懐で受け入れていた。

俺は念のためアンゼに尋ねる。

「……一応訊くけど、ここでやるなんて言わないよな？」

「それも、もちろん考えたのですが……」

もちろん考えたのかよ。

「ご心配なく。先日ご案内した奥の小礼拝堂にて、関係者のみで内密に執り行わせていただきます」

ならよかった。こんなバカ広い礼拝堂で、百は下らない衆目に晒《さら》されながら褒賞を受け取るなんて……う、考えただけで胃がキリキリしてきた。

昨日案内されたときと同じ回廊を通り、小礼拝堂の前までやってくる。

「さて、準備はいいかい？」

ロッシュは実に楽しげで、アンゼに至ってはもう待ちきれないといった様子でニッコニコだった。なんで褒賞を受け取る本人より期待に満ちあふれてるんだろうか。まあ、自分のことのように喜んでくれていると思えばありがたいけど……ほんとに大丈夫なんだよな？　信じてるからな？

「では──中へ」

ロッシュが左、アンゼが右に立って仰々しく礼拝堂の扉を開ける。なんだか王様とか貴族とか、ものすごく身分が高い人に謁見する前のワンシーンみたいだ──と、俺は妙な緊張をごまかすために冗談めかして考えていた。

そう、ほんの冗談のつもりだったのに。

──礼拝堂に、三人の少女がいた。

一人は最前列の長椅子に腰かけ、もう一人は車椅子に座り、最後の一人は……は？　ちゅ、宙に浮いてる？　なんじゃありゃ？

ともかく、退屈な待ち時間を世間話で紛らわしていた風の少女たち。長椅子に腰かけていた一人がすぐこちらを振り向き、立ち上がって、

「お、来た来た！　ったくもぉー待ちくたびー──んんっ、えほん！　……お待ちしていました、〈銀灰の旅路《シルバリーグレイ》〉のみなさま」

全員そんじょそこらのシスターではないと、ひと目見た瞬間一発でわかった。

なぜなら服が違うから。最上級の生地を惜しみなく使った壮麗な祭服。アンゼが着ているただの修道服とはわけが違う。あれは教会でも極めて高い地位にいる人間のための衣服であり、そんなものを身にまとう少女がいるとすれば――いやちょっと待て、

「えっ――えぇぇっ!?」

「……びっくり」

ユリティアが素っ頓狂な声で驚き、アトリも目を丸くして、師匠に至っては完全にぽかーんと思考停止に陥ってしまった。

しかし、みんなの反応もさもありなん。あそこにいるのがいったい誰なのか、これはさすがに俺でもわかる。わかってしまう。

「はじめまして。さあ、どうぞこちらへ」

「……、」

いや……いやいや、待て、待ってくれ。

たしかにさ、ロッシュとアンゼが上機嫌すぎて裏がありそうとは思ってたよ。でも、さすがにこれは予想外すぎるだろ。もしも予想できるやつがいるなら、そいつは間違いなくロッシュ以上のナルシストだ。

だってこちとら、どこにでもいるAランクの冒険者だぞ。そんな相手のためにわざわざこの人たちが出張ってくるなんて、予想できる方がおかしいに決まってる。「こちらへ」って言われて「あっどうも」なんて返せる相手じゃねえだろ!

「大丈夫ですよ、ウォルカさま」

その場から動けずにいると、アンゼが後ろから優しく俺の右手を取った。

「礼儀などはお気になさらず、普段通りのウォルカさまでよいのです。さあ」

「お、おい」

居ても立ってもいられない様子で手を引っ張られ、俺たちは半ば強引に祭壇の方へ。先ほど立ち上がった少女が、清らかに頬をほころばせて歓迎してくれている。

真っ白い髪に真っ白い祭服。その瞳と肌の色以外、ほとんどすべてが純白に包まれた少女。

聖女である。

もう見るからに、聖女なのである。俺は聖女の顔なんて一人も知らないけれど、この壮麗な立ち姿と清澄なオーラを前にして「誰だこいつ？」ってとぼけられるほどアホじゃねえぞ……！

白い少女はスカートの左右をつまんで持ち上げ、優雅に一礼すると。

「〈白亜の聖女〉レスターディアと申します。どうか、お見知りおきを」

続けて、両目を眼帯で覆い車椅子に座る幼い少女が、

「〈星眼《せいがん》の聖女〉ユーリリアスです。はじめまして」

最後に、三日月の形をしたゆりかごか、はたまたクッションか……そんな感じの物体に寝そべって宙を漂う少女があくびとともに、

「ふあ……ん、……〈福禍《ふっか》の聖女〉。アルカシエル」

……ああ、なんとなくわかってきた。そりゃあ聖都の頂点におわす方々なのだから、〈ゴウゼル〉

で起こった騒動を耳にしていてもなんらおかしくはない。むしろ聖都をそれなりに震撼《しんかん》させた事件だったのを踏まえれば、かなり細かいところまで聞き及んでいるのではないか。

具体的には、誰がどんな魔物を倒したのか、とか。

純白の少女――〈白亜の聖女〉レスターディアが、くすりと上品に微笑を深める。つまり、この三人が俺たちを待っていた理由は――

「お話はかねがね……お会いできて嬉《うれ》しいですわ、ウォルカ様」

おいロッシュ!! ハメやがったなてめえ!?

振り返って目で訴えるも、ロッシュは扉のところでニコニコしながら手を振ってくるだけだった。

ちくしょう！


聖都〈グランフローゼ〉には、四人の聖女がいる。

〈白亜の聖女〉。

〈星眼《せいがん》の聖女〉。

〈福禍《ふっか》の聖女〉。

あと一人は……たしか、〈天剣の聖女〉だっけ？ たぶんそんな感じだったはずだ。

人の身でありながら天より神の力を賜った彼女たちは、すなわち神の化身であり、〈聖導教会《クリスクレス》〉の絶対的な象徴として聖都の人々から厚く信仰されている……らしい。

これは原作知識ではなく、俺がウォルカとして生きてきた十七年の中で得た認識である。『原作』は前世の俺が生きている間に完結せず、結局『四人のすごい聖女がいる』という伏線から先を知ることはなかったからな。

ではウォルカとして十七年生きてきた今なら聖女について詳しく知っているかといえば、正直なところそうとも言えない。

俺は元々政界や芸能界など有名人にまったく興味を持っておらず、今世でも貴族やらなにやらといった高貴な人々に対しては、基本的に知ったこっちゃない精神で生きてきたというか。世の中にはそういう住む世界が違う人たちもいるんだ、くらいにしか考えていなかった。

だが原作を思い出してしまった現在の俺にとっては、ある種の危険人物として格上げが検討されている方々である。

結局原作ではわからずじまいだったが、作中最重要クラスのキャラクターとして華々しい登場が予定されていたのはまず間違いない。つまり彼女たちは『未登場の原作キャラ』であり、その周囲には様々なフラグがゴロゴロと転がっているのであり、なにかの拍子に関わってしまえば原作に引きずり込まれてしまう可能性を否定できないのだ。

そんなキケンな聖女様が、なんと三人も、いま俺たちの目の前にいる。

考えてみれば、そうおかしな展開ではないのかもしれない。〈摘命者《グリムリーパー》〉の討伐が歴史的に見ても数少ない快挙であるならば、その褒賞を然《しか》るべき地位の人物から授けるというのは、聖都からするとごく当たり前のことに過ぎないのかもしれない。

しかし実際もらう側としては、青天《せいてん》の霹靂《へきれき》以外の何物でもないのだった。

「……なあ、師匠。こういうときって、片膝ついたりした方がいいのか？」

「ふえっ？　あ、えっと、ど、どうじゃろ……？」

師匠はまだ頭が再起動しきっていない様子だ。どうなんじゃろうなあ。騎士みたいに片膝ついてひざまずくマナーなんて知らないぞ。

みんなで顔を見合わせて困っていると、〈白亜の聖女〉のクスクスと微笑する声。

「どうかお気になさらず。特にウォルカ様はそのお体ですから、楽になさってくださいな」

「あ、ああ……いや、ええと、お心遣い感謝いたします……？」

「敬語なども不要ですよ。どうか、普段通りのあなた様を見せてはくださいませんか？」

――〈白亜の聖女〉レスターディア。

雪を映したような真白の髪を、首のラインに沿ってうなじが隠れる程度のショートカットにした、一見爽やかでボーイッシュな印象の聖女様だ。背はさほど高くなく、ちょうどアンゼとユリティアの中間くらい。顔かたちからはまだ幼さが抜けきっていないものの、頬に浮かべた微笑はなんとも端麗で、聖女の名にふさわしい落ち着きと上品さが感じられる。

瞳が宝石みたいに澄んだ赤色をしていて、これは……もしかしてアルビノってやつだろうか？　こうして実際目にするのは、前世を含めても生まれてはじめてだ。前世ではその神秘性から信仰の対象とされることもあったと聞くが、なるほどたしかに、その清浄な容姿は思わず畏敬の念を抱いてしまうのも無理からぬものだった。

そこらのシスターとは比較にもならない高い地位だとひと目でわかる、壮麗さを極めた純白の祭服に身を包んでいる。襟元や裾にピンポイントで入った赤いアクセントが白を一層引き立てており、その美しさはまさしく、聖女が俗世とは違う存在であることを俺たちに教えてくれるかのようだ。

そして頭を飾るきらびやかなティアラには、『雪』の結晶を象《かたど》ったと思《おぼ》しき小さな紋章が付けられていた。

「申し訳ありません、驚かせてしまいましたね」

そんな〈白亜の聖女〉ことレスターディアは少し眉尻を下げ、

「〈摘命者《グリムリーパー》〉の討伐を成し遂げた冒険者様が、いったいどのような御方《おかた》なのか……ひと目お会いしてみたかったものですから」

「そ、そうか……」

身に余る光栄すぎて、俺の胃が涙を流して喜んでいる。俺が前世に読んでいた範囲ではほぼ登場していなかったとはいえ、だ。俺たちみたいに一話で消えたモブとはなにもかも違う、正真正銘の『原作キャラ』と対面するのはこれがはじめてで、完全な不意打ちだったせいもありついつい体が固くなってしまう。

車椅子の聖女様も、澄んだ声音でほころんで、

「本当に、気を遣っていただく必要はありませんよ。ただのシスターがいるとでも思ってください」

思えるわけないだろうが！

……さておき、この車椅子に座った少女が〈星眼《せいがん》の聖女〉――人のあらゆる罪と嘘を見抜くというかの閻魔大王《えんまだいおう》様が、まさかこれほど幼い女の子とは夢にも思っていなかった。てっきり、厳格で融通が利かないエリート系の女性を想像していたのだ。見た目だけなら師匠と同じくらい小さいぞ。

「こんな恰好でごめんなさい。私、ご覧のとおり目と足がよくないもので……」

つくりのいい車椅子にちょこんと腰かけ、布を巻くように大きな眼帯で両目を覆っている。おそろいなんて表現するのは甚だ失礼だけれど、俺も片目が眼帯な上にちょっと前まで車椅子だったので、そこだけ切り取れば少し親近感を覚えないでもなかった。

「みなさんのことは伺っています。たしかウォルカ、あなたは私とおそろいで――いえ、こんな言い方は失礼ですね。ごめんなさい」

「いや……俺も少しそう思った。お互い様だ」

「あら……ふふ、お気遣いありがとうございます」

――〈星眼《せいがん》の聖女〉ユーリリアス。

先ほど言ったとおり師匠と同じくらい小さくて、一見すると聖女と呼ぶにも幼すぎる少女だった。顔の上半分が大きな黒い眼帯で隠されており素顔は窺《うかが》えないものの、たぶん見た目は十歳かそこらじゃなかろうか。一方で滑舌よく堂に入った話しぶりは俺なんかよりもずっと大人びていて、なぜだろう、俺は直感的に彼女が自分より年上だと感じた。まさか師匠と同じで、純粋な人間とは少し違うパターンだったりするのだろうか。

まっすぐ端正なセミロングの髪は、まるで美しい夜空をそのまま落とし込んだように幻想的な瑠璃色をしている。しかもいったいどういう原理なのか、毛先のあたりがキラキラと星空のごとく煌めいているときた。さすがは聖女様、容姿ひとつ取ってもそこらの一般人とは一線を画している。

身にまとう祭服はレスターディアとぱっと見同じデザインで、襟やスカートなど所々が菫《すみれ》色に変わった色違いバージョン。膝にブランケットをかけており、ティアラに付けられた紋章は『星』の形をしていた。

ユーリリアスは俺たちを順に見遣《みや》って、

「そちらの、ウォルカの次に大きな女の方がアトリ。私より少し大きいのがユリティア。そして……ふふ。私よりも小さいのが、リゼルアルテですね」

「はー!?」

微笑《ほほえ》ましげに名前を呼ばれて師匠が早速キレた。

「小さくないが！　別にそんな小さくないんだがー!?　おぬしと大して変わらんじゃろがっ！」

「ふふ、そうですか」

今にも胸倉摑んでケンカをおっ始めそうな師匠の剣幕も、ユーリリアスはちっとも動じずに受け流してしまう。これが聖女の肝っ玉なのか、そもそも目が見えていないからなのか——って、ん？

「もしかして、俺たちが見えてるのか？」

「いいえ、みなさんのお姿はわかりません。ですが気配というか、ぼんやりと輪郭みたいなものはわかるんですよ」

ユーリリアスは俺に顔を向けて、

「私の目は、あまり物を見るのには向いていないみたいで……」

物を見るのには向いていない、ね。じゃあなにに向いているのかといえば、そこでアンゼが言っていた『あらゆる罪と嘘を見抜く』という話につながるのだろう。

「それに、昔からよくないモノを呼び寄せてしまうこともあって……どうか顔を隠すことを許してください。こうしていれば、みなさんに害は決してありませんから」

あー、アニメや漫画でよくあるよな、そういうの。『○○の魔眼』みたいな。常人には見えないものが見えたり、変なモノを呼び寄せてしまったりというデメリットがあるところまで教科書通りだ。

師匠がつまらなそうにため息をつき、

「はあ、人を子ども扱いしたかと思えば腰が低いやつじゃな。そんなの気にせんから安心せい」

「そうだな」

むしろ俺も前世では右目が疼《うず》いていた経歴を持つ男なので、ちょっとカッコいいかもと思ってしまったくらいである。やっぱり、見た目も普通の目と違って特殊なんだろうか？　一度でいいからちょっと見させてほしい――あ、でもそうするといろいろ見透かされちゃうのか。うーん残念。

ユリティアとアトリも続いた。

「わ、わたしも気にしません！　大丈夫ですっ」

「よくないモノって、魔物？　ボクがぶっ飛ばすから心配ご無用」

目を隠している状態でも、俺たちが嘘をついていないと伝わるだろうか？　どうあれユーリリアスの口元が、ほっと小さな安堵《あんど》の形を作った。

「ありがとうございます。みなさん、お優しいのですね」

そうだろうそうだろう、俺の自慢の仲間たちだからな。そんなつまらんことで人を差別したりはしないぞ。最近ちょっと病んでるときあるけど……。

さて、これで残す聖女様はあと一人。

宙に浮かぶ大きな三日月型のゆりかごというか、クッションというか。そんな物体にうつ伏せでもたれかかり、すやすやと穏やかな寝息を……寝息？

「……ぐう」

「アルカ」

「はっ。……寝てないわ」

ユーリリアスに名を呼ばれて目を開ける。いや寝てたよな？　思いっきりすやすや寝息立ててたよな？

「ふあぁ……」

眠たげなあくびを隠そうともせず、最後の聖女様はゆりかごと一緒に俺の前までふよふよ漂ってきて、

「……きみが、ウォルカ？」

「あ、ああ……」

俺を上から下まで観察し、「ふーん、そう……」と意味ありげなつぶやきをするのだった。

――〈福禍《ふっか》の聖女〉アルカシエル。

この三人の中では、一番摩訶不思議《まかふしぎ》な出で立《いでた》ちをしている聖女様だといえる。なにせ大きな三日月のゆりかごらしき物体をふよふよ宙に浮かべ、その上でいかにもやる気がなさそうに寝そべっているときた。つまりは、空中浮遊している聖女様なのだ。ここまでインパクトのある見た目もそうそうない。

見る角度によって白くも蒼白《あおじろ》くも、淡い燐光《りんこう》を帯びているようにも映る神秘的な髪は嘘みたいに長く、彼女が浮遊しているのは俺の目線とほぼ同じ高さなのだが、それでもゆりかごのあちこちからしゃらりと垂れ下がって床まで届いてしまいそうだ。もし彼女が普通に立ち上がったら、髪が完全に地面についてしまうのではなかろうか。師匠よりも髪が長い女の子は、もしかすると人生ではじめて出会ったかもしれない。

背丈はおそらくアンゼより少し高いくらいで、この場にいる三人の聖女の中では一番年上らしい印象を受ける。透き通る薄い碧眼《へきがん》はとにかく眠そうで、今にもうつらうつらと船をこぎ始めそうだ。淡い燐光を帯びて気ままに宙をたゆたう少女——三日月のゆりかごもあいまって、まるでこの世界の月が人の姿を取ったかのようではないか。

まとう祭服は例によって、所々の色が蒼白く変わった色違いバージョン。頭のティアラに付いた紋章も、案の定というべきか『月』の形を象っていた。

……それにしてもこのゆりかご、どういう原理なんだろう。魔法で浮かべているにしては、なんの魔力も感じないけど。

俺の視線に気づいたアルカシエルは、寝落ち寸前みたいにぼんやりとした声音で、

「ああ、これ……これはね、〈月天《げってん》〉っていうの。これに乗ってれば、いつでもどこでもぐっすり眠れるの……」

「どうやって浮いてるんだ……？」

「それは……聖女ぱわー、的な？」

割と適当らしい。まあ聖女様だしな。原作で華々しい登場が予定されていた存在と考えれば、これくらいクセがあってむしろ当然なのかもしれない。

ふあぁ、とアルカシエルはまたあくびをして、

「……ねえ、なにか困ったことはある？」

「は？　いや……特には」

脈絡のない質問に俺は戸惑う。なんだいきなり。

「そう。もしなにか困ったことがあったら、そこのアンゼに相談しなさい。教会が力になったげるから……」

いや、なんの話だ。なんで俺たちを教会がサポートするなんて話になってるんだ？　アンゼが後援者《パトロン》になったことを言ってるのか？

アルカシエルはどこまでも眠そうに、

「あたしはね、楽がしたいの。なんにもしないで、一日中だらだら、ぼーっと寝ていたいの……」

「はあ……」

「きみみたいに優秀な冒険者が多ければ多いほど、聖都が平和になって、巡り巡ってあたしも楽でき

るでしょ。……だから、期待してるわ」

つまり、「これからも聖都のためにキビキビ働けよ」ってこと？　俺、片目片足なくした大怪我人なんですけど……。

この聖女様、さてはあれだな？　もしかしなくても、結構ぐうたらでダメなタイプの聖女様だな？

「ふあぁ……ねむ」

やる気のないあくびがなによりの答えだった。聖都の人々からたくさんの信仰を集める聖女様が、こんなやる気皆無のぐうたら娘でいいのだろうか。……まあ実際、聖都が世界有数の都市として立派に発展しているのだから、いいのだろうか。

「それで、ウォルカ様。今回お渡しする褒賞金についてなのですが……」

俺はレスターディアに向き直る。レスターディアが目を遣った先——祭壇の説教台に、今回の褒賞金を収めていると思しき質のいい布袋がいくつか置かれている。

「全額をお受け取りになりますか？　それとも、一部のみにしましょうか？」

「一部？」

「何分、金額が金額ですので……もし大金を持ち歩くことに抵抗がおありでしたら、今回は一部のみ受け取って、あとはご入り用の都度教会へお申し付けいただく形でも構いません。一部のみの場合——」

レスターディアは説教台の傍に立ち、丸々とした金色の布袋を手のひらで示して、

「こちらの金の袋をお渡しいたします。中身は金貨です」

「……全額の場合は？」

その隣、刺繍《ししゅう》まで入った一番高そうな銀色の袋を示す。

「こちらの銀の袋を。……中身はすべて、星銀貨《せいぎんか》です」

「せ、」

変な声が出そうになった。

星銀貨――金貨よりもさらに上、この世界でもっとも大きな価値を持つ貨幣である。遥《はる》か太古に流れ星が落ちた場所から産出される、『星銀《スターシルバー》』という貴金属で作られている。星銀は流れ星、すなわち神々より贈られた金属として古来から非常に高く神聖視されており、ゆえにその資産価値も金を上回るというわけだ。

袋いっぱいの金貨でも相当なのに、それが星銀貨ともなれば――。

レスターディアの言う意味がよくわかった。たしかに、俺みたいな一般人が袋いっぱいの星銀貨なんて持ち歩いたらトラブルの元かもしれない。つまり彼女は、教会を銀行のように使っていいと提案してくれているわけか。

「……わかった。一部だけにしよう」

「ええ、私もその方がよいと思います。聖都といえど、盗難や強盗の危険がないとは限りませんから……」

もし今までの俺だったら、金貨の方だけで充分だと思わず腰を低くしてしまっていたかもしれない。

しかし今の俺は隻眼隻脚の体で、義足だけでも今後どれだけ金がかかることになるのか見通しがつかなくて、師匠たちになるべく余計な苦労もかけたくないのである。ならばここは、死に物狂いで戦った報酬として堂々受け取っておこう。世の中金ですべて解決できるほど甘くはないけれど、少なくとも金があれば、その分だけ様々な選択肢が生まれるのだから。

レスターディアは上品に手のひらを合わせ、

「それでは、授与式を執り行いましょう。仰々しい空気はお嫌いと伺っていますので、どうかお気兼ねなく受け取ってくださいな」

大袈裟なのは困るという俺たちの意向を汲《く》んでくれたらしく、授与式はわざわざ『式』と呼ぶほどでもない実に簡略的なものだった。退屈な余興や長ったらしい挨拶は一切なく、レスターディアから金色の布袋を受け取る。師匠たちにも〈ならず者《ラフィアン》〉討伐分ということで、いくらかのお金を収めた小さな袋が与えられた。

そしてユーリリアスとアルカシエルからは、〈聖導教会《クリスクレス》〉が聖都で模範的な功を立てた者に下賜するという、教会の十字架が刻まれた銀の褒章をもらった。

〈摘命者《グリムリーパー》〉を倒して大規模な被害の発生を防いだから、ということらしい。この褒章を持っておけば、教会やその関連施設で様々な優待を受けられるようになるとか。

師匠たちは最初、「わしらにそんな資格はない」と辞退しようとしていたが、

「みなさまも、〈ならず者《ラフィアン》〉を討伐し被害の拡大を防いでくださったのは同じです。それに……ウォルカさまをお支えしていく上で、こちらの褒章をご活用いただける場面は多いと思います」

「んむ……」

そうアンゼに説得され、しばらく悩んでからついに受け取ることにしたようだった。そうそう、師匠たちにもちゃんと受け取る資格はあるさ。みんながいなければルエリィたちを助けられなかったんだから、胸を張っていいのだ。

「——よし。これで一応、唾をつけたってことになるかしら……」

その片隅でアルカシエルがぽつりとなにかつぶやいていたが、師匠たちに気を取られていた俺はあっさりと聞き逃してしまうのだった。

そんなこんなで、授与式は五分もかからず終了した。アルカシエルが〈月天《げってん》〉の下に寝そべったまま、まるで本日一番の大仕事を片付けたとばかりに伸びをして、

「ふあぁ……それじゃあ、あたしとユーリは戻るから。あとはよろしくね」

「ロッシュ、車椅子をお願いしてもいいですか？」

「仰せのままに」

ユーリリアスの指名を受け、ずっとニコニコと扉を守っていたロッシュが速やかに馳《は》せ参じた。こいつ、ヒラ騎士のくせに聖女様の車椅子を任されるとは……だが、この場では的確な人選なのだろう。女性の扱いならお手の物だからな、こいつは。

そして、横を通り抜けていくロッシュの背中へ俺は忘れずに一言。

「おまえ、今日のことは覚えとくからな」

「ふむ？　なんのことか僕にはさっぱりだよ。はっはっは」

白々しいにもほどがあるだろ。おまえもグルだって言い逃れできねえからな。いつかどうにかして

見返してやるから覚悟しとけよ……！

ユーリリアスがぺこりとかわいらしく会釈し、アルカシエルは最後までぐーたらのまま、

「それでは、失礼します。また、こうしてお話しできるといいですね」

「いい義足、見つかるといいわね。きみには期待してるから……」

普通の冒険者だったら、聖女様から直々に応援のお言葉をいただくなんて最高の名誉に違いない。

だが俺は、なぜだろうか……受け取った銀の褒章がなんだか首輪のように見えてくる気がして、薄れていた警戒心がふつふつとぶり返してくるのだった。

ユーリリアスがロッシュに車椅子を押され、アルカシエルもふよふよとクラゲみたいに漂って礼拝堂を去っていく。なので、あとは俺たちも慎み深くこの場から失礼するだけ——と思ったのだが。

「ウォルカ様。差し出がましいお願いかもしれませんが……少し、二人でお話しできませんか？」

「……？」

なぜか、レスターディアに俺だけ呼び止められた。当然、俺が返すのは疑問符である。

「二人で？」

「はい、二人で」

え、なんで。この場にいるのは俺たちパーティとアンゼ、そしてレスターディアだけだ。別に部外者もいないのだから、このまま普通に話せばよいのでは？

同じことを考えた師匠が、眉間に不信感をにじませて尋ねる。

「なぜ二人になる必要があるんじゃ。わしらに聞かれるとなにか困るのか？」

「内密に、お話ししたいことなのです」

内密にって、聖女様から内緒話をされるような心当たりなんてまったくないんだが。

いかにも怪しさ満点であり、当然師匠も承服しない。

「ダメじゃや、わしだけでも一緒に――」

「ご安心ください、リゼルアルテさま」

そこに、アンゼが優しく割って入ってきた。

「ここは大聖堂ですから、ウォルカさまに万が一は絶対にありえません。ほんのいっとき、扉の向こうでお待ちいただくだけでよいのです」

「む、むう……」

最近の師匠は、アンゼにまっすぐな目でお願いされるとちょっと弱いところがある。レスターディアも丁寧に頭を下げて、

「決して、みなさまを失望させるような真似《まね》はいたしません」

「……」

アンゼとレスターディアを交互に見て、やがて師匠はため息をついた。

「……わかった。じゃが少しでも妙な気配を感じたら、この礼拝堂、当面のあいだ使い物にならなくなると心得ておけ」

「はい。〈白亜の聖女〉の名に誓って」

師匠すげえ、教会トップの聖女様を真正面から脅すのかよ。さすがは偉大で尊大な大魔法使い――

と俺が思ったのも束《つか》の間《ま》、師匠はこちらを振り向くなりぷんすこ頬を膨らませて、

「ウォルカもっ、こんなきれーな人だからって流されちゃダメだからね!? 聖女とか関係ないんだからね！ 変なことされそうになったら、ちゃんと抵抗して助けを呼ぶんだからね!?」

いったいなんの心配をしてるんだろうか。師匠、俺がなにされると思ってんだ？

なにかあったらすぐ助けるからねーっ！ と手を振り回し、みんなに引っ張られたり押されたりしながら師匠が退室していく。うん、やっぱり師匠は師匠だったな。

……で、だ。ステンドグラスがまばゆい光を帯びる礼拝堂で、俺はレスターディアと二人きりになったわけで。

どんな話かは皆目見当もつかないが、聖女様と一対一は胃と心臓によろしくない。なので俺はさっさと済ませてしまおうと思い、

「それで、話って――」

「……だぁ～～っ、あー疲れたぁ！」

……はい？

なんの前触れもなかった。俺と二人だけになった途端、レスターディアが突然――本当にいきなり、なんというか、

「あーやだやだ、やっぱ猫被《かぶ》って愛嬌《あいきょう》振りまくのはおれの柄じゃねえわ。疲れるったらありゃしねえ」

「…………」

「聖女って肩書もめんどくせーよなー。あんたもそう思わねえ？」

別人になったというか。

礼儀正しく気品のある佇《たたず》まいを影も残さず吹き飛ばし、
綺麗に整えていた白髪を手でくしゃくしゃにして、
近くの長椅子に行儀悪くも背中から座り込み、
まるで少年のように無邪気な言葉遣いで、

「それじゃ、ここからはお互いラフにいこうぜ。あんたも堅苦しいのは嫌いだろ？」

彼女は俺の顔を斜め下から覗《のぞ》き込むと、白い歯を見せて人懐っこく笑うのだった。

「改めて、〈白亜の聖女〉レスターディアだ。……ディア、って呼んでくれてもいいぜ？」

……あのー、どちら様ですか？

待て待て、一旦冷静に整理しよう。俺の第一印象でいえば、レスターディアの立ち振る舞いはアンゼとよく似ていた。丁寧な物腰で言葉遣いも上品、常に清らかな微笑みをたたえていて、一挙手一投足に奥ゆかしさがあって。世の人々が『聖女』と聞いて思い描く人物像をそのまま現実にしたのが、まさしくレスターディアなのだろうと思わせられる説得力があった。

しかし、いま目の前の彼女は。

「適当に楽にしてくれよー。今度は誰も見てないからさ」

礼拝堂の長椅子にふんぞり返って、気だるげな顔で肩を回したり伸びをしたりしている。言葉遣いもなんだか少年みたいになって、先ほどまでの気品ある佇まいはもはや完全に行方不明だ。

……本当にどちら様？

「とりあえず座ったら？」

レスターディアが自分の隣をてしてしと叩《たた》く。そこに座れと？

「いや、俺は」

「あー？　聖女様のお願いが聞けないってんのかー？　なんだてめー」

いくらなんでもいきなりフランクすぎるだろ！　同じクラスの男子高校生か俺らは！

「なんだよ、さっきからぼけっとして」

「……すまん。さっきまでと別人すぎて、頭が追いついてない……」

えーと……つまり先ほどまでの彼女は、聖女としてふさわしい印象のために猫を被ってたってことか？　それ自体はまあ、神の化身と謳われても聖女だって立派な乙女である、世間体を気にしてオトナっぽく振る舞おうとする一面があったって不思議ではないだろう。

ただ問題は、あまりに別人すぎる落差でこっちの脳がバグってしまいそうなのと、一体全体どういうつもりなのか、その猫被りを俺と二人きりになった瞬間あっさりとやめたことで。

レスターディアはにっといたずらな笑顔を見せ、

「びっくりした？　結構上手く猫被ってただろ？」

座ったまますっと姿勢をよくし、「えほん」と咳払《せきばら》いひとつ置いただけで、

「〈白亜の聖女〉レスターディアと申します。どうかお見知りおきを……」

「おお……」

いや本当に、二重人格でもおかしくないくらいの変わりようである。単純な雰囲気はもちろん、顔

つきや声の印象までぜんぜん別人じゃないか。女の子の猫被りってすげえ……。

そうこうしているうちにレスターディアはまたふんぞりかえって、

「まあ、いわゆる『聖女モード』っていうか？　さすがにお勤めやってるときまでこの感じだと、聖女として問題あるからさ」

「……俺の前ではいいのか？」

「なんか、あんたとは気が合いそうだなーって思って」

なにゆえ。俺のいったいどのへんにシンパシーを感じるような共通点があるんだろうか。そして天下の聖女様から「気が合いそう」なんて言われた一般人の俺は、いったいどう反応するのが正解なのだろうか。

返事に困っていると、無邪気なレスターディアの笑顔にふと不安げな影が差した。

「……あ、あのさ。もしかして……結構幻滅してたりする？　や、やっぱりこんなの、女らしく——」

「ああ、悪い。そういうことじゃなくて」

いかんいかん、俺が無愛想すぎるせいでいらない誤解をさせてしまった。

別に、二重人格レベルの異次元な猫被りを見てドン引きしているわけではないのだ。こちとら師匠の師匠モードと幼女モードの反復横跳びに長年付き合ってきたベテランだからな、この程度で印象を悪くするほどチンケな人間ではない。

ただ……ほら、そっちが教会のトップに君臨する聖女様なのに対して、こっちはただのしがない一般人なわけで。生まれも身分もあまりに違いすぎるわけで。そんな道端の石ころ同然のやつが、聖女様のこのノリに付き合ってもいいのだろうか。「じゃあよろしく頼むわハハハ」なんて隣に座った瞬間、不敬罪で異端審問送りにされたりしないだろうな？

「……あとになってから不敬罪とか、なしだからな？」

「ないない、絶対ないって。友達待遇ってことで」

なんでもう友達認定されてんだよ！

……なにがなんだかよくわからないけど、ともかくこうなった以上はさっさと切り抜けてしまうのが一番かもしれない。下手に口答えして、〈銀灰の旅路《シルバリーグレイ》〉の印象まで悪くしてしまったら嫌だしなぁ。

これだから『高貴な人々』ってのに関わるのは好きじゃないんだ、胃が重いったらありゃしない……。

意を決して、レスターディアの隣に座る。

「あ、」

「改めて、ウォルカだ。……まあその、よろしく頼む」

レスターディアは少しのあいだだけ口を半開きにして、それからみるみる笑顔の大輪を弾《はじ》けさせると、

「そ、そっかそっか！　やっぱり気が合うじゃんかぁ、ありがとなっ！」

「いって」

まるで肩を組むように急接近して、俺の背中をバシバシと遠慮なく叩いてくるのだった。ス、スキンシップまでお構いなしか。聖女として大切に育てられた弊害なのか、異性に対してちょっと距離感がおかしい気がする。完全に同性感覚で接してるというか……。

しかしレスターディアの急接近はなおも留《とど》まるところを知らず、

「じゃあ、おれのことは『ディア』でいいから」

「……いや、それはさすがに」

「ディア」

俺の傍にぐいと顔を近づけ、赤い瞳でお手本のようなジト目を作って、

「ディアって呼べ。ディー、アーっ」

俺は確信した。この子、異性に対して完全に距離感バグってるわ。

「……わかったよ、ディア」

「うむ、苦しゅうないぞー。ふふっ」

レスターディア、改めディアが満足そうに微笑む。うーむ、ここまで男に無警戒だとちょっと心配だな……。聖女様なら教会のトップとして他国の要人と会談する機会もあると思うんだけど、悪い大人に騙されたりしないいんだろうか。

「で、話なんだけど。まず軽い話からするな」

どうやら重い話もあるらしい。早く帰りたい。

「今回の件で、あんたの情報をギルドからもらったりしたんだけどさ。……王都の生まれなんだってな」

言葉尻に、「よりにもよって王都かぁ……」という渋い感情が込められているのを感じた。そういえば、聖都と王都――もとい〈聖導教会《クリスクレス》〉と〈魔導律機構《マギステリカ》〉は仲がよくないんだったな。聖女様も、

向こうのことはあまり快く思っていないようだ。

で、それがどうしたのかといえば。

「なんてーか……将来は、王都に帰ろうとかさ。そういうのって考えてる？」

「……？」

……どういうこと？

いや、質問の意味はもちろんわかる。意味はわかるのだが、意図がわからない。聖女様がそんなことを訊いてどうするんだ。

とりあえず、隠すようなことでもないので素直に答える。

「今は考えてないな」

「へ、へえ……」

ディアはなんだか興味深そうに、

「故郷だろ？　普通は恋しくなったりするもんじゃねえの？」

「んん……」

そう……なのか？　俺は両親が死んですぐジジイに引き取られたから、王都に住んでいたのなんて四歳か五歳くらいまでの話だ。しかも成長につれて当時の記憶がどんどん薄れてしまい、今はもう故郷という感覚すら希薄になりつつある。

それに俺たちのパーティって、アトリ以外は王都に対していい印象を持ってないんだよな。

師匠は〈魔導律機構《マギステリカ》〉と完全に袂《たもと》を分かっているし、ユリティアも当分実家とは関わりたくないみたいだし。俺としても昔はさておき、『原作』を思い出した今となっては極力近寄りたくない都市の筆頭だ。

〈魔導律機構《マギステリカ》〉が次々生み出す魔導具によって輝かしい発展を続ける王都は、単に生活するだけなら便利で快適な都市なのだろう。しかしそれらの革新がなんの代償もなく、突然地面からポコポコと生えてきているわけでは断じてない。魔法の研究が盛んな王都には、あまり表沙汰にできないダークな実験を繰り返しているという裏の顔が存在するのだ。

具体的には、罪人を使った人体実験……とかな。

あくまで罪人だけというのが救いだし、人類が発展していく上で避けては通れない道なのかもしれないけれど……まあ、聞いていて気持ちがいい類の話ではない。

そしてなにより王都は『原作』の舞台。今の俺からすれば、物騒なフラグがゴロゴロと転がる超危険ダンジョンも同然だ。

どうしても行かなければいけない理由でもない限り、近づくのは御免だな。似たような理由で、エルフィエッテの件も見送ったわけだし。

「俺も仲間も、王都にはいい印象がないからな。ちょっと立ち寄るくらいはともかく、あそこで暮らすことはないと思う」

「ふ、ふーん。そっかそっか……」

ディアは妙にほっとした様子だった。心配事がなくなったように緩んだ顔をして、

「じゃあ、死ぬまでずっと聖都で暮らしてくれるんだなっ」

そこまでは言ってねえよ。

「ほら、あんたがいなくなったらアンゼが悲しむだろ？　聞いたぜ、あんたらの後援者《パトロン》になったって」

なんでそれを聖女様が知って――と一瞬思ったが、別に不思議でもないか。アンゼはロッシュ共々教会の使者としてあの街に赴いたのだから、後援者《パトロン》の件含めてすべての出来事をしっかり上司に報告したということだろう。

「そういえば、シスターを後援者《パトロン》にするのって大丈夫か？　まだギルドで手続きはしてないから、問題あるなら……」

「そのへんは気にすんな。手続きもウチでやっとくから、あんたはなにもしなくていい」

「それは……いいのか？」

「そっちの方が都合がいいんだ。あー……ほら、教会とギルド、どっちにも絡むからさ」

なるほど、たしかに。だったら有識者に任せておくのが一番か。

「ありがとう、助かる」

「あんたがなるべく不自由なく生活できるように、教会もサポートするからさ。あいつのこと、よろしくな」

てっきり「ウチの優秀な若手になに勝手なことしてんだ」とガンをつけられるかと思いきや、どうやら後援者《パトロン》の件は晴れて聖女様公認となったようだ。しかも〈摘命者《グリムリーパー》〉討伐の実績があるからとはいえ、しがない一般人の俺まで快く気遣ってくれて……これが聖女様の器か。原作さえ思い出していなければ、俺も「ありがたやありがたや」と懐柔されてしまっていたかもしれない。

「……それじゃあ、次は真面目な話な」

と、ここでディアの快活な雰囲気が鳴りをひそめる。彼女は長椅子の背もたれに重く体を預け、区切るように宙へ深い吐息を伸ばした。

「……〈ゴウゼル〉の踏破承認をしたパーティのこと、なんか聞いてるか？」

「いいや」

そっか、とディアは小さく相槌《あいづち》を打ち、

「じゃあ簡単に教えてやるな。パーティ名は、〈炎龍爪牙《フランヴェルジュ》〉っていうんだけど」

「〈炎龍爪牙《フランヴェルジュ》〉……」

なんか聞き覚えがあるな。たしか、そこそこ実績のあるAランクパーティじゃなかったっけ？

「そのパーティが、まあちっと怪しくてな。ウチで身柄を拘束して、もうすぐ『審判』することになってんだ」

俺は眉をひそめた。『審判』とは、この国では〈聖導教会《クリスクレス》〉で執り行われる裁判のことを指している。

それはつまり〈炎龍爪牙《フランヴェルジュ》〉に、裁判をしなければならないような嫌疑がかかっているということだ。

にわかに信じがたい話ではあった。直接の面識はないけれど、ギルドでパーティの面子《メンツ》を見かけた記憶がおぼろげにある。その中でも特に、

「たしか、かなり正義感強そうな女の人がいたよな。ああいう人がいるのに……」

男相手にもまったく物怖《ものお》じせず、ズバズバと遠慮のない性格でパーティの尻を叩いていた女戦士だったはずだ。あんなしっかりした人の引っ張るパーティが審判行きなんて、いったいなにがあった

のだろうか。

「……おれも、報告書の内容を読んだだけなんだけどさ」

ディアは小さくため息をついて、

「パーティのメンバーが仲違《なかたが》いして、内部分裂みたいな状態だったらしい。承認調査に参加しなかったメンバーが一人いたらしくて……たぶん、あんたが言ってる女戦士のことだと思う」

……なるほど、話の全容が少しだけ見えてきた。

そもそも俺たちが巻き込まれた今回の事故において、踏破されていなかったはずのダンジョン〈ゴウゼル〉がなぜ踏破承認されてしまったのか。まあ結果からいってしまえば、真のボス部屋につながる転移トラップを調査で発見できなかったからなのだが——それがパーティ内の不和を原因とする、〈炎龍爪牙《フランヴェルジュ》〉側の過失ではないかと嫌疑がかかっているわけだ。

つまるところ、

「ただの事故じゃなくて、人災の可能性があるってことか」

「ああ。しかも根拠もあるぜ。最初は当然、ギルドが召喚勧告を出してそのパーティから事情を聞いてたんだけどさ」

召喚勧告とは、一言でいえば「話があるからちょっとウチまで来い」とギルドが冒険者パーティを呼び出すことである。

「そいつら、逃げたんだよ」

「は？」

「そのままの意味で、いつの間にか聖都から逃げ出してやがったんだと。お陰で連れ戻すのがめちゃくちゃ大変だったらしいぜ」

ええ……なにやってんだ〈炎龍爪牙《フランヴェルジュ》〉、それはさすがに俺でもおかしいってわかるぞ。それだけで百パーセント黒とは言い切れないけれど、嫌疑の目を向けられるのはもはや必然である。

「あんたが言ってる女戦士はずっと別行動だったみたいで、仲間が逃げ出したってちっとも知らなくてな。ブチキレながらウチらに協力してくれたってさ。だから、そいつだけは白ってことでいいと思うけど……」

いやほんとになにやってんだ。メンバーが仲違いして内部分裂か……そんなありきたりな問題を起こすようなパーティには見えなかったけどな。

「──で、だ。単刀直入に訊くぜ」

ディアが椅子に預けていた体を起こし、横から俺をまっすぐに見上げた。

ボーイッシュな言葉遣いこそ変わらなかったけれど、彼女の言う『聖女モード』とやらに雰囲気が近くなっているのだとわかった。

「そのパーティのこと、あんたはどう思ってる？　どうしてほしい？」

「……うん？」

「今はあんたの仲間もいない。……仲間の前だと、かえってなかなか言えないこともあるだろ？　正直に言ってくれていいぜ」

ディアはなにやら目を細め、浅く両腕を広げて、

「おれだってこれでも聖女だからな、なんだって受け止めてやる。あんたには言う権利がある」

……え、なにこのめちゃくちゃシリアスな空気。

ディアがまたしても打って変わって、まるで聖母みたいに優しく慈しみに満ちた眼差しをしている。俺を見上げる小柄な体以上に大人びていて、本当になんでも受け止めてしまいそうな包容力があって、ついつい本心をすべて曝《さら》け出したくなってくるような。甘えてしまいたくなるというか、抱き締めてもらいたくなるというか、そんな本能まで染み込んでくる深い慈愛の情が伝わってくる。

言葉遣いが変わらずとも、それはまさしく聖女の名にふさわしい清廉たる姿だった。もし心に後ろめたい思いを抱えた人間だったら、この瞬間にはらはら涙を流して懺悔《ざんげ》し始めたことだろう。

俺も、場合によっては危なかったかもしれない。

「どうしてほしいもなにも……そういうのは、特にないが」

「は？」

「これから審判するんだろ？　それで白黒はっきりさせてくれればいいさ」

「……え？」

しかしあいにく、俺にこの場で打ち明けたくなるような胸の内はないのである。むしろ、どうして突然シリアスな空気になったのかぜんぜんピンとこないくらいだ。ディアはいったいなんの心配をしてるんだ？

「いやいやいや、それだけってことはないだろ!?」

ディアは信じられない顔で俺を覗き込んで、

「だって……あんたがそんな怪我をする羽目になったのは、そのパーティのせいなんだぞ!? だったら普通あるだろ……恨んでるとか、厳罰に処してほしいとか！　なのにそんな、ひ、他人事《ひとごと》みたいな……！」

なるほどそういう話か、と俺は納得した。たしかに今回の事故は、元はといえば〈炎龍爪牙《フランヴェルジュ》〉の踏破承認が誤っていたから。前もって適切な対処がされていれば、俺が片目片足を失う羽目にはならなかった。なればこそ俺がそのパーティを恨んでいて、でも師匠たちの前では打ち明けられずに苦しんでいるのではないか――と気遣ってくれているわけか。

しかし、その心配は無用である。

「俺は別に、そのパーティを恨むつもりはないよ」

「……、」

俺にとって〈摘命者《グリムリーパー》〉との戦いは、原作というレールの上にある不可避の『運命』みたいなものだった。そして同時に、例のクソッタレな全滅エンドを見事ぶっ壊して終わった『過去』でもあるのだ。たしかに片目と片足はなくなってしまったけれど、仲間の命というこの世に二つとない大切なものを守り抜けた。だから、今更になって誰のせいだと女々しい恨み言を言うつもりはない。

それに、そもそも原作がそうだったからと言ってしまえば身も蓋もないが、ボス部屋が巧妙な転移トラップで隠されていた上、転移後は即強制戦闘という完全な初見殺しだった。あれを承認調査の段階でなんとかすべきだったと非難するのは、少しばかり無理筋な話でもあるのだと思う。

仮に〈炎龍爪牙《フランヴェルジュ》〉が見事トラップを見抜き、調査のため勇敢にも作動させて転移したとしよう。

待っているのは死神との強制戦闘、すなわち全滅だ。そうなったらもう目も当てられない。ギルドが別のパーティを再度調査に向かわせるもまた全滅、事態を重く見ていよいよ騎士隊に協力を仰ぎ、大規模な調査隊を編制するも再び全滅——調査隊が次から次へと帰らぬ人となる死のダンジョンとして、今頃もっと多くの犠牲者を生み出していたかもしれない。

それと比べれば、俺の右目と左足だけで済んだのは間違いなく幸運だった。実際問題として〈炎龍爪牙《フランヴエルジュ》〉に過失があったのかどうかはさておいて、なにかが違っていれば原作のように全滅していたのはそいつらだったのだ。

要は、タチの悪いトロッコ問題みたいなもんなんだよな。俺の片目片足で済んだのをよしとすべきなのか。よしとしないのなら、代わりに〈炎龍爪牙《フランヴエルジュ》〉や他の誰かが惨《むご》たらしく殺されるべきだったのか——誰かが必ず貧乏クジを引かなければならなかった以上、答えなど出るはずもないジレンマなのだ。

だから俺は誰も恨まないし、犯人捜しや責任の押し付け合いをしたところで俺の体が治るわけでもなければ、師匠たちのメンタルが元通りになるわけでもない。だったら不毛な話はやめにして、一日でも早く社会復帰を目指す方がよっぽど建設的ってもんだろ。

だから、

「向こうのパーティに過失があるんだったら、規則に則《のっと》って処罰する。過失がないんだったら、不当な非難を受けないように名誉を守ってやる。そのための審判だろ？　俺だけ特別扱いは必要ないぞ」

「……」

過失があるのに罰さないのは当然問題だけど、過失がないのに感情論だけで罰するのだってダメに決まってる。しっかり規則に則って、厳正に対処する――それだけ誓ってもらえるなら俺は充分だ。

そのへんをかいつまんで――もちろん『原作』のことは伏せながら――説明するも、ディアが返してきたのは釈然としない呻《うめ》き声《ごえ》だった。

「……あんたの言ってることは正しい。ああ、すんごく冷静で客観的な考えだよ。でもさ、」

まるで、俺の代わりに悲しむかのように、

「あんたはなんの関係もない第三者じゃない、被害者だろ。片目と片足まで失って、あと一歩で死ぬとこだった。剣士としての人生をぜんぶめちゃくちゃにされたんだぞ？　仲間とか、アンゼとか、それで悲しんでる人だって周りにいるだろ？　……なのに、本当に、なんの怒りも悔しさもないってのか？」

そ、それを言われるとちょっと良心が痛むな。でも、だからって〈炎龍爪牙《フランヴェルジュ》〉を恨むかと言われてもなあ……。「自分が不幸になったんだからそいつらも不幸になるべきだ」って考えはさ、一度取り憑《つ》かれると戻ってこられなくなりそうだから。

「誰かの命には代えられないだろ」

「……あんた、ほんとに十七歳かよ。なんでそんなに割り切った考え方をしちまうんだ……？」

俺がすでに一回死んでいる転生者で、前世込みならもう立派なおっさんで、原作の全滅エンドを知っているからです――とは、まさか正直に答えられるはずもなく。

「それに、『剣士としての人生をぜんぶめちゃくちゃにされた』って、意外とそうとも限らないぞ。

命懸けで戦ったからなのか、前より剣を上手く扱えるようになった気がしてな。そこは、結構わくわくしてる」

斬ると狙い定めたものを自由自在に斬る、すなわち思い描いた未来を現実に変える境地。今はまだ義足含めて体がついていかないけれど、あとほんの少しでこの極致に辿り着けるかもしれないと考えると、こう……全身がうずうずしてくるのだ。たぶん今の俺は、生まれてはじめて抜刀術の再現に成功したときと、まったく同じくらいに胸が高鳴っていると思う。

ディアの、少し苦しそうな声が聞こえた。

「なんで、そんな楽しそうに話せんだよっ……」

実際楽しいからだが……？　考えてもみろ、今まで俺がやっていた抜刀術も充分ファンタジーの賜《たま》物《もの》だったのに、ここから先はいよいよもってファンタジーでしかありえない非現実の領域なんだぞ。だったら這《は》い上がるしかないだろ、男として。

もちろん、いま一番に考えるべきは師匠たちのことだから、ほどほどにしないといけないのはわかってる。でもほら、どっちみち俺の社会復帰は最低条件なんだし、みんなを安心させるためにもちょっとくらいは……な？

「俺に恨む相手がいるとすれば、それは神様くらいだよ」

「――」

神様というか、この世界を創った腐れ外道の原作者な。やつだけは許せん。ウォルカとして十七年生きてきたからこそ、物語冒頭で師匠たちを皆殺しにした発想がいかにド外道だったかを心底思い知る。だからこそあの全滅エンドを死に物狂いでぶっ壊したってのに、そうしたらそうしたで、今度は責任やらなにやら大問題になっていろんな人が迷惑している有様だし。どうしてこう、「バッドエンドを回避できてよかったね」ですんなり終わらせてくれないんだろうか——そう俺はやりきれない気分になって、

——それから、ディアがキツく唇を引き結んで絶句しているのに気づいた。

あ……しまった。そういえば、聖女様の前で「神様を恨んでる」って完全アウトな発言じゃねぇか!? 神を愚弄するとんでもない冒瀆《ぼうとく》行為である、今すぐ異端審問にかけられたって文句は言えない。

俺はついしどろもどろになって、

「す、すまん、神様ってのはあれだ……言葉の綾《あや》というか、君が考えてる神様とは違くてだな」

「……じゃあ、なんの神様なんだよ」

原作者です——なんて言えるわけねえだろ！ 完全にイタいやつ認定されるわ！

言葉が思いつかず口ごもる俺に対して、ディアは遣る瀬ない感情が燻《くすぶ》るように、

「そっか……そうだよな。恨む相手がいるとすれば、他でもない神様……か」

「ディ、ディア？ 違うからな？ 俺がいう神様は、その、いわゆる運命みたいな——」

「……心配すんな。なんだって受け止めるって言ったろ？」

そこで顔を上げ、白い歯でにっと気丈な笑みを見せる。

「あんたの気持ちはわかったよ。……大丈夫。別に、聖都で暮らすなら神を信じなきゃいけないなんて決まりもないしな」

いやこれ絶対わかってもらえてないやつ！　でも、本当のことを打ち明けて誤解を解くこともできねえ……！　いやそもそも、完全に誤解ってわけでもないのだ。だってなんであれ、俺が『神様』をクソッタレだと思う気持ちは本当なのだから。

ただ原作を知っている俺と、原作など知る由もないディアではどうしても考え方が違ってしまって――おいどうすればいいんだよこれ！

「ディア、頼むから考えすぎないでくれ。たしかに神様はクソだと思ってるけど、――ああもう違うんだクソってのはその、つまり」

「もういい。もういいから」

ディアが、俺の手のひらをぎゅっと両手で握った。俺の姿が痛々しくて、もう見ていられない――そんな悲しくも優しい表情で、

「大丈夫だから。……もう、言わなくていいんだ」

「……、」

終わった……神を信じられない可哀想な人だと思われた。違うんだ、なにも間違ってないけど間違ってるんだ……。

「……ごめん」

「バカ、なんであんたが謝んだよ。……本当に、大丈夫だからさ」

その無理やりな笑顔はぜんぜん大丈夫じゃないやつなんだよ。

だがそれ以上俺に弁解の余地は与えられず、仮に与えられたところでどうしようもなかった。もはや原作のことを打ち明ける以外、なにを言ったところで聞くに堪えない言い訳としか受け取ってもらえないだろう。そして、原作を打ち明けることだけは絶対にできない。すなわち詰みである。

ディアが「よし！」とわざとらしく元気な声を出し、

「おれの話は終わりだ。ありがとな、付き合ってくれて」

「あ、ああ……」

い、いや、逆に考えるんだ。相手が原作最重要ポジションの聖女様ともなれば、『神を信じない哀れな人』と思われておく方がかえって適切な距離を保てるかもしれない。俺の最優先事項は義足をグレードアップして早いとこ社会復帰し、師匠たちが少しでも安心できるようにすることだ。聖女様から目をつけられている場合ではないのである。

もう、そういうことにして気持ちを切り替えるしかなかった。

「じゃあ、〈炎龍爪牙《フランヴエルジユ》〉のやつらはこっちに任せてもらうからな？　大丈夫、必ず責任もって審判するから」

「ああ。任せる……」

重い腰で立ち上がった俺にディアはひらひら手を振り、

「また機会があったら、こんな風に話そうぜ」

「……勘弁してくれ。一般人に聖女様の話し相手は荷が重いよ」

「あー？　聖女様のお願いが聞けないってんのかー？　なんだてめー」

大層不満げに唇を尖《とが》らせ、俺の脇腹をげしげしグーパンチしてくるのだった。……まあディアが相手だったら、ときどき情報交換や世間話をするくらいは――っていかんいかん、ディアの距離感がバグってるせいでこっちの感覚もズレてきてる。聖女様と気軽に会って話すような関係になっちゃマズいだろ。ちゃんと適切な距離を保たなければ……！

「あ、そうだ。アンゼから言われると思うけどさー、ついでだしこのあと身体測定受けてってくれよ。ほら、あんたの義足の」

「わかった」

ああ、たしかに俺の義足グレードアップ計画を進めるなら、身長とかそのへんのデータが必要か。この体だと宿と大聖堂を往復するのも結構いい運動なので、今日のうちに受けられるならその方が手間も省けるだろう。

「よろしくなー」

ディアが長椅子の背もたれをずりずり滑って寝転がり、猫みたいにだらしない恰好で見送りしてくれる。これじゃあ聖女様との密談というより、同級生とだらだら駄弁《だべ》る放課後みたいというか……遠い前世の記憶が懐かしく甦《よみがえ》って、がっくり項垂《うなだ》れるようだった気分が少しだけ軽くなった。

思えば星空のような〈星眼《せいがん》の聖女〉も、ふよふよ浮いている〈福禍《ふっか》の聖女〉も、原作最重要ポジションに恥じない個性的な外見ではあったけれど、中身は至って普通の女の子だったと思う。神の化身だからといっていやに俗世離れしているわけではなく、人をからかったりぐうたらだったりといい意味で人間らしい印象だった。
ところで、四人いる聖女の最後の一人……〈天剣の聖女〉は欠席だったな。いや、別に会いたいわけではないのだが、ここまで来るとちょっと気になってきてしまうというか。〈天剣〉なんていかにも聖女の中で一番強そうな称号だし、もしかして原作主人公並みの最強ポジションだったりするのだろうか……？
聖女様が俺にとって注意すべき人物なのは変わらないので、進んで関わろうとは思わないけれど。聖都で暮らし続けていれば、遠からず正体を知る日もやってくるのだろうか。

「――恨む相手は神様だけ、か。……今までどんな経験してきたんだよ、あんたは」

……礼拝堂の扉に手をかけた最後の一瞬、ディアのその仄暗《ほのぐら》いつぶやきはあまりに小さすぎて、俺の耳までは届かなかった。

エピローグ

大聖堂の建物から天へとそびえる長大なる塔を、教会の信者たちは深い崇敬の念を込めて〈アルナスの塔〉と呼ぶ。その理由は単純明快で、人界から切り離されるように存在する天空の最上エリアに、教会の重鎮すら原則立ち入ることのできない神聖なる『聖処』があるからだ。

聖処とは、〈アルナスの塔〉の最上エリアすべてを使って華々しくこしらえられた、聖女たちが普段の生活を送るための燦爛《さんらん》たるプライベート空間である。限られた者しか使用できない転移魔法で塔の一階から飛び、認識阻害や退魔の結界が何重にも張り巡らされた回廊を越えると、ちょうどいま聖女たちが集う『リビング』に当たる空間へ辿《たど》り着く。

リビングと書けば大したことのないように聞こえるが、それがかの聖処ともなれば、ここだけで聖都民の平均的な生活空間を何倍にも凌駕《りょうが》してしまう。そしてここがあくまでリビングに過ぎない以上、他にも聖女四人それぞれの私室であったり、お勤めを行う執務室であったり、礼拝堂、リラクゼーションルーム、神聖魔法の訓練場、書斎、空中庭園、浴場などなど……その気になれば一生地上へ下りずに生活していけるだけの空間が、たった四人の少女のためだけに完備されているのだ。

しかしながらその燦爛たる空間とは裏腹に、現在聖女たちを包む空気は重苦しく暗澹《あんたん》としたものだった。

〈銀灰の旅路《シルバリーグレイ》〉の褒賞授与式から一時間以上が経《た》ち、時刻はほぼ正午近く――ひと通りの身体測定を終えたウォルカたちが、もうまもなく大聖堂から去ろうとしている頃。

四人の中で一番遅く戻ってきたアンゼが着替えてリビングに向かうや、ディアから珍しく生真面目な様子で手招きされて。

そこで、彼女がウォルカとなにを話したのか、教えられて。

「――そっか。知ってたんだな、ウォルカ様のこと」

「……はい」

――ウォルカが、神を恨んでいる。

その重い言葉を聞いたとき、アンゼの心に動揺はほとんど生まれなかった。ただ、じくりと血がにじむような悲しみだけを覚えた。目を逸《そ》らしてはいけないのだと理解しつつも、心のどこかでは、どうかなにかの間違いであってほしいとかたくなに願っていたことだったから。

「いつからだ？」

「ウォルカさまたちと、〈ルーテル〉から帰ってくる夜に……」

野営地から一人姿を消し、感情のまま木を殴りつけてしまうほどに苦しんでいたウォルカの後ろ姿。

まさしく神を疎むかのごとく、天へ向けて吐き捨てられた失意の言葉。

――なんでどこの世界も、人間ってのは――

――神様なんて、いてたまるか――

あのときアンゼが見たままの事実を伝えると、ディアは舌打ちするような呻《うめ》き声《ごえ》で真っ白い髪をかきむしった。

「……ぜんぜん、そうは見えなかったんだけどな」

車椅子に座る〈星眼《せいがん》の聖女〉ユーリリアス――ユーリの声音にも、少なからず耳を疑う色が隠せないでいた。

「彼が、そのようなことを……間違いないのですか？」

「ああ。目の前で言われたんだ、間違いねーよ」

〈月天《げってん》〉とともに宙を漂う、〈福禍《ふっか》の聖女〉アルカシエル――アルカも今ばかりは、普段眠たげな眼《まなこ》をやや鋭く細めて沈黙している。アンゼより何十年も大先輩である二人にとっても、ウォルカの言葉は軽く聞き流せるほど些細《ささい》なものではないようだった。

「ほんと突然さ、ちっとも表情変えもしねえで、息をするみたいにさらりと言いやがったんだぜ。……口が滑ったんだろうな。明らかにマズったって感じだったし」

「……ついうっかりで滑らせるような言葉じゃないと思うけど」

「彼にとっては、それほど当たり前の感情だった……とも取れますね」

「……はい。わたくしも、そう思います」

ユーリの意見に、同意せざるを得ないのが辛《つら》かった。けれどもう、単なる誤解や考えすぎなどでは説明できないところまで来てしまったのだと思う。

ウォルカは間違いなく、この世界を嫌っている。〈摘命者《グリムリーパー》〉に襲われた自分たちがそうだったように。〈ならず者《ラフィアン》〉に襲われたルエリィたちがそうだったように。人の平穏を脅かす『運命』とも呼ぶべき理不尽に満ちたこの世界を、彼は心の底から嫌悪している。

おそらくは――ずっとずっと、何度もそういう光景を見続けてきたから。

ディアが乱暴に息を吐き、

「言葉の綾《あや》だとか、君が考える神様じゃないとか、必死に誤魔化《ごまか》そうとしてさ……正直見てられなかった。おれがもういいいんだって何回も言って、ようやく落ち着いてくれたけど」

「……」

ウォルカは、ダンジョンの踏破承認を担ったパーティ〈炎龍爪牙《フランヴエルジユ》〉を恨むつもりは一切ないという。転移トラップの先に待ち構えていたのが〈摘命者《グリムリーパー》〉という理外の怪物であった以上、どうやっても誰かがその身を犠牲にしなければならなかった。だから誰一人死者が出ることなく済んだのはむしろ幸いであって、あとは規則に則《のつと》って公正な審判が下されればいい――非常に合理的で賢明な考えだと思う。

けれどそれは、あまりに合理的すぎるのではないか。

理屈だけですべて片付けてしまったら、まともに剣すら振れなくなってしまった彼の無念はどこへ行けばいいのか。

「厭世《えんせい》、というべきなのでしょうか。……私には、その気持ちがわかるかもしれません」

ユーリの素顔はたとえ聖処であっても眼帯で隠され、表情まで窺《うかが》い知ることはできないけれど。

わずかに目線を上げながら紡ぐ言葉には、消し去れない過去への暗い感傷がにじんでいた。

「――かつての私が、そうでしたから」

「……」

沈黙。ディアもいくらか声を抑えるようにして、

「別に、なにもかも嫌になってるってわけじゃねえんだよな……それどころかめちゃくちゃ前向きだったよ。あんな体になったってのに、まだまだ剣を極められるってすげえ楽しそうにしててさ、」

天井を見上げた。

「――なのに、神だけは恨んでる……か」

「その一点以外ごく健全な人間となんら変わらないのが、なかなかいびつですね」

ユーリが指摘するとおり、ウォルカの中には希望と絶望というまったく相反する感情が平然と同居している。仲間を心から大切に想《おも》っていて、どこまでも剣にひたむきな生粋の武人で、片目片足を失った体に絶望するどころか、一日でも早く再起すべく前を向き続けていて――そして、神を恨んでいる。

普通の精神状態だとは思えなかった。希望を絶やすことなく剣に人生を捧げるウォルカと、この世界に失望し神を憎悪するウォルカ――これが、本当に同じ人間の姿なのだろうか。

「片目と片足の欠損だけが理由とは思えませんが……アンゼ、なにか知っていますか？」

ユーリの静かな問いに、アンゼは首を振って返すしかない。

「わたくしにもわかりません。ウォルカさまになにがあったのかは、パーティのみなさまにも……誰にも、わからないのです」

けれどウォルカの抱く絶望が、その誰も知らない過去に起因しているのは間違いない。アンゼが知る限り、〈銀灰の旅路《シルバリーグレイ》〉の結成は今から六年ほど前。そして、アンゼがはじめてウォルカと出会ったのがおよそ八年前。誰も知らない空白の二年、その間に――いや、あるいは、アンゼが出会ったとき

にはもう。

「きっと、誰にも話せないようなお辛い経験を……なさってきたのだと、思います」

強くなりたいから――アンゼがはじめてウォルカと出会ったとき、彼は過酷な修行に自ら打ち込む理由をそう語った。なら、彼はどうして強くなりたかったのだろう。当時まだ十歳にも満たない子どもが、あれほどまで壮烈な覚悟を抱くのは明らかに尋常でなかった。

『抜刀術を会得するため』、本当にそれだけだったのか。

強くなりたいのではなく、ならねばいけなかったのではないか。

あるいは、両親を早くに亡くしたというのも――。

「……幸いなのは、ウォルカ様がおれたち聖女まで嫌ってるわけじゃないってことだな」

〈聖導教会《クリスクレス》〉の聖女とは、半人半神《はんじんはんしん》とも呼べる神の代行者である。初代聖女から何代にも亘《わた》って聖都の象徴であり続ける自分たちを、この国では多くの人々が守り神として神聖視する。

翻ってウォルカは、どうやら聖女を『とても身分が高い人』くらいにしか考えていないようだった。それどころか彼にとっては、聖女もまた同じ一人の人間であり、一人の女なのかもしれないとディアは言う。

「なんてーか……おれのこと、ちゃんと人として見てくれてたなーって」

ユーリが少し嬉《うれ》しそうに同意する。

「ああ、それは私も感じました。同じ人間として見てもらえないことも多いですからね、私たちは」

「まあ……たしかにね」

心なしか、アルカの口元にもほんのかすかな笑みが浮かんでいる気がした。

「はじめての人とあんな普通に話したの、久し振りだったかも……」

もしウォルカが聖女を神と同一視し嫌悪しているのなら、今回の授与式が終始和やかな雰囲気で終わることはありえなかっただろう。

それだけは、アンゼにとっても本当に救いだった。

「かなりワケありみたいだけど、結局あたしたちがやることは変わんないんでしょ」

「だな。おれも、あれはちょっとほっとけねえわ」

ウォルカの過去にいったいなにがあったのか、誰にも話すまいとする彼の気持ちを踏みにじってまで聞き出そうとは思わない。彼の歩いてきた道がどのようなものであろうとも、アンゼの願いはなにひとつ変わらない。変わるわけがない。

辛い思いをした分だけ、報われてほしい。

ウォルカが幸せを願ってくれる分だけ、彼にも幸福であってほしい。

彼が必要としてくれる存在となって、今度こそずっと、ずっとお傍《そば》で。

「あー……アンゼ、あんま思い詰めんなよ」

どうやら顔に出てしまっていたらしく、ディアがこちらの肩を気遣うように二度叩《たた》いた。

「今日はじめてまともに話したおれが言うのも変だけどさ、ウォルカ様は肩書だけで見る目を変えたりする人じゃない。だから、いつか聖女だってバレても大丈夫だよ。今となにも変わりゃしねえって」

「……はい」

——アンゼは知っている。いつか必ず、ウォルカがアンゼの正体を知る日がやってくることを。

最初は、『ウォルカの前ではただのアンゼでありたい』というわがままだった。リゼル、ユリティア、アトリの三人に知り合って間もない段階ですべてを打ち明け、ウォルカの前ではどうか普通のシスターでいさせてほしいとお願いした。教会の関係者にも口裏を合わせるよう協力してもらい、必要ならば『アンゼが聖女だと意識できなくなる』魔導具の力も利用した。

だがそれは、ウォルカに正体を隠すやり方としては到底不十分なものだ。

ウォルカが聖都で暮らす限り、アンゼの正体に気づく可能性など他にいくらでも考えられる。何年も何十年も先まで本気で偽り続けるのであれば、あらゆる聖女の権限でいかなる要因をも徹底排除する必要があった。

しかし結局、アンゼはその選択ができなかった。踏み切れなかった理由はいくつかあったけれど——もっとも大きかったのは、『予感』がしたから。

いつか必ず、ウォルカの前に聖女として立たなければいけない日がやってくるのだと。

ただのアンゼでいたいなどと甘ったれたわがままを、神はいつまでも許してくれないということだ。

だからいつかその日がやってきたときは、この独りよがりな夢から覚めなければいけないのだと思っていた。

そしてその『予感』が、ここ数日になって突然姿を変えた。

まさしく神の啓示がごとく鮮明な夢となって、アンゼの目の前に現れたのだ——傷つき血にまみれたウォルカの体を抱いて、涙を落とす己の姿。

――やっと、やっと、お守りすることができます。

そう微笑《ほほえ》んで、彼のために〈天剣〉の力を呼び起こす瞬間が。まるで『そのとき』が、もう遠くない未来まで迫ってきているかのように。

（…………）

両の手のひらを握り合わせ、アンゼは祈る。

一度目は、手を伸ばせたはずなのに見捨ててしまった。

二度目は、彼が苦しんでいるとき傍にいることさえできなかった。

だから三度目など、絶対にあってはいけないのだ。

（今度こそ、必ず――）

そのためなら、今の関係が壊れてしまうとしてもなんの迷いがあろう。

大切な人を、今度こそ守ってみせる――それこそがきっと、アンゼが〈天剣の聖女〉となった理由なのだから。


義足グレードアップ計画の概要をアンゼから説明してもらったり、ひと通りの身体測定を受けたりしているうちにすっかりお昼であった。俺たちが大聖堂を出ると街はいよいよ活気づいており、道行く人々を誘惑しようとそこかしこから美味《おい》しそうな香りが漂ってきている。

「悪いな、長引いちゃって」

「気にするでない。ウォルカのことで迷惑なんてなにひとつないぞ！」

師匠が俺の手を引きながらえへんとするけれど、身体測定のとき教会に散々迷惑かけたのをなかったことにはできないからな。

ただの身長体重だけならいざ知らず、俺の場合は義足に必要なデータを取るための測定なので、まあれだ……必要に応じて服を脱がなければいけなかったわけで。だというのに師匠は、いくら俺と離れるのが嫌だったからって、

『あのぉー……ウォルカさんには一度服を脱いでいただかないといけませんので、女性の方は……』

『だだだっ大丈夫ぜぜっ絶対見ないから！　目つぶってるから！　う、後ろ向いてるからっ！』

と、恥ずかしがりながらも無理やり同席しようとする始末。師匠、俺も上半身くらいなら別に気にしないけどさ、足の測定となれば下を脱がなきゃならんわけで、さすがにそこは俺たちの仲でも配慮すべきラインだからな？　案内のシスターさんもすごく困ってたでしょうが。

結局はユリティアに退場させられて、待ち時間を紛らわすために、女性陣も女性陣で簡単な身体測定を楽しんでいたようである。そこで、師匠の身長がちっとも伸びていなかったせいでまた一悶着《ひともんちゃく》あったわけだが——まあ、その話はさておいて。

俺の義足グレードアップ計画に関しては、そんじょそこらのモデルでは性能が到底不十分ということで、まずは腕利きの職人を探すところから始まる。教会が商興街《しょうこうがい》に向けて情報を発信し、ここならばと信頼できる工房を見繕ってくれるそうだ。その後は俺も交えながら義足の詳しい設計を決めて、

既製品にせよオーダーメイドにせよ、地道なテストとフィードバックを積み重ねていくことになる。

一ヶ月か、二ヶ月か……少し長い目で見ていく必要があるだろうとアンゼは言っていた。

「それにしても、びっくりでしたね。まさか聖女様が、あんな風にみんなそろって……」

「ああ……ったく、ロッシュのやつにはしてやられたな」

授与式のときを思い出して、ユリティアは少し興奮がぶり返してきたようだった。年頃なユリティアからすると、やっぱり聖女って存在には憧れみたいな感情もあるんだろうか？

「まあ、一人いなかったけどな」

「え？」

「ん？」

しまった、という顔を一瞬ユリティアはした。

「あ――そそそっそうでしたね!?　わたしったら、変な言い方になっちゃいましたっ。あ、あはは」

「……？」

……あれ？　四人目の聖女様、あの場所にいたの？　もしかして、一瞬だけ顔を出してどこかから見てたとか？　ぜんぜん気づかなかったな……。

そういえば最初あの礼拝堂に入ったときも、なんか二階席の方から妙な視線を感じたんだっけ。あれもひょっとして聖女様だった可能性が……？

「こら、ウォルカッ！」

「うお」

と、師匠にいきなり手をグイと引っ張られた。いったいなにがお気に召さなかったのやら、師匠はぷんすこと頬を膨らませて、

「そーやって聖女のことばっかり考えてぇ！　いい!?　みんなきれーな人だったからって騙《だま》されちゃダメなんじゃからな!?　聖女だって、心の中では変なこといっぱい考えてるかもしれないんじゃからなっ!?」

だから師匠はなんの心配をしてるんだよ。あと真っ昼間の往来でそんなこと大声で言うんじゃありません、マジで不敬罪になるって。

さらにはアトリが、そこはかとなく物欲しそうな目で俺の袖を引っ張って、

「ウォルカ、おなかすいた。ぐー」

アトリが自分で「ぐー」と言い出したとき、それはすなわちおなかが空《す》いてもう我慢できないというアピールである。たしかに俺も腹が減った。昼食はロゼにお願いしてたから、買い食いしないでまっすぐ帰らないとな。

「じゃあ、帰ろうか」

「そ、そうですねっ」

「向こうもそろそろ昼休憩じゃろうし、ギルドは午後からでいいじゃろな」

ああそういえば、このあとはギルドに行く予定だったんだな……。聖女様のインパクトが強すぎてすっかり忘れてた。シャノンには申し訳ないが、みんなでおなかをぐーぐー鳴らしながら会いに行くのも失礼な話なので、一旦午後に出直すとしよう。

……さて、義足のグレードアップまで二ヶ月前後か。目標はもちろん、元の体と遜色ないほど動けるようになって完全復活することだ。それこそアニメや漫画の世界みたいに、隻眼隻脚でも一流の剣士と認められるくらい強くなる――そうすれば師匠たちが罪悪感に苛《さいな》まれる理由もなくなって、晴れて病み堕《や》《お》ちルートを回避できる……はず！

頼むぞ異世界の義肢技術。魔法というファンタジーなスキルがある世界なんだし、義足だっていい感じにすごいやつがあるって信じてるからな……！

「もうしばらく面倒かけると思うけど……よろしく頼む、みんな」

「うむ！」

「はいっ」

「ん」

そうして俺たちは人々行き交う往来を歩き出し――それからふと師匠たちが一歩俺の前に出て、みんなそろってこちらを振り返った。俺は思わずその場で立ち止まり、

「……どうした？」

「あのね、ウォルカ――」

どこかで小鳥がさえずっている。広場の噴水の水音が聞こえる。肉の串焼きを売る露天商が威勢よく客引きをしている――やああんちゃんたち、見たところ冒険者だな。昼メシが食い足りないなら一本どうだい？　今なら四本買うたびに一本オマケだ、冒険者はスタミナが大事だからな――

風が吹いた。

師匠たちが俺に向けて、手のひらを伸ばした。

「――絶対、どこにも行かせないから」

「――絶対、ずっと一緒にいますから」

「――絶対、キミを独りにしないから」

雲ひとつない青空と活気豊かな街並みを背景に、師匠たちのその笑顔は――なんだか背筋が凍りそうになるほどで。

「ウォルカはね、もう絶対どこにも行っちゃダメなの。ずっと私と一緒。だって私、ウォルカが一緒じゃなきゃもうダメなんだから。ウォルカが傍にいてくれないとね、生きていけなくて、だからぜーったいダメなんだよ」

「先輩が、命も人生もすべてを懸けてわたしたちを守ってくれたんですもの。だからわたしも、先輩に身も心も捧《ささ》げる気持ちでがんばります！　これからもずっと、ずーっと、いつまでもお傍にいますからねっ」

「ボクはもう、キミのために死ぬって決めたから。ウォルカ、ボクはキミのためならどんなことでもする。なんだってできる。髪の一本、骨の一片、血の一滴、魂の一切……ボクのぜんぶ、キミの好きにしてね？」

「………………お、おぉ。そっか…………………………」

本当に、とてつもない重力で胃が潰れてしまいそうなほどで。

今になって思い返せば、全滅エンドの回避は随分と楽なものだった。だって、命を懸けて戦う以外に道がなかったのだから。難しいことはなにも考えず、ただ死に物狂いとなって抗《あらが》うだけでよかったのだから。

――ああ、果たして俺は本当に、迫り来るパーティ病み堕ちエンドを回避できるのだろうか。

俺は鳩尾《みぞおち》のあたりがキリキリ痛むのに耐えながら、唇が引きつった下手クソな作り笑いで、みんなの重すぎる想いを今はただ必死に受け止めるのだった。

胃が、胃がああああああ。

書き下ろしエピソード

アンゼがウォルカのために魔物と戦った話

「――む」

これは俺たちがスタッフィオら〈ならず者《ラフィアン》〉一味を討伐し、あとはまっすぐ聖都へ帰るのみとなった二度目の夜のこと。

この日も俺たちは街道から少し離れた場所の泉を野営地と定め、みんなでテントやらなにやらの準備をテキパキと進めていた。そんな中でふと、〈探り波《プローヴ》〉で周囲の確認をしていた師匠の片眉がぴくりと動いたのだった。

「師匠、魔物でもいたか？」

「うむ……」

師匠が厳かに頷《うなず》き、街道とは真逆の森の向こう側を睨《にら》んだ。

「まだ距離はあるが……どうもそこらの雑魚ではなさそうじゃな」

今日は昼間も一度、小鬼《ゴブリン》十数匹の集団が積み荷を狙って街道脇に潜伏しており、師匠に見抜かれた挙句ユリティアとアトリのコンビネーションでズタボロにされるという哀れな一幕があったばかりだ。よその国と比べれば街道の治安もいい方とはいえ、やはり魔物とまったく出くわさず……とはいかないな。

しかし気になるのは、「そこらの雑魚ではなさそう」との一言。師匠はさらに注意深く気配を探って、

「ふむ……四体、おそらく蟷螂《マンティス》系じゃな」

「へえ」

前世でいえばRPGゲームの敵モンスターで出てくるような、デカいカマキリの見た目をした魔物である。並の防具くらいなら一撃でお釈迦《しゃか》にしてしまう鋭い鎌、安物の武器では刃が通らない硬い外殻、そして中には厄介な飛行能力を持つ個体もいるC～Bランク相当の魔物――街道沿いに出てくるのは少し珍しいかもしれない。

「潰す？」

早速アトリがやる気満々で物騒なことを言っている。だが実際問題、倒した方がよさそうではあった。街道沿いに出没するということは本来の生息域で上手《うま》く腹を満たせず、この際人間でも喰《く》ってやろうかと考え始めている可能性がある。低ランクの冒険者が狙われれば、最悪の事態も起こりうる魔物だ。

個体によっては、師匠の魔物除《まものよ》けの結界も越えてくるかもしれない。俺はアトリの意見に賛同しようとし、

「ふっ……待ってくれたまえ、アトリ嬢」

すすっと素早くやってきたロッシュが、声高らかに颯爽《さっそう》と前髪を払った。

「ここは、この僕に任せてはくれないだろうかっ！」

「どうしたおまえ」

「なに、昼間はアトリ嬢とユリティア嬢が活躍してくれたからね。今度は僕の番だと思って」

まあ、気持ちはわかる申し出だった。俺も体が万全であったなら、こいつとまったく同じ提案をしていただろう。

「みんなは作業を続けていてくれたまえ、すぐに片付けてくるからね」

「……別にいいけど、一人でいいの？」

「ふふん──アトリ嬢ッ！　男とは、美しきマドモアゼルのためなら無限に強く──」

「そ」

ロッシュが言い終わらぬうちにアトリは背を向け、

「ユリティア、あっちにテント張ろ」

「え、あ、はい……」

「ふふふ、素っ気ないアトリ嬢も魅力的だね」

師匠に至っては、もうとっくにあっちの方でもそもそと結界の準備を始めていた。ロッシュの扱いはだいたいいつもこんな感じだ。もちろん師匠もアトリも決して嫌っているわけではなく、これはこれで一種の信頼の表現というやつだな。

ロッシュもそんな扱われ方を楽しんでいるみたいなので、まあいいのだろう。

「おまえなら心配してないが、油断するなよ」

「無論だとも。僕がマドモアゼルの前でみっともない姿を晒《さら》すとでも？」

はいはいそのとおりですよ。……調子に乗っているわけではなく、こいつの場合はそれがれっきとした事実なのだから頼もしい限りである。

「それでは、わたくしもロッシュさまとともに参ります」

と、ここでアンゼから思いがけない申し出であった。俺はつい慎重になって、

「……大丈夫なのか？」

「はい。万が一ロッシュさまが手傷を負ってはいけませんし……こう見えてわたくし、身を守るのは得意ですから」

「僕は構わないとも。アンゼの神聖魔法は頼りになるからね」

……ロッシュがこう言うなら大丈夫かな？　考えてみればロッシュとアンゼは、元々二人だけで聖都から〈ルーテル〉の街までやってきたんだしな。ちょっとやそっとの魔物くらいお手の物じゃなきゃ、教会もこの二人を使者として派遣したりしてないか。

「それじゃあ、任せた。気をつけて」

「はい。行って参ります」

魔物がこっちに来ないとも限らないから、一応俺たちも警戒しておかないとな。

「ルエリィ、俺たちから離れないようにな」

「はいなのです！」

ロッシュとアンゼを見送り、みんなと野営の準備を再開する。こんなところまでやってきたばかりに成敗されてしまう蟷螂《マンティス》たちへ、心の中で合掌を送りながら。

そしてリゼルの魔物除け結界が発動した頃、ロッシュとアンゼはその領域外まで野営地を大きく離れ、ある程度視界が開けた原野にあたる場所で足を止めていた。

もう、こちらから近づく必要はなくなっていた。

「ふむ……どうやら、向こうも僕らに気づいたようだ」

蟷螂《マンティス》――あまり積極的に人狩りをする魔物ではないが、どうあれ手頃な『餌』を求めて彷徨《さまよ》っていたのは間違いなさそうだった。ロッシュたちの存在を察知するや否や、四体そろって脇目も振らずに接近してくるのがわかる。

「アンゼ、君は離れて――」

「いえ、ロッシュさま」

前に出ようとするロッシュを、背後からアンゼが凛《りん》と呼び止めた。

「此度《こたび》の魔物、わたくしに任せてくださいませんか？」

「……ふむ」

ロッシュに驚きは一切なかった。アンゼが同行を申し出た時点で、こう言ってくる可能性は充分予想できていたからだ。

「こういう機会は滅多にありませんから……わたくしも、ウォルカさまのために戦いますっ」

ふん！　とかわいらしく気合を入れるアンゼに微笑《ほほえ》み、

「ちゃんと結界を張るんだよ。ウォルカならこの距離でも、君の力に気づきかねないからね」

「はい！」

アンゼがやる気に満ちあふれながら前へ出る。――見目麗しい清廉潔白なシスター。見た目そのままの印象をいえば、魔物と戦える実力があるようには逆立ちしたって見えない。

だが真実は違う。なぜなら彼女は、〈聖導教会《クリスクレス》〉の頂点に立つ聖女の一人なのだから。

「……なにも知らず向かってくる魔物が哀れでならないねえ」

「もう、それではわたくしが乱暴者みたいではありませんか。ロッシュさまが戦っても結果は同じでしょう？」

「それはそうだが……さて、来たようだよ」

耳の中を掻《か》き回されるような不快な羽音が近づいてきて、しかし一瞬で静かになった。

どうやら正面の森に紛れ、まずはこちらの戦力を窺《うかが》っているようだ。蟷螂《マンティス》はそこらの知性が低い魔物と違い、相手の戦力を冷静に見極めてから狩りに及ぶ優秀なハンターである。

しかしそんなハンターの目をもってしても、アンゼの姿は単なる恰好《かっこう》の餌にしか見えなかったはずだ。

アンゼはなおも前へ出る。両手を重ね合わせた上品な立ち姿のまま、一歩一歩、まるでのどかな日差しの中を散歩でもするように。

そしてロッシュとの距離が充分に離れたと見るや、敵が一斉に森から飛び出した。後方の騎士が助けに入るより、自分たちの鎌が少女を仕留める方が早い――そう判断して。

――赤殻蟷螂《ブラッドマンティス》。

返り血でも浴びたように赤黒く染まった外殻を持つ、蟷螂《マンティス》の中でもBランクに相当する上位の個体だ。通常の蟷螂《マンティス》より攻撃力も防御力も数段ハネ上がっており、物騒極まりない赫々《かくかく》たる大鎌の前では、熟練の騎士であっても油断すれば餌食になりかねないと言われている。

それが四体。不快な羽音を立てながら一斉に飛来した赤殻蟷螂《ブラッドマンティス》は、その両腕の鎌で眼前の少女を血も涙もなく引き裂こうとした。

対して、アンゼは指一本動かさなかった。

ただわずかに目線を上げ、迫る四体の赤殻蟷螂《ブラッドマンティス》をそっと見据えたのだ。

それだけでアンゼを引き裂くはずだった鎌が、すべて甲高い音とともに明後日《あさって》の方向へ弾《はじ》き飛ばされた。

『――!?』

不可解な現象に赤殻蟷螂《ブラッドマンティス》が怯《ひる》み、体勢を崩しながら次々と着地する。アンゼの前に鎌を防げるような武器や防具はなにもない。なにもないのに弾き飛ばされた。

アンゼがやはり指一本動かさぬまま、寸分の狂いもなく美しい白銀の結界を展開していく。リゼルの結界よりひと回り以上小規模なその聖域は、内部のあらゆる情報を外部から一時的に遮断するためのもの。

そうでもしなければ、彼女の『力』の余波はあまりに大きすぎるから。

「――」

アンゼが力を解放していく。そこでようやく赤殻蟷螂《ブラッドマンティス》は、目の前の少女がただの餌ではないと理解して激しく威嚇の声をあげる。

もちろん、そんなのはなんの意味もないことだ。人を求めて彷徨う愚かな魔物の命運は、彼女に鎌を向けた時点でもはや決してしまったのだから。

（……ふふ）

ロッシュの口元に無意識の笑みが浮かぶ。それは武者震いに近いものだった。ロッシュがアンゼの『力』を目にするのは今回がはじめてではないが、それでもやはり、こうして傍観しているだけでも心の底から圧倒される。人類最高峰の称号とも謳《うた》われる聖騎士や賢者など、所詮人間の範疇《はんちゅう》の話でしかないのだと思い知る。


アンゼが――否。

〈天剣の聖女〉アンジェスハイトが、剣を抜く。

〈天剣〉の名の由来たる、遥《はる》か久遠の剣を。

「では――お相手いたします」


二秒。


辛うじて戦闘と呼べる時間があったのは、それだけだった。

わずか二秒で四体の赤殻蟷螂《ブラッドマンティス》を葬り去ったアンゼが、ここではないいずこかの世界へと己《おの》が剣をし

まう。聖域が消え、周囲に元の原野の風景が戻ってくる。ロッシュはアンゼの背後で恭しく片膝をつき、

「素晴らしいお手並みでした、アンジェスハイト様」

振り向いたアンゼが少し頬を膨らませ、

「ロッシュさま、からかわないでくださいっ」

「滅相もない」

紛れもない本心である。〈天剣の聖女〉アンジェスハイト。魔物に対する殲滅《せんめつ》能力という一点に限れば、おそらくは歴代の聖女の中でも――

「……こんな力、大したものではありません」

しかしアンゼの表情ににじむのは、自分自身へのどうしようもない慙愧《ざんき》の念だけだった。

「こうして力を使って、改めて思い知ります。ウォルカさまが助けを必要としていたときに、お傍《そば》にいることすらできなかった。お傍にいることさえ、できていればっ……！」

「……アンゼ」

それは、そうなのかもしれない。今更叶《かな》うはずのない夢想なのはわかっている。けれど、もしも――もしもウォルカたちが〈摘命者《グリムリーパー》〉に襲われたとき、アンゼがその場にいればどうなっていただろうか。

ウォルカが命を賭して戦うまでもなく、アンゼが〈天剣〉の力で死神を退けられたかもしれない。

片目片足を失う傷も、負った直後であればアンゼの神聖魔法で完全に治癒できたかもしれない。

だからこそアンゼの悔しさは、ロッシュなどとは比べ物にもならないほど深く大きいはずだった。なにもできない小娘だった『あのとき』とはもう違うはずなのに、違うはずだったのに、結局あのときからなにひとつ変われぬまま――

「……気持ちはわかるとも。僕だって、痛いほどね」

「……はい」

ロッシュだって同じだ。もし自分が〈ゴウゼル〉に同行していれば――そう考えたのはとうに三度や四度どころの話ではない。もちろん、リゼルたちを責めようというわけではない。……でも、それでも。

どうにもできない悲憤の情で、臓腑《ぞうふ》が焼けてしまいそうになる。

そしてその感情を呑《の》み込み、ロッシュは困った素振りで肩を竦《すく》めるのだ。

「だが、悔やんでばかりもいられないさ。なにせあいつは、まったく諦める気がないようだからね」

ウォルカは、片目片足を失った体でも前へ進み続けている。

精霊魔法〈暴食の弔客《グラトニア》〉を打ち破った銀の雷光――あれこそが、ここから先ウォルカの進んでいく領域なのだ。いつまでも後悔に囚《とら》われたままでは、あっという間に置いていかれてしまうだろう。

アンゼの表情にも、少しだけ思慕の笑みが戻った。

「ええ……本当にウォルカさまは、どこまでもまっすぐで……」

「まっすぐすぎて、ときどきとんでもない大馬鹿者になってしまうようだからね。今回の旅でそれがよくわかった。だから、これからは僕たちも傍にいてやらないと」

「ふふ、そうですね」

ロッシュは変わらず友として。そしてアンゼは、後援者《パトロン》というパーティの新たな仲間として。

「では、戻ろうか」

「はい――」

それは〈天剣の聖女〉と呼ばれる少女が、大切な人のために魔物と戦った束《つか》の間《ま》の一幕。
曰《いわ》く――アンゼが『あの予感』をはっきりと夢の形で見たのは、奇《く》しくもこの日の夜がはじめてだったという。

あとがき

『曇らせ』系異世界ファンタジーという些か時代錯誤な本作で、こうして二冊目が出せる運びとなったことを心より感謝申し上げます。

今回から物語がひとつの進展を迎え、主人公ウォルカを前世でとりわけ苦しめていたという、『原作』の悪意あるストーリーが少しだけ顔を覗かせます。

これが小説や漫画といった創作であれば、嫌な展開はさっと読み飛ばしてダメージを軽減できます。

しかし主人公にとってはその創作の世界こそが今の現実であり、都合よくページをめくって見て見ぬふりはもうできません。

ゆえに主人公は苦しみながらも前へ進もうとし、そしてそんな男の姿に、ヒロインたちは（若干の深読みも交えながら）なおさら激重な感情を募らせていくのでしょう。

引き続きこの作品が、隠れた同志の隠れた需要を満たす一冊であることを願っています。

雨糸雀《あめりあ》

全滅《ぜんめつ》エンドを死《し》に物狂《ものぐる》いで回避《かいひ》した。パーティが病《や》んだ。Ⅱ

2025年3月30日　初版発行

著／雨糸雀《あめりあ》

画／kodamazon《コダマゾン》

発行者／山下直久

発行／株式会社KADOKAWA
〒102-8177　東京都千代田区富士見2-13-3
電話 0570-002-301（ナビダイヤル）

印刷所／株式会社KADOKAWA

製本所／株式会社KADOKAWA

●お問い合わせ
https://www.kadokawa.co.jp/（「お問い合わせ」へお進みください）
※内容によっては、お答えできない場合があります。
※サポートは日本国内のみとさせていただきます。
※Japanese text only

定価はカバーに表示してあります。

ISBN 978-4-04-811453-0　C0093

◆◇◇